MINGUOWUXIAXIAOSHUO
DIANCANGWENKU

民国武侠小说典藏文库

张个侬卷

一枝兰盗侠演义

张个侬 著

中国文史出版社

目　　录

一枝兰盗侠演义

五台山打擂

一枝兰盗侠演义

第一回

是非混淆千载沉冤狱
黑白分明重演一枝兰

话说天下的事，有其真必有其假，有其是必有其非，真者假之对也，是者亦非之对也，如无非将何以知其是，如无假将何以知其真？所以蚩蚩者氓，都是有真假是非的作用的，日奔走劳碌，无非为着是非，日在那里争执，其实天下何尝有真是非呢？如果有，真是国家早已太平，何至如此胡闹呢？

以上这番说话，乃是锄奸编这部书的引子。看官，你道锄奸生此话，是无因而发，还是有感而发呢？实乃是有因而发，只因天下的是非，需要后世方能明白，比如当初王莽的谦恭下世，便是个明证。假使他后来不谋朝篡位，谁还能说他是个奸臣呢？所以编书的才说这句话。

如今归到本文一枝兰，乃是清朝康熙年间的一个大盗，谁不知晓的，何必又要在下编这部书来说闲话呢？这个便是真假是非的结果了。只因在下闲来无事，便喜东涂西抹。头编的侠义小说，如《红玉演义》《五湖四海英雄会》《九龙山盗侠英雄传》《五台山打擂》等说部，虽然是提倡尚武精神，惩恶劝善，增进国民道德的作用，看去虽同闲文，似乎作茶余酒后的谈话资料，及窗前灯下的消遣品，其实也无非代前人做一种是非真假的论断，表白一番罢了。固不仅是借他人的酒浆，浇胸中的块垒而已。至于这本书的来由，也因为这个原因，皆因清初文字狱很深，当时所传的事实很有些一方面的话头，正合着一句常言，便是“只许州官放火，不许百姓点灯”的老话了。

譬如本书的一枝兰，在清朝所有的书上，与一枝桃谢伟是同样受屈含冤，明明是个绿林侠义，却偏偏要说他是个采花淫贼，所谓欲加之罪，何患无辞？但是这个也不能怪作《施公案》的人不好，实因当代的文字狱很深，不有现在民国时代的言论自由，所以照直而书，恐怕得罪清朝官吏，自己讨苦吃，所以作书的人每每有颠倒是非、淆乱黑白，以迎合官员的心理的。因此一来，清朝小说上所记的事情，便不尽可靠了。当年一枝兰同一枝桃都是很受冤屈的，所以在下编出两部书来，考其事实，记其详细，将他们当时的实在情形写将出来，使大家看看明白当年的事实，免得千载而下，尚有人说一枝兰、一枝桃两人是采花淫贼。本书所记是一枝兰，另外还有一部《一枝桃盗侠演义》，是专门说谢漕的事，请大家买一本看看吧。闲言排开，书归正传。

话说天下的事，唤作“水有源流木有根”，断没有无因而起的。当初《施公案》上，说一枝兰是个淫贼，虽然是冤屈，但也有此因头，请看下文便知。特地先在此处一提，如今先从本文说起。

话说陕西延安府南门外，五十里地远近，有一座村庄，唤宫家集，那集上有一个大财主，乃是明朝的一个遗老，避乱居乡，躬耕南亩，不求闻达（编者道：看官须明白这一层，清朝因他是明朝遗老之后，所以才冤枉他的后人，这便是一枝兰终身的定评）。

此人姓张名文，字德操，乃是崇祯时候陕西延安府知府，本是进士出身，家财豪富，本地人都尊他为张老爷、张员外。娶妻吕氏，生有一子，取名桂兰。因为夫人受孕是在八月桂花盛开之时，而临盆却在第二年六月，正值夏兰吐芳时候，所以才取此名。

那桂兰生就一表人才，面貌姣好，如美女一般妩媚，资质聪敏，膂力过人，心性豪侠，拜本地的一个著名镖师为师，练成一身软硬的功夫，马上步下，飞檐走壁，来去如飞。仗着父母的溺爱、祖遗的家财，请得起名人教授。中国有句古话，唤作“穷读书富习武”，所以张桂兰的武艺练得实在出类拔萃，胜人一等。

他有两种绝技，都曾受关西名家的指教。第一便是一对双钩链，使起来有神出鬼没之能，第二便是三不过的毒药镖。

怎么唤作“三不过”呢？原来他是连珠镖，三镖齐发，无论何人，连避三支镖的绝少，纵能避过两支，那第三支绝不能避去，所以唤作“迎门三不过”。他那毒药，药性非常猛烈，虽不是见血封喉，也要称是厉害非常，着了伤以后，不过二十四个时辰，准得废命。当时他的师父再三叮嘱，非至万不得已，绝不可用镖伤人。他谨受师训，毒药暗器，不到万不得已，绝不使用。

他父亲张文，也曾代他延请文学渊博的先生教他的书，无如张桂兰人虽聪敏，对于文墨一层，却是丝毫不肯用心，所以十年窗下，仅能作封普通书信，其余一概不能。张文因只此子，未免又溺爱点儿，所以并不严加饬督，因此张桂兰对于文墨，只有一个普通商人的程度，外人不知，谁也不能明白他是富人公子。

张桂兰的父亲，有个远族兄弟，名唤张义，因家贫不能度日，引着他的儿子，名唤张伯卿的同来延安宫家集，投奔张文。张文因他可怜，将他父子留下。

那张义为人倒也正直，张文也很喜欢他，可是他那儿子，实在是个淘气鬼、不肖之子。张文常常叫张义管束他，因此那个畜生不知自己的过处，反而怪伯父偏心，不喜自己，因此便生出无数的事来。

原来张伯卿为人品行不端，奸诈非常，随机应变真正是个能手。他跟着张桂兰练了几套拳脚，也能高来高去。起初倒也不敢放肆，后来渐渐地露出马脚来了。

此时，张桂兰已十九岁了，张文夫妇要想给他订房媳妇，以了心愿。

张桂兰道："孩儿年纪尚幼，常言'男子三十而娶，女子二十而嫁'，如今孩儿尚未到这个时候，俟等几年再说吧。"

老夫妇也因儿子之言动听，便就缓了下来。不料天不作美，其时本地有个绅士，从前在张文做延安府知府的时候，因为一件坟地案子在延安打官司。张文按图保及县志所载，调查清楚，知是那个绅士恃强欺压人家，所以就秉公判断，给那绅士输了官司。

那绅士心中含恨，但也无可如何，自古沧海桑田，境遇极易变迁，所谓"一层新浪推旧浪，一辈新人换旧人"。明朝亡后，那绅士以响应清兵有功，补了候补道衔，他因想起张文当日在任时节和自己作对的事情，如今何不乘机报复呢？于是便调查张文家举动，等候他家有点儿空隙便欲设法报仇，一面又向官厅控告，仍旧推翻陈案，将从前张老爷断的坟地仍旧争回。那家人家乃是寡妇、孤儿，势力不敌，不敢争执，只得隐忍罢了。

事被张文知晓，想要出面打个抱不平，后一想，现在时势，只有强权，没有公理，由他去吧。但是他虽未曾去打抱不平，然而言语无意之中未免吐露出许多不平公道话来。谁知有那嘴快及巴结那个绅士的人，便将此事说与那绅士知晓，以便讨好。中国人有句常言，便是"说话轻，过话重"。那个搬是非的人未免有过甚其词形容一番，在过话的人，无非是讨好的作用，谁知那绅士心中忽生一计，便乘马进城，见了陕甘两省的巡抚大人，暗暗出首说，宫家集张文乃是前明遗老，暗谋不轨，终日招聚人众，在家练武，乘此尚未成气的时候不除，将来恐要成国家大患。他这几句话轻描淡写，深中清朝的忌讳。

那巡抚禧大人是满洲白旗人，一听此言，心中一动，忙说："贵道请回，容本院着人调查办理。将来事定，定要奏请朝廷重用。"

那绅士大喜，回家去了。

这里禧巡抚忙命人去调查，果然张文家内请有教师练武，况因他从前不曾响应清兵，因此一想，格外相信。便用迅雷不及掩耳的手段，连夜调本城参将、守备等武官，带领部下兵丁，到宫家集去捉拿张文全家人口。

此时张文全家毫无知觉，不分老幼良贱，全家被捉，解进城中。禧大人升堂问事，张文等全家并不知是因何事全家被捉，及至到堂，才知是受无妄之灾。

正是：

人在家里坐，祸从天上来。

张文全家受屈，哪里有什么口供？可怜张文夫妇，因受刑不过，毙于杖下。

禧大人也是个糊涂官，一见如此，问不出什么供状，遂差人到张文家内去搜。搜来搜去，搜出些明朝的旧物，及明亡以后，各处遗书的悲愤信件，另外便是各种兵器。这几件都是清朝犯禁的东西。禧大人据此为凭，立了文案，将张文夫妇尸体斩了示众，一面将家人、庄丁等众分别轻重，充军的充军，交保的交保，责杖释放。

其中但说张桂兰及张伯卿两人，因系嫡支嫡派，特别加重，将两人杖二百，发配云南充军。

看官，清朝充军的条例，在南边的，便充到黑龙江去；在北边的，却又发配到南边去，这个乃是苛政的一种。那时弟兄两人上路，腰无一文，亲戚人等谁也不敢来探问相送，个个都怕连累自己，因此二人在路上很受痛苦。

那个张伯卿忽然异想天开，含恨伯父因为有了个明朝遗老的头衔，才致遭祸，害得他父子离散。因此一想，便迁怒到张桂兰身上来了。

那日到了河南武胜关地界，一个小镇市上，正是午饭时候，走到一家小饭店门口。众差役见一路行来，因两个犯人毫无一文，这种苦差，心中很是气愤，便饿了他两人一顿，将二人锁在对面树下，几个差人却到对面饭店内吃饭去了。两人忍饥不过，只是乱嚷。那几个差役凭他们喊破喉咙，直也不理他们。两人无奈，只急得乱跳。不料那刑具等物给他跳松了，差人一见，可就不得不理了，遂前来给二人重上。

此时张桂兰心中忽然一动，暗想如果跟他到云南去，必定死在路上无疑，不如乘此脱身吧。

主意想定，此时那个差役正上来给他上镣铐的铁钉，猛不防被张桂兰两手扳差枷角，向那差人头上一下，打破太阳穴，登时鲜血直流，死于地下。

桂兰见事已如此，便道："索性一不做，二不休，咱俩做了吧！"便运动神功，使劲将身上的刑具挣脱。

那对面饭店内的公人一见如此，便抽出腰刀，一齐奔来。张桂兰见众人势猛，自己又手无寸铁，颈子里又戴着一面行枷，腰间又被根铁链锁在树上，转动不来，一时心急，气力陡增百倍，用力一挣，那根铁链已经挣断。只因用力太猛，向前一纵身，直向众差役扑来。众差役刚走到西首，被他身体向前一栽，枷角一带，扑通一声，栽倒两个。前面的将后面的一碰，反而将后面的也带倒了两个。

张桂兰此时不肯容情，乘势一个连环腿，向众人踢去。众人正要站起，却又被他踢倒，谅那些差役如何是他的对手？早被他一俯身，抢起一把刀来，向众差役砍去。一连几刀，众差役算是跑得快，不过逃得两个，其余一齐都被杀死。

此时张伯卿见张桂兰如此，也就挣扎着想脱身。张桂兰杀得性起使劲，将两手抛于地上，忙过去用刀，将张伯卿的刑具一齐砍落。兄弟二人各在地上重拾了把刀，飞奔出镇，向东便走，此时也就忘却肚中饥饿了。

那镇上饭店内过往之人及本镇人士，见一枝兰方才那种神威，个个都唬得张口结舌，作声不得，谁还敢出来多事？所以他二人一径奔小镇市，向东飞奔，一路行去。不及一里，只见前面来了五六十人，个个手拿兵器，如飞而至。

原来却是那两个逃走的解差，飞奔到本乡保正那里，齐了五六十个庄汉，前来拿他二人，偏遇个正着。

张伯卿道：“兄长，你我迎上去，杀个痛快吧！”

张桂兰道：“贤弟不可如此，方才是不得已而为之，须知他们也是奉公差遣，身不由己。念他们有他们的苦处，何必以多杀为事呢？咱偏从别路走吧！”

说着话，众人已到面前，一溜齐上，四面围定。

张桂兰道：“众位且慢，请听一言。”

众人本来有些耳风，知他的厉害，虽然围住，却无一个动手。

只见张桂兰道：“众位辛苦，念我等乃是含冤负屈之人，今日既已脱逃，如何还肯回去受罪？如今众位赶来，想是要与我动手。要知众位的能耐，实在并非我夸海口，漫说来数十人，便是千军万马，我也不怕。不过有一层，一经动手，必又杀伤多人，未免多累无辜。如今我给众位一个样儿看。”

说着，便纵身一跃，一个燕子穿帘的架势，早已由众人头上纵出圈子外来。用目一看，见有一棵合抱不交的大树在那路旁，说时迟，那时疾，只见他喝道：“众位请看！”一声响，一刀挥去，早将那棵大树挥成两段，倒在就地。

用刀指着众人道：“众位自思，谁有这树的结实？不怕死的，便上来试试。”

众人一见他如此威风，早已唬得呆了，谁还敢上前讨死？一个个你看我，我看你，面面相觑，不敢上前。

张桂兰狂笑一声，抢入众人队里，同了张伯卿，直冲过去，仍向东方大路而去。

众人无奈，不敢追赶，只得先到镇上去收尸，呈报本地官厅，立了海捕文书，捉拿两个逃军。一面恳请本地官厅，赐了盘川、文书，自回陕西延安府巡抚衙去回话去了。官场自有一番俗例，不在话下。

话说张桂兰兄弟二人向东而走，人地生疏，腰无一文。走了一会儿，不禁腹中饿了。此时天将近晚，四面村庄人家炊烟四起。

张伯卿道：“兄长，咱俩今日食、住两项都无，投何处去是好呢？”

张桂兰道：“贤弟之意，应当如何？”

张伯卿道：“据小弟想来，此时如停足吃饭，或是投店住宿，一则身上无钱，二则恐怕那些公人直去报知本地官厅，调兵遣将追来，未免又要多事。我想不如忍忍饥，向前飞赶，今夜索性不停，向斜刺里走去，苦上一夜，明日再想别的主意。咱们是四海为家，走到哪儿说到哪儿，如何？”

张桂兰道：“愚兄也这般想，但是一日不吃，又要赶路，这件事也太难了。我想不如到左右庄出去乞讨一顿饭食，吃点儿东西，然后再去赶路。纵有官兵追来，也可以持敌得住。如果饿得手软，那可真要束手就缚了。”

张伯卿道：“兄长之言有理，咱们向前村去，讨点儿饭吃了再走。”

说着话，二人已如飞似的向前村赶来。只见道旁有个酒饭客店，张伯卿首先抢入内，而张桂兰也就入内，两人相将坐下。

那店家乃是父子两个，一老一少，用着两个伙计，并无别人。一见二人入内，面色不正，身上衣服有些血色，更是囚衣，心中已是吃惊不小。没奈何，只得上前招呼，问二位用饭还是投店。

二人道：“有现成的饭菜，只管拿来，投店却用不着。咱们吃过之后，一并还钱与你。”

那老儿便去预备饭菜送来，乃是一碟牛肉、一碗青菜、一碗豆芽菜、一碟鱼。二人饥不择食，狼吞虎咽，吃了又吃，添了又添，可谓饿便饿个死，饱便饱个昏。二人吃了一会儿，只吃得碗底朝天，还是叫添。

那店家父子两个看得呆了，说这两个人都是饿鬼投胎，不然，何至如此？便道：“二位已将饭吃完了，咱们小店，此处来往饮食之人也不很多，所以不敢多煮。如今现成的饭菜已被二位吃光了，如今还得重煮才有呢。二位如要时，请等一会儿吧！”

二人道：“既然如此，咱们便不吃也罢。”说着，那个伙计便前来收拾碗盏，又送过手巾。

二人抹了嘴脸，起身向外便走。那店家父子见他两个走去，便由柜台内赶将出来，说：“二位慢行。”一人拉住一个，揪住不放。

那老儿将脸一沉，说出几句话来，有分教：

落难英雄，羞惭满面。

剪径豪杰，俯首下心。

正是：

渔翁撒下网和线，从今钓出是非来。

毕竟店家父子为了何事揪住张氏弟兄，请看下文分解。

第二回

桃花山剪径服众寇
汉阳县画地分雁行

话说张桂兰、张伯卿二人，吃得半饱不饱的光景，忽然饭菜吃完，要添没有。两人立起身来，向外便走。

那店家父子急忙在后追来，一把揪住不放，口中骂道：“两个贼囚徒，怎么吃了饭分文不给，便想走到哪里去呀？”

二人回身立定，张桂兰羞惭满面道：“别嚷，咱们老实说了吧，身上半文没有，也并非安心吃白食。你老人家不要骂，算是我二人欠了你的债吧！记上这笔账，改日奉还如何呢？”

那店家父子道：“你二人好不分晓，咱们这个店本小利微，向不欠账，怎好给你两人记账？分明是两个棍徒，如此惫赖不要脸。如果无钱，须白吃官司去。”

二人一听要打官司，可就急了，又恐怕他父子叫喊起来，引动多人，激动公愤，与自己大大不利。便道：“老丈，你二位不必如此，便做了个现成人情吧，咱二人有朝一日，定要报你这一饭之恩，将来定当十倍奉还，绝不食言。”

店家道：“别不要脸，少年人如此无赖，那还成什么世界？今日非给钱不行。”

张桂兰急了，便略使劲，将手一扬。那个老者向后一个踉跄，几乎跌倒。张伯卿也就照样用力，将后生一推，扑通一声，栽倒就地。

张桂兰向二人唱了个无礼喏道：“对不住咱们，‘青山不老，绿水长存’，相见有日，后会有期，再见了。”说着，迈开大步，两个人急急向斜刺里去了。

那后生爬起就追，如何追得上？只得道声晦气，同老儿回店里来了。一眼看见桌旁靠着两把腰刀，刀口上还带着点儿血迹。父子两个唬了一跳，口中念道：“哎呀！这两个囚徒，不知是由何处来的，留此血刀在此，别给他带累。”于是命伙计将两把刀向前面那个树林内扔了，不在话下。

且说张桂兰弟兄二人出离小店，一路行来，借着星月之光向前正走。此时正是秋天，中秋之后，金风拂面，二人心急脚快，不知不觉，走到一座大山脚下。

张伯卿道：“兄长你看此山，好生凶恶，别有歹人在那里吧！”

张桂兰道：“贤弟怕什么？鸟！你我都是单身，他不来找我，算是便宜，如果来找，要买路钱时，我还得向他讨过路费才好。”

二人正在讲话，只听得对面树林内一声：“呔！”跳出十几个大汉来，手内各持兵器。为首一人，身高八尺开外，面如蓝靛，光着头，身上穿一身黑衣，手持三节棍，拦住去路。

张桂兰一见，便上前道：“朋友，咱们是过路的，不懂规矩，你可别恼，让我们过去吧！”

那人将张桂兰一打量，见他面如傅粉，俊品人物，身材矮小，穿着罪衣，便笑道：“你二人别说闲话，咱们有几句口号，你且听来：‘此山是我开，此树是我栽，有人从此过，丢下买路财。牙缝内如说半个不字，管叫你一刀一个土内埋。’你等都是犯人模样，想是越狱逃走的。别走，丢下买路钱过去，如果不然，小子你休想过去。”

张桂兰一听此言，气往上撞，便冷笑道：“你既知道是犯人，难道江湖上规矩不懂吗？也罢，你既要买路钱，你公子正缺盘川使用，正要想问你借路费。你来得正好，你公子爷也有几句口号，你且听着：‘自幼生来胆气豪，也曾识水旱绿林众英豪，从来不用钱买路，缺少盘川要反敲，今日遇见你，送我路费将你饶。’小辈！你眼也没睁，怎么配占山为寇？你公子今日不问你借盘川，你反要买路钱，来得正好，别走！”说着，便要抽刀。不觉暗说哎哟，原来腰刀，因在饭店内，出门性急，忘记挎了，此时方才知道。

正在心中暗急，那盗寇举起三节棍，向张桂兰打来。张桂兰急中生智，便乘势闪开，使了个饿虎扑食的招数，斜刺里向众喽兵扑去。喽兵猛不防他，只一扑，早已踉跄而退，被张桂兰乘势夺把朴刀，回身向那贼首后胯就是一刀。那贼首急架相还，不料张桂兰力大势猛，朴刀望下一砍，用力太猛，将那贼首手中的三节棍磕飞。乘势一个进身，一腿踢去，早将那个贼首踢倒，一脚踏住。

张桂兰用刀一指，喝声：“小辈！你这没用的东西，也想向公子爷要买路钱？今日你公子爷可要路费要定了。”

众喽兵欲向前施救时，又怕他伤了头领，一个也不敢向前，却暗暗地派人上山报信去了。那蓝面贼首虽然被他制伏，只是咬紧牙关，并不开口。

张桂兰道：“小辈！别装死，你如不送出过路费来，休怪你公子爷无情。”

那贼首道：“小子！你倒是个会手，过路费是没有，既你怎样都行。你且别忙，你如战得过俺大哥时，俺便情愿送路费与你。”

张桂兰笑道：“好好，你快去将你大哥唤来，叫他也知道洒家的厉害。”

正在问答之际，忽然山上火把齐明，一群马队贼兵如飞般撞下山来。为首三人，面貌一个青面，一个微白，一个鸳鸯脸。那三人手中各执刀枪，三骑马冲到张桂兰的面前，一见大怒，各举兵刀，向张桂兰砍来。

张桂兰道：“小辈以多为胜，以为你公子爷便怕你不成？来来来，你公子爷先给三人点儿厉害看看。”说着，便放了脚下蓝面贼首，用手中刀急架相迎，一人独战三寇，并无半点儿惧色。

后面张伯卿看得技痒，意欲向前助战，只恨手无寸铁，只得远远地看着厮杀。只见四人越杀越勇，并无丝毫漏空之点，心中暗暗喝彩。

忽然见山上又来了一群人，为首那人生得面皮微黄，骑着一匹黄骠马，手提一双金装锏，仿佛是秦叔宝转世，冲到面前，看三人战张桂兰不下，便道：“众位贤弟让开，待我前来擒他。”

三寇闻言，一齐向后便退，齐说：“大哥快来捉这厮，给五弟报一足之仇。”

那人催马上前，抡双锏向张桂兰便打。张桂兰忙用刀一架，知他力气不小，便使出一手花刀，上三下四，左五右六，向那人杀去。那人本领本来高强，但因一在马上，未免有些吃力，所以杀个平手。渐渐有些支持不住，便道：“且住，你我步战，如不能擒你，不算好汉。”

张桂兰住手道：“好好，你公子如不赢你，也不算是英雄。”

说着，那人下黄骠马，提锏便打。张桂兰急架相还。此一番大家都在步下，这一场大战，真所谓“棋逢敌手，将遇良才”。

两人战有百十余合，不分胜负，引得那喽兵及一众山寇齐声喝彩。

张伯卿在后面见兄长与贼人战个平手，想道，如再战下去，恐怕寡不敌众，定要给他败了。

正在暗想，忽见那贼首用锏将张桂兰的刀一架，跑出圈子外来道：“且住！寨主爷与你有话讲。”

张桂兰道：“敢是战洒家不过，情愿送路费与洒家吗？快些拿来，让你公子爷走路。”

那人道：“你一口一声的公子爷，使人听得怪肉麻的。你且说你是谁，何方人氏，说得明白，你我再战不迟。”

张桂兰道："小辈听着，别唬坏了！你公子爷乃是陕西延安府的一枝兰，张桂兰的便是。你这小辈是谁？敢不送过路费，与你公子爷使用？"

那人道："小子别说谎，我久闻一枝兰乃是个少年英雄，如何会穿罪衣？更如何会不在延安府住，却到这里来做什么？你这小辈，可真不要脸呢！"

张桂兰笑道："你这厮既不认识张桂兰，何以知道洒家是假的？真所谓'有眼不识泰山'，称为有目无珠了。"

那人细听张桂兰口音，确是陕西口音，又见他本领高强，心中也很为佩服，便道："你这小辈，别不要脸，久闻一枝兰使的是双钩链，如今你是使的朴刀，兵器且不同，如何是真的？你若不问你寨主爷的大名，哼哼！小子你站稳了，别唬死了。你寨主爷乃是桃花山的都头领，姓卜名鹏，外号人称赛叔宝镇虎牢的便是。你这小子见了你寨主爷，还不下跪领死？"

张桂兰笑道："我道是谁，原来是个无名小辈，看刀！"说着，便是一刀来向卜鹏砍到。

卜鹏急忙架住，说声："且慢！你既要借路费，你可有胆量跟我到山上去取吗？"

张桂兰道："怎么不敢？别说是你们这班草寇贼巢，便是虎穴龙潭，我也敢去。"

卜鹏道："如此才是个朋友。"遂说："兄弟们回寨去。"说着，便回身前行，说："二位请随我来。"

张桂兰招呼张伯卿，一齐上山。

张伯卿暗暗说道："兄长如何恁地胆大，如何好身入重地呢？"

张桂兰道："兄弟放心，愚兄自有主意。"说着话，已跟着众寇迤逦向山上行去。

行不多远，已进山半。过了关，只见里面房屋甚多，都是依着山势砌的。众头领到得里面一齐下马，让张桂兰弟兄入内，到了聚义厅上，分宾主施礼而坐。早有小喽啰奉上茶来。

卜鹏道：“你二位到底是何人，如何不送买路钱反向本山索过路费？况且身穿罪衣，所因何事？请说个明白，然后再说别语。”

张桂兰见他语言客气，便道：“众位寨主，我弟兄真乃陕西延安府宫家集张桂兰、张伯卿弟兄二人，只因遭仇家陷害，含冤遭屈，发配到云南充军。此时因于路上脱逃，连夜奔走，未曾换得，故而如此。走过宝山，忽遇这位蓝脸的寨主拦路。老实说，我兄弟身无一物，哪有买路金银？若讲到江湖义气，众位寨主理应送过路费与我。并非我说句大话，宝山连江湖绿林的规则也未曾明白，如何可以占山做寨主呢？”

原来绿林规则，凡遇见逃犯，总作为同志，绝无抢劫之理，还得送些路费与他，或是留下做膀臂。此时张桂兰一番话，说得众寇愧汗交流。

那为首的谢过道：“此乃草山失察之过，请二位原谅。”

张桂兰见他懂得江湖交情，便道：“寨主说哪里话来？想我等乃是逃犯，何能说寨主之过？”

众头领见他言语漂亮，知他定是一枝兰无疑，于是大家都想结识他二人，做个朋友。卜鹏忙令喽卒摆酒，给二位洗尘，一面吩咐喽兵入内，取来两套新衣，给二人换了。二人也就老实不客气，换过衣服，向众头领申谢，然后请问众头领姓名。

卜鹏指着那个微白面皮的道：“他是我兄弟卜雕，外号人称小活猴。”又指着青脸的道：“他是我义弟，姓伍名蕙芳，外号青面将。”又指那个淡黄脸的道：“他是我四弟余廷，外号黄面狼。”又指那蓝靛脸的道：“他是我五弟雷大鹏，外号蓝脸鬼。”

张氏弟兄一一都见过了。

此时酒已摆齐，大家推张氏弟兄首座，众首领坐了末座。

酒过三巡，卜鹏便开言道：“据二位之方才所言，为人陷害，不知所因何事？乞道其详。如今竟欲何往？”

张桂兰道："说来话长。"于是便将在延安府的情形说了一遍。说父母均被惨刑的话，不由得泪如雨下，咬牙痛恨起来。"如今并无栖身之地，意欲四海为家，做一番事业，访求名人指教，然后代父母报仇雪恨。此时官场黑暗，难以理喻，除去行刺以外，别无他种办法。"

众头领道："二位如今既无处去，某等请二位意欲同占此山，结为兄弟如何？"

张伯卿正要开口，张桂兰道："承众位寨主美意，我等已是谢不尽，彼此同心，何在结义的形式？至于愚见，仍欲访求名人，代父报仇为急。其余安身与否，此时却非可计及，请众位寨主原谅。"

众头领道："二位以报仇心切，不肯同占此山，也罢，孩子们取出来！"

只见一个喽兵由后面捧出二百两银子，用红绸包着，托在一个盘内，下衬一块大红绸包袱，捧到酒席上来。

卜鹏起身道："二位既不肯在荒山歇马，我等也不敢屈留，特送纹银二百两，以作二位盘川，如不我弃，还请常赐音信，以慰下怀。倘或报仇时用得着我等，我等愿助一臂之力。"

张桂兰即就起身申谢道："承众位多情，我兄弟生死不忘，这尊赐也就收了。以后得当，再图报答，将来代父报仇，当至宝山奉请，小弟预先拜谢。"说着，抱拳即欲行礼。

众头领慌忙拦住。

须臾，酒饭已毕。此时天已大亮，红日高升，弟兄两个辞别众人下山，取路奔湖广马鞍山而来。一路之上，张桂兰并念桃花山众寇不置。

张伯卿道："兄长真呆，承众位寨主相留，你我此行，又无一定去处，何处可以安身立命？假使官中追捕得紧，前途生了变故，岂不是自投罗网？"

张桂兰道："贤弟，愚兄非不知道，只因你我是个逃犯，如在桃花山上，一定害了他们。更有一层，他们乃是打家劫寨的强盗，我辈乃世家公子，如何同居得来？虽然你我的师父大半是绿林中人物，但我辈纵要借道栖身，也当做一两件惊天动地之事。况且父母之仇未报，如何能先谋自己的安身？如今我的意思，昨夜饮酒之间，已经想着一处，便是我师兄摇头狮子莫仁那里，一则可以安身，二则可以会聚英雄，代父母报仇，以了心愿。至于栖身之处，无论僧、俗、道，何等不可栖身？贤弟，你也太自贪安乐，不顾家中惨痛了。”

张伯卿被张桂兰一席话说得无言，只得跟着一齐取路，往湖北而来。

看官，前文已经交代，这张伯卿为人，品行不端，此时虽然逃难，仍是旧性不改。张桂兰未免劝说他几次，他恼羞成怒；又因张文在日，与自己不对劲；自己的父亲又是被累，身受五毒之刑；自己又是被累的逃犯，还要受他的鸟气；心中再想起从前在宫家集的时候，张桂兰对待自己也是一味的严厉，此时前后一凑，未免气上加气，便有些老大的不自在起来。

那日到湖北夏口县，过河，到了汉阳，问到摇头狮子莫仁家里。原来那莫仁家住马鞍山钓鱼台左近地方，此时莫仁却不在家，往湖南岳麓山会友去了。家中只有一个老家人，带着几个忙工，在那里做活儿。二人奔到这里，恰巧扑了个空。

张伯卿本来心中不愿意，到此未免说出几句不快活的话来。张桂兰如何肯受他的闲言？也就有五分不快。

二人见莫仁不在家，回身往汉阳城内走来。走不多远，恰巧来到当年俞伯牙弹琴的那个琴台上面。

张伯卿道：“兄长，你我在此瞻仰古迹，再走不迟。”

二人在上面看了一番，见那石碑上有名人题的诗句，更有一碑，勒着重修琴台的记文，只是说本地人士集资重修的始末，其余石碑上的诗句，无非是些吊古悲今的说话。那旁钟子期墓上，也有许多名人笔迹。

二人看了一会儿，张伯卿忽然看得高兴，用手在那钟子期墓前面的石碑上推。不料那个石碑下面未曾栽牢，吃他一推，不觉倒了。

张桂兰见他如此，便道："贤弟，如何用手推倒石碑？须知古迹总要保存，不应如此动手动脚的。"

张伯卿道："兄长也太啰唆了，这石碑推倒，又不是不好重栽的，算得什么呢？"说着话，二人走下琴台。

走不一程，路旁有一个女子，在那田内种菜。虽然是乡间女子，却是美貌动人。张伯卿见了，便不转睛地净瞧。

张桂兰心中大怒，便道："张伯卿，你真也太难了，怎么这般无耻呢？"

于是带怒说出一番话来，有分教：

雁阵折散，各奔东西。
古刹留宿，自投南北。

正是：

薰莸原本难同器，良否何堪作一家。

毕竟张桂兰说出什么话来，请看下文分解。

第三回

归元寺长老识英雄
黄鹤楼品茗逢文士

话说一枝兰张桂兰，见族弟张伯卿见了那个女子，如此神情，心中大怒，便道："伯卿，如今你我大仇未报，朝夕不遑，如何如此糊涂？须知此等行为，乃是禽兽所有，不是人类所为。圣人云：'人而无耻，胡不遄死？'似你这般神情，简直如色中饿鬼，成何景象？以后如再这样，你我便一刀两断，不是兄弟了。"

那伯卿见他如此发怒，心中本来有气，此时可是再也按捺不下，便道："兄长，人各有志，何必相强？你这般拂人之性，专门扫人兴头，真正有些不解。若论到报仇，我父子尚是受你父子之累，才致父子离散。你如此言语，说着谁来，谁稀罕有一两个兄弟？古人云：'四海之内，皆兄弟也。'你与我貌合神离，已非一日。我常受你的言语，也非一次，人人有面，树树有皮，如此剥我面皮，还说什么手足……"

话犹未完，张桂兰大怒道："罢了罢了，你且住口。既然如此，你我从此画地为誓，永不相认，以后各奔前程，总是我对你不住。"说着，便由怀中取出六十两银子，递与张伯卿道："分此与你做路费，从此海角天涯，各不相关。但愿你此去，出人头地，光耀门庭。"说着，便赌气转身，向汉阳城内去了。

张伯卿也就带怒，接过银子，回身向那田中摘菜的女子问话，假意问路。

那女子见他如此，忙说："不晓得，不晓得。"将菜篮一提，急急向那边庄上奔，回家去了。

张伯卿好生无趣，便道："张桂兰，如此可恶，我定要学成艺业，和他一样本领，到各处做一番案子，贻害于他，方显得我的厉害。"想罢主意，便到汉水河边，乘渡船回到夏口县地方，往襄樊一带访求名人去了。暂且不提。

看官记清，自他存了此念之后，一枝兰的名誉便被他弄成一团糟了。原以人家说一枝兰是采花的淫贼、江湖大盗，也就是这个来由，后文自见。

且说张桂兰一怒，与族弟张伯卿分手，自己向汉阳城内而来。到得城内，见六街三市倒也很为热闹。原来汉阳居汉水之首，在夏口武昌的中间，乃是个水码头，所以闾阎栉比，市廛繁盛。

当时张桂兰没精打采地进得城来，走不多远，只见前面有家客店，上写"吉升栈，安寓客商"，便信步走入。小二过来招呼，住了一间普通房间。

到了房内，自己想起父仇未报，自己又复投奔无路。如今伯卿又如此分散，虽然是他不好，但是自己也未免过于严厉了。于是想来想去，不免流下泪来，当晚连夜饭都未用，便埋头睡了。

次日黎明起来，梳洗已毕，忙用早点。只因腹中空虚，未免多吃了些，谁知晓吃得过多，反不受用了，不禁有些腹中胀闷。自己只道是感受时气，便去药铺内买些药丸来吃。谁知药不对病，反因此吃坏，当日便觉得腹痛头昏，身体无力。次日竟至重病，卧床不起了。

那店家因他是个单身客人，深恐他有个长短，与自家许多不便，便要想下逐客令。无如知他是外路人，无处可以想法，忽然想起来本地的归元寺，便来对张桂兰道："张客人，你老请听，并非小人无情，只因店中干系，甚是不便。如今有个去处，意欲将你送到那里去，未知你可肯搬去吗?”

张桂兰人虽染病，心中甚是明白，知道他的苦衷，便道：“店家，你且说是什么去处。如能去便去，不能去再作商量。”

店家道：“这个去处，想来客人也是知道的，本地离山下面，有个大丛林，便是归元禅寺。寺内有个智清长老，乃是个有道行的高僧，善治各种病症。如今我想着几个伙计，将你送到那庙内，求他医治。便住在庙内，医药两便，岂不强似住在我这小店内吗?”

张桂兰听罢，想了一夜，便道：“去便去，但是只恐那庙内不肯留我住，未免就受了累了。”

店家道：“你别心焦，他那庙内收容的病人也不知多少呢，何在乎你一个?”

张桂兰道：“如此便请你差伙计送我去吧!”

店家大喜，出来唤了几个伙计，放下一扇板门，用绳子两头绾着，用根长木杠子穿好，铺上一条席。到了房内，众人七手八脚将张桂兰抬将出来，放在板门上，几个伙计抬起就走。再有一个伙计，代他收了那物件，在后面跟着。一行人出城，直奔归元寺而来。

到得庙里，先去挂了号，说明是由城内吉升栈送来，因他是单身客人，无人照应，方才送来，请老和尚慈悲，施诊给药，方便住处，病愈后再打发动身。

那挂号的和尚挂了号，入内禀知方丈。不一会儿出来说：“方丈命抬他到里面病房内去。”

众伙计依言将张桂兰抬到里面病房内去，又交割了张桂兰的小包袱。这小包袱，便是张桂兰在路上新买的衣服，除此之外，别无物件。当时众伙计出庙回城去了。

张桂兰到了病房内，便有两个小和尚过来服侍他睡到病床上去。不一会儿，长老由里面方丈内出来，先向各处病房病人依着号数看过，然后再代张桂兰诊脉。那长老代他将寸关节一按，知他并无大病，见他生得堂堂仪表，俊秀端好，满面英雄气概，略带愁苦之状，并无十分病容，暗暗奇怪，暗说，病状甚是凶险，脉象却又平常，岂非奇症？再一想，忽然醒悟，知他是错吃药饵，心中有事，路上辛苦，平常之症，只要发散发散，便能见效。身体不能自由，乃是失了调养之故，只要将息几天，便能复原无事。立即开了药方，命小和尚去讨药来煎给他吃，自己便回到方丈内去了。

张桂兰当晚服药以后，出了一身汗，顿然轻松了许多。次日已能起床，便到方丈内，拜谢长老施救之恩，意欲明日告辞动身。长老见他已好，便道："你还须将养几日，方才能够动身，此时如走，仍恐复发。你且请坐，我有话与你讲。你贵姓啊？"

张桂兰道："不敢，小人姓张。"

长老道："你坐下来好说话。"

张桂兰便谢了，坐下道："长老有何法旨？"

长老道："听你口音，不是本地人，因何到此？且看你满面愁苦之状，似有心事，不知所因何事？你可一一说与我知晓，我可与你解忧。"

张桂兰听他此言，心中一惊，便道："长老面前不敢行谎语，实有些难言之事。如今他乡落魄，无路可奔，父母之仇未报，是以心中焦急，未免形于面上，乞长老赐示一条明路，小人终身不忘。"

长老笑道："张居士，你的事情，我已久知，不必多说了。如今你面上的晦纹已去，不久自有机缘，此乃天缘凑合，实非人力所能造成。我有一偈，你须谨记：方寸方寸，不可自私。宗旨坚定，莫乱主意。"

张桂兰再拜受偈。

长老道："张居士，你此去，大仇固已可报。但是不要过于出人头地，要知得意不可再往。更有一层，居士为人，一生须要抱定走正路，切莫乱交朋友，将来受累。还有几句偈言，你且听着：雁行折翼，各分东西，一样武技，一般暗记，如不明白，将自害自。"

又道："张居士，所以我劝你，不要再立身湖海，以免风波，便是这个因由。更不可一味托大，多招冤家。如今索性说与你明白：'修身最忌鼓上蛋，欲免此灾须避嫌。留得沉冤无人白，幸赖后辈可报冤。'总而言之，居士一身，总宜心平气和，方能免咎。否则前途恐多荆棘。也更有一层，居士须念不孝有三，无后为大，早早完婚，以接后代。要明白圣人所言的'不迁怒，不二过'两句话，总可无忧。否则能免凶终，切记切记。"

张桂兰一一谨记。

当时长老吩咐方丈待茶。原来庙内僧众，只道他是求诊之人，未曾招待，此时得着长老吩咐，方才送上茶来。

张桂兰坐下饮茶。

不一会儿，长老又命人送上素斋，二人在方丈内对坐用斋。斋后，又谈了几句闲言，方才告辞，长老直到外面病房内住下。

原来归元寺的智清长老，乃是个有德行的高僧，借因深知药性，本是个儒医出家，医道极精，汉阳地方，无人不知，他因此在佛爷面前烧香，许下愿心，要以医道救济，有缘众生以五千人为限，所以特将外面僧房改了病房，施诊给药。虽然在乡间，然而每日总有三四十号病人求诊，无不应手而愈。要是病人孤苦，他乡之人，本地无人照应，方才可以住病房养病，但须由挂号的和尚将理由报明，方才可以允许，如不然，仍旧不可。但是除去万不得已的，也未必肯去住病房求治。后来老和尚五千号愿满，即行云游各处，此事遂不举行了。

闲言少叙，且说张桂兰在病房内住了两天，身体已经复原。他本来无病，只因错吃药饵，才致如此，如今不消两三天，已是复了原，便到里面拜辞长老，又助了十两香资。

长老道："居士正需钱使用，此款断乎不能领受。虽是香资，不能推辞，但是居士的金钱，和尚们断乎不敢领受。请香奉敬佛祖，居士自己明白吧！"

张桂兰被长老一说，不觉面红过耳，收了银子，拜辞长老，径自出了归元寺，直奔汉阳城内吉升栈内，算清了账。然后过江到武昌城内，住在一家悦来客栈内，那客店巧在武昌汉阳门内。

当日住了一夜，细想智清长老之言，似歌非歌，似谣非谣，能不能果真应验，也只有留待后证罢了。想到半夜，不知不觉地蒙眬睡去。

次日起来，梳洗已毕，走出店门，顺路走去。上了城头，心想走上去看看江景，便依着石阶，一级一级地上去。走到上面一看，只见上面立着一块石碑，上写吕祖乩笔“万恶淫为首”五字，旁注小字道：“吕祖以黄鹤楼为鄂之名胜，游人孔多，士女如云，特降乩笔，以警有众。”

张桂兰看罢，暗道，此乃黄鹤楼吗？真是妙极，我久闻湖广名胜甚多，汉阳武昌有龟、蛇二山对照，龟山上有晴川阁，蛇山上有黄鹤楼，两面是对面，如今无意中来到此地，要算是出乎意外了。便举步由那“万恶淫为首”的石碑右边，转弯向上。

原来此地正是武昌的汉阳关城，是依着蛇山的山势造的，所以曲折而上。张桂兰举步上了石阶，一层一层地上去，抬头一看，见上面有无数房屋，头一进便是黄鹤楼，上写“古迹黄鹤楼”，两旁有许多卖卜看相之人，摆着测字摊，一面有几间茶楼。向那边一望，正是长江，只听水声潺潺。走到黄鹤楼下，见那石上勒着一个大“鹅”字，乃是王羲之的亲笔，再有“鸾”字，也是一般的精神。转过去，有吕祖殿。上得阁去，有吕祖神像，跨鹤背上，手拿短笛。

张桂兰到了此时，偶然想起前人诗句“黄鹤楼中吹玉笛，江城五月落梅花”这两句诗来，因此联想到鹦鹉洲黄盖的坟上，不禁生了无穷之感。一面感想，一面由阁上下来，又向后面行去。由折而上，乃是抱膝亭，那上面风景绝佳，可惜当时张桂兰心中有事，未能十分领略。下得抱膝亭，后面去，便是蛇山的抱冰室了。

张桂兰一想，早上起来尚未吃过东西，此时腹中饥饿，刚才上来时节，看见前面有楼，也许有卖吃食的在那里亦未可知，何不先去吃了东西，然后再向后面去游玩呢？想罢，便向前面折去。过了吕祖阁，出得黄鹤楼，便去到那个茶楼内去坐下。

原来那个楼正靠在江边，一眼望着长江，直是逸趣横生。

此时过卖见张桂兰衣冠齐整，坐将下来，便道："请楼上坐吧！楼上风景好，上等人物也多，下面都是普通人吃茶的地方，上面好得多呢。"

张桂兰听他如此说法，便立起身来上楼去。早有楼上的过卖招呼着上去，张桂兰拣了副座头坐下。那座位紧靠窗口，向上下一望，正合着古人所说的"秋水共长天一色"这种风景，煞是好看。心中虽有心事，但到此胜境，就化去了一半。

心中正在默想，那个过卖道："客人吃茶，可用什么点心吗？"

张桂兰道："都要都要，有现成的，只管取来。"

过卖道："客人可用酒吗？"

张桂兰道："你们茶楼也有酒点吗？"

过卖道："咱们是代卖的，客人请看咱们那副对联就明白了。"说着，将手一指。

张桂兰抬头一看，只见那对联上写着：

卢仝七碗，李白三杯。

张桂兰道："我不用酒，可取上好的雀舌泡一壶茶来，其余点心之类，拣现成的取来。"

过卖答应下去，不一会儿，拿过一壶茶来，放在张桂兰面前，又给张桂兰倾了一杯茶，随取过来个碟子，乃是酱油姜丝，同着酸醋。不一会儿，取过两笼馒首、一笼烧卖，说："客人吃多少算多少，如不合意，可以换别的吃。"

张桂兰此时已是饿极了，有道是"饥不择食，慌不择路"。当时他便狼吞虎咽地吃了不休，不一刻，三笼点心都已吃完，说："过卖，你再与我添一笼来。”

那过卖见他如此吃法，心中暗暗好笑，忙答应说：“来了！”不一会儿，又送过一笼饺子来。

张桂兰此时可不比先前那样快法了，便一面吃，一面想心事，想自己此时，身如飘萍，毫无定所；昨日伯卿一去，此时不知如何；更念家中惨状，不由得心中一酸，眼中流下泪来。他这一难受，可是那筷子夹着的饺子送到口边，再也咽不下去了。

在这当儿，忽听楼梯声响，走上两个人来，一般打扮，面貌也不俊不丑，中等身材，年纪都在三十左右。过卖过去招呼，他二人便在张桂兰的后面那张桌子坐下了。张桂兰看在眼内，心中暗说，看此二人，倒也是个文士呢，怎满面怒容，似乎有气的样子？这就奇怪了。自己饺子吃不下了，只得剩下一半，又喝了一壶茶，方才起身要算账。在怀中一摸，只叫得一声苦也，原来他早晨出来得匆促，未曾带得银钱，此时已经吃过，腰间一摸，如何不急呢？

当时他一急，面皮一红，无奈只得红着脸，向过卖商量道：“我只因早起，一时忙迫，未曾带得银钱。我如今已吃过茶点，这笔账费神请暂记一记。我下城到客店内取来。”

那过卖一听此言，将脸一沉，说：“你此人如何这般好笑？我们向来不认识你，如何凭空地欠起账来？客人，你老别闹着玩儿吧！”

张桂兰道：“委实一时忙迫，未曾带得。如你不信，可以跟我到店内取，我身上确系分文未带。”

那过卖冷笑道：“哼哼！如我们这里的吃客都像你这般地闹着玩儿，我们还得再用上几十百个伙计，专门跟人去取钱呢！那可不行。”

张桂兰无奈道：“依你便怎么样呢？”

那过卖说出几句话来，有分教：

　　黄鹤楼上，英雄相见恨晚。

武昌城内，侠义互助杀仇。

正是：

人生散聚本无常，天意从违是有定。

毕竟那过卖说出什么话来，引得张桂兰大怒，请看下文分解。

第四回

武昌府英雄报仇
仙桃镇镖客留宾

话说那过卖冷笑道：“客人，你也不必多问，依我说，可将你身上衣服脱在此处，你去到店内取钱来赎，如不来赎，咱们便将你的衣服作抵，这个乃是最平和的办法。如不然，休想下楼去。”说着，便去在楼梯口，深恐张桂兰逃走。

张桂兰看他那种神情，听他那种言语，心中实在有气，便道：“过卖，我也是一时粗率，未曾带得银钱，并非有意不给钱，如何说出这种无赖的话来？你如要钱，便着人跟我去取，如不要钱便罢，什么脱衣服，这种话可别说，如再说，可别怪我动粗。”

那过卖见他是个白面书生的打扮，只道他是个书生，哪里知他是个武功绝顶的人？便笑道：“你吃了东西不给钱，还说狠话，别走，非脱衣作抵不可。”

张桂兰怒道：“你真个要脱衣作抵，不肯通融？”

那个过卖道：“谁和你说玩话？我与你素不相识，怎样可以通融？今日你头一笔生意，早市还未过去，谁还与你客气？你不自己脱，难道还要我来动手吗？”

张桂兰心中此时大怒，便道：“你来脱吗？”

那过卖欺他是个外路人，又是个白面书生，便真个上前来脱他衣服。被张桂兰用手轻轻一拍，喝声：“休得无礼！”

只见那个过卖愁眉苦脸，哎呀一声，倒在地上，挣扎不得。原来被张桂兰的点穴功夫点了过去。

张桂兰大笑道：“如此无用，也要口巧舌能，在此欺人。你太爷不给钱，你又待怎样？”说着，下楼道：“小子，你且乐一乐，我去取钱再来。”

刚要下楼，那后面桌上的两个书生打扮的一齐出位，拱手道：“尊兄慢行，我兄弟二人有话说。”

张桂兰道：“有话请讲。”

二人道：“方才乃是这个堂倌无礼，冒犯了好汉。如今请尊兄高抬贵手，不要与他一般见识，饶放了他，免得过了时刻，将筋骨损坏，成为废人。至于那点儿茶点小费，我兄弟还可代垫。”

张桂兰道：“我并非与他一般见识，可恨这厮有目无珠，说出这种话来。既然如此，承二位之情，我便看在二位面上，饶了这厮吧！”说着，回转身来，向那过卖踢了一脚。

那过卖已是活了血，爬起来站着，不敢开口。

张桂兰道：“过卖，你还要脱衣作抵吗？好个狗眼看人低的贼，不给你点儿苦吃，你还了得吗？”

那两个书生打扮的劝道：“不要说了，请过了吧！”说着，便扯了张桂兰的衣袖，到自己的桌上来，一面对过卖道：“方才那面桌上的该钱多少，一齐并算。”

过卖此时只得瘪了嘴，连声答应，复又送上三壶茶来。

那两个书生先给张桂兰倾了杯茶，然后自己倾了，说声：“尊兄，听你口音，并非本地人士，未曾请教尊姓大名，贵乡何处？”

张桂兰道：“不敢，小弟陕西人，姓张名桂兰，因到此访友未遇，故而到此游览风景。不料因出门慌速，未带银钱，几乎受辱。承蒙二位雅爱，还未请问尊姓。少顷，该钱多少，小弟即当奉还。”

那个书生道：“原来是张桂兰兄，失敬失敬！小弟等乃是嫡亲手足，我唤毕文耀，他是我兄弟毕文焕，家住本城察院坡。你我虽然萍水之交，但也是天缘凑巧，实乃三生有幸。区区小费，何足挂齿？”

忙唤过卖，再取了三笼点心。三人一面吃，一面讲话。

张桂兰心中甚是过意不去，暗道，这两人倒也很是个朋友呢，现在我是随遇而安，四海为家，便道：“二位府上还有何人？方才二位上楼，面容上似乎有些怒色，不知所因何故？可能使小弟得知一二吗？”

毕文焕道：“尊兄是外路人，说给你听也不要紧。老实说，我二人乃是此地稍有身家的人家，向来此地官府，没有何人硬派地方上人出钱孝敬官府的。如今新任的武昌道乃是贵同乡，姓宦名福，到仕未久，即勒派本地富户，各出多少钱，供给两湖总督。他这种刮地皮的手段，假名为扩充地方善举，其实是饱他的私囊。我二人因这种赃官实在可恨，所以得了这个消息，心中很是不平，有之于心，未免形之于面。因此被尊兄所见，大约是这个原因。”

张桂兰听了，心中一动，暗说：“踏破铁鞋无觅处，得来全不费功夫。”这可真巧了，便道：“二位既然恨他，又何不为民除害，去掉这个害民之贼呢？”

毕文耀道：“尊兄之言虽然不差，但是我弟兄二人手无缚鸡之力，如何可以做得这件事呢？”说着，将眼四面望了一望，见四面无人，那个过卖也因吃过了苦，未曾立在左近，却远远地立着侍候。

毕文耀续言道：“老实说了吧，我二人方才见尊兄如此英雄，意欲请尊兄同我的两个朋友做此一举，除去地方之害。但有一层顾虑，假使画虎不成，反受其殃，倒还是小，可是这杀官如同造反，一定要连累九族，所以只好敢怒而不敢言罢了。若说是联合地方绅董去上控吧，那可是做梦了。”

张桂兰一听，心中暗喜，暗说，如今我还有帮手，可不是好？再一想，真危险，这两人如此大意，要杀本地官员，堂堂一个道台，如此冲口而出，幸而是遇着我，若遇着别人，可不是一言而丧邦吗？

心中虽然转念，口中却便答应，说：“二位之意深得我心，实说，我乃是个见义勇为的人，对于那贪官污吏、恶霸土豪、奸夫淫妇，当初学艺的时候，便已许下愿心，不知则已，一知必要去除他，以警奸邪。如今宦道台如此阿附取容，上旷国恩，下失民守，如此民贼，理应去杀掉他，为民除害。但是令友在何处，何不传来一见，大家商量呢?”

二人道：“敝友都在舍下，只要奉屈大驾到敝寓去，便能会见。”

张桂兰道：“如此甚好，咱们就此前往。”说着，三人一齐立起身来。

毕文焕会了两边的钞，三人鱼贯下楼，一径走下城头。走大街，穿小巷，直奔察院坡毕府而来。

编书的乘着他三人行路的当儿，先将他所要杀的宦道台表述一番。原来宦福正是陕西延安府争坟地的绅士，便是上文所说的张文的冤家。只因他出首宫家集张文谋反的事以后，朝廷降旨，将他的候补道衔改为实缺，实授武昌道，着他即日到湖北上任。到任以后，宦福本是个捐班出身，本地绅民与他不大对劲，他因地方上感情不融洽，知道民心是不足恃，他便用狐媚的手段，去奉承那个两湖总督瑞大人。瑞大人欢喜他，他的地位就牢了。不料因此恼怒了毕文耀、毕文焕的兄长毕文灿，他心中气愤，便以绅董的资格，到道台衙门去责问。谁知因此结怨宦道台，便到瑞大人那里说毕文灿毁骂总督，这正中旗人的心病。

原来当时旗人入关未久，深恐汉人不服，往往用毒刑处死，所以一听毁骂，他心中立刻火起，遂命宦福便宜行事。

宦福得了这个机会，便狐假虎威地将毕文灿捉到道衙，用毒刑拷打。谁知毕文灿是个富豪，犹未受过刑罚，未曾怎样，已是死了。宦道台便将审讯的情形告知瑞大人。

瑞大人道：“贵道辛苦了，这种人如不杀掉几个，如何能够压得住人？下次如再有这种不明事理之人，贵道尽可先办后禀，免得误了事。”

宦道台得了总督的钧旨，以为自己的私愤已泄。不料毕文耀、毕文焕两人知道兄长惨死，本省如上控，也是白饶上一个，若是到北京去，不是越级上诉不准，便是发回原省审问。因此一来，弟兄两个无法可想，猛然想起有两个表弟都在夏口居住，何不将他二人请来商量商量？于是便差家丁过江去请，一面又将自己的义弟关保、吉谒人二人约来。

不一会儿，关、吉二人已到，毕文焕、毕文耀弟兄将兄长为道台打死，如去上控，简直是与虎谋皮，所以请二位贤弟来商量商量，应当如何，方可报仇。

谁知那关、吉二人乃是个武举人出身，本领极好，马上步下，件件皆能，一听此言，齐说：“宦福如此可恶，咱们最好是暗中刺杀了他吧！”

毕文耀道：“二位贤弟且别性急，等我表弟来时再说。”

到了午后，家人回来禀报，说他的表弟明明在家，却推说有病，不肯过来多管闲事。他弟兄二人一听此言，心中气极了，当晚便与关、吉二人商量，如何可以报仇雪恨。

二人说：“只要今晚、明日去将他杀了，什么也完了，有什么商量呢？”

毕文焕道：“话虽如此，二位乃是有功名的人，假使有什么差失，那还了得？我想还是请两个有本领的外乡人前去行刺，似乎好些。”

关保道：“依我说，还是这样吧，咱们大家预备动身，然后再去杀他。杀了他也走，杀不了他也走，免得连累家小。至于要讲到报仇，怎还能说到差失不差失？就是死，也是分内之事，何得推辞？难道说怕危险便不去报仇了吗？那是绝没有的事。”

毕家弟兄听他这番言辞，心中很是感激佩服，便道：“咱们明日再议吧！”

当晚，关、吉两人都住在毕府。次日清晨，毕家弟兄心中有事，一清早便爬了起来，出门到汉阳门预备乘船过江，到夏口去，问问表弟，到底是因何如此推诿，深恐连累。后一想，罢了，他与我从此恩断义绝了，何必再去问他？因此一来，便上黄鹤楼的茶楼上去吃点心去了。将才他与张桂兰见面说的那些话，乃是表面，其实他与宦福的仇隙并未说出来，这个乃是他们以往的实情。

如今且说三人由黄鹤楼上下来，直奔察院坡毕府而来，经过汉阳门大街张桂兰住的那所客店门口，张桂兰要进去取钱，还毕家兄弟。毕文耀一把拖住，说："尊兄，你也太客套了，你我虽是初会，但也要算得是一见如故了，以后可别再这样客气。"

张桂兰也就不客气了，跟着二人直往毕府。

此时关保、吉谒人二人已起，梳洗之后，不见二毕出来，问起才知一清早出去了，用过点心，还未抹脸。

三人进来，二毕给三人一引见，各说了几句套话，然后谈到正文，如何动手行事。

张桂兰道："四位不必心焦，此事凭着小可，定然可以将赃官杀去，给地方除害。但是你们府上的三家人口，应当如何说法，先走免后连累，否则定要不测。"

四人道："张兄言之有理，我们今晚便可行事，家眷即刻动身如何？"

五人正在说话，忽然转过一个老家人来，道："众位爷所讲的话，都未见得十分妥当，小人却有个主意在此，未知众位爷可能容纳吗？"

毕文焕举目一看，原来是自己奶公魏得福，便道："得福，你有何妙法呢？"

魏得福道："咱们三家人家的家眷，此时万不能走，如果走了，那面岂不疑心？我们今晚去办了事，他万疑不到是我们做的。况且二爷、三爷都是文士，他就要安笋头也安不上。至于关爷、吉爷，那可更是万安，两位爷向来与宦道台是风马牛各不相涉，他不会疑心得到，此时如是先走，反为露出痕迹来了，这可不成。”

众人都道：“老管家言之有理，咱们此时便这样办吧！”

众人谈谈说说，已是午饭时候。用罢午饭，直等到晚上，大家商定，张桂兰动手，关、吉二人巡风。

那张桂兰此时早已存了念头，当时向毕氏弟兄讨了一把纯钢的单刀，收拾了几件夜行人应用的东西，同着关、吉两个，也未换夜行衣靠，便由天井内唰的一声，三个人陆续纵到了房屋上，由关、吉二人领路，直奔宦道台衙门而来。

到得那里，正是初更以后，此时时候尚早，下面人还未睡。三人在上面住了脚，吉谒人道：“如今是动手的时候了，他这衙门是没有多少防备的，虽然有些兵丁，都是些没要紧的，还等他什么呢？要下去，就可以下去了。”

张桂兰道：“话虽如此，还得稍微等一等，且等到了二更时分，再下去不迟。”

关保道：“正应如此，免得人多不便。”

不一会儿，已到二更，下面人声也渐渐地寂了。关保引着张桂兰下去，直奔道台的卧室。吉谒人在屋上巡风，二人由窗槅内进去。原来此时八月天气，所以尚热，那窗户并未关起，所以二人不费手脚，已经到了里面。

张桂兰走到房前，那宦道台正在同他的爱妾在那里行乐呢，一听有声响，忙问何人。

张桂兰应声道：“是我。”说着，揭开帐子，手起刀落，两个人头滚下床来。张桂兰拎起一看，正是仇人的首级。此时杀心顿起，想起全家荡散之仇，登时恶向胆边生，遂轻轻唤声：“关兄，你可同着吉兄先回，小弟此间非杀他一个净绝不可。”

关保道：“害人的乃是宦福，与他家眷何干？”

张桂兰道：“不瞒你说，姓宦的与我有血海冤仇，岂能即此罢休？况且今日之事已做，大丈夫一人做事一人当，岂可害了地方上的人？二位不必心急，更不必劝我。我今日不将他全家杀死，还称得起什么英雄？”说着，便开了房门，提着人头，请关保仍由窗口出去，上屋先回。自己一人出房，直向后面杀去，由后边厨房内又杀出来，将宦家一门良贱三十余口一齐杀尽，已是五更前后，然后又在壁上用血衣书上四句道：

赃官挟私愤，陷害我家人。冤冤应相报，仇雠饮吾刃。

后面又写“陕西一枝兰，报仇后题”，写毕，急忙上屋，直奔到毕府。

此时天已黎明，二毕同着关、吉二人都怀着鬼胎，一见张桂兰满身血迹，由屋上而来，忙问怎么样了。张桂兰将方才经过说了一遍。

四人大喜，都称赞他的胆量，又说：“张兄，你此举虽然胆壮，但是杀人题诗，岂不明明告诉了人？假使全城搜捕起来，如何是好？”

张桂兰道：“不妨，等到他们搜捕，我已不知去向了。”

于是借毕府天井，摆下香案，张桂兰遥祭了父母在天之灵，哭祭了一番，然后脱下血衣，向二毕要了几件衣服换了，便挎了单刀，辞了四人，直奔自己住的那个客店而来。

此时城门已开，街上已有行人，张桂兰到了客店，算了账，拿了衣服、银子，便急急地出了汉阳门，渡江到汉口，由那里雇船，从汉水河中，预备由汉中绕道，复到陕西原籍去。

且说道台衙门内差役见大人不出来升早堂，连门子也未见出来过，很是心疑。等到早饭时候，仍不见老爷出来，于是大家到后衙一看，才知道台全家被杀，财物未见遗失，墙上有诗，知道是被个唤作一枝兰的人杀去。慌忙出来禀知本地各官，上至总督，下至知县，个个衙门报案。登时全城大乱，总督吩咐闭城，真所谓贼去关门，又所谓关门捉鬼。

乱了一日，毫无踪影，只得移文各处，购线缉拿名唤一枝兰的大盗，一面报呈朝廷，另简武昌道，自请议处，这乃是官场惯例，不在话下。

关、吉、二毕等人见风声已松，与自己无关，也就放心不提。

却说张桂兰，由夏口雇了只船，由汉河而上，一路行来，自己心中很是开怀。如今大仇已报，可恨陕甘巡抚禧恩，听信宦某之言，杀害我父母，如此昏暗，岂能做得官？我此去定要将他的印盗来，扔于山涧之内，叫他自己丢印摘帽子，岂不是好主意？想定，乘船前往。

那日船至仙桃镇停下，张桂兰偶然想起，此地有个镖师，乃是自己忘年的好友，他年他保镖到延安府，曾比过武。二人订了生死之交，今日到此，顺便去探望他一番，岂不是好？主意想定，便叫船家："等我回来，再行开船。"

自己便上岸，问到那个镖师家内，恰巧那个镖师在家，一见他来，笑面相迎。当日便留他住下，殷勤劝酒。谁知张桂兰此去，几乎送了性命，弄出一场大祸来。

正是：

画龙画虎难画骨，知人知面不知心。

毕竟张桂兰与那镖师见面后，如何弄出祸事，请看下文分解。

第五回

笑里藏刀杰士中计
生喜泄机豪客设策

话说张桂兰船泊仙桃镇，想起本地的一个著名镖师，姓胡名志远，当年到延安府时，多曾与他结交，两人结为生死忘年好友。今日到此顺路，何不上去探望一番？于是嘱咐船家，将船停在岸边等候，自己却一径问到胡志远家中。可巧胡志远在家，一见是张桂兰到来，满心欢喜，笑面相迎。迎到里面客堂上，分宾主而坐，家丁送上茶水，两人各道了些久违的套话，又说了些问好请安客气言语，然后才谈到正事。胡志远便问张桂兰是甚风吹到此地，意欲何往公干。

张桂兰道："大哥不必提起，说来话长呢。"于是便将自己以往之事说了一遍。

胡志远听罢，大喜道："贤弟英雄无敌，手刃仇人，真是可敬，劣兄也是有荣的。如今到陕西去，路途遥远，难得到此地来，理应在此多住几日，咱们也得畅聚几天，如何便要急急动身？"又说："贤弟，你可去将船辞了，过几日再走，本地也有船雇的。"

张桂兰见他如此殷勤，觉得情不可却，便道："大哥既如此说，小弟便同大哥去辞了船。只是打搅尊府不便。"

胡志远道："贤弟说哪里话来？咱们自己弟兄，何必如此客气？我此刻便同贤弟去辞了船，然后再回来饮酒。"遂站起身来，命家人预备一席上好的酒席，自己同着张桂兰，便出门到河岸来，回了船家，付了船钱，拿去东西，然后回家。

那船家得了船钱，也就乐得卸了客，另揽主顾，上夏口去了。

当时张桂兰同着胡志远二人回到胡家，重新坐下，谈了些闲，用了酒饭。到了黄昏时候，酒席已经齐备，胡志远请张桂兰上座，自己下席相陪，说："贤弟，你今日到此，乃意想不到，劣兄特备水酒，给贤弟接风，贤弟放量些，务必尽醉方休。"

张桂兰生性豪爽，见他如此殷勤，又当着如此盛席，正合着"酒逢知己千杯少，话不投机半句多"的两句古话，竟放量豪饮起来。两人谈了枪棒拳脚，说了些古往今来，又论了些江湖上勾当。

若论张桂兰，虽是公子出身，可是他自幼投师学艺，便与一班江湖上人为友，所以江湖上一切规矩、黑话、暗号、记认等等，无一不知。就是青红两帮、黑白两道，也无一不解。他一出手便自称空子，所以江湖上也很有些闻他的大名。他做事总留下暗记，便是用白粉漏的一枝白兰花，因此江湖上人都送他绰号为一枝兰。他虽未曾到外边去做过案子，但也帮着人夺过镖，所以在延安府虽无人知晓他是个夜行人，然而外方知他是个英雄的，却是很多很多。

当时二人谈谈说说，直吃过半酣。那胡志远立起身来说："贤弟宽用一杯，我去添酒。"说着起身，拿着酒壶向后就走。

张桂兰拦道："大哥不必添酒，小弟已尽够了，况且尊管在此，何劳大哥亲自费心呢?"

胡志远道："贤弟说得是，我不过怕他们拿来的，贤弟说我不敬，所以自己去。"说着，便将壶递给家丁道："添一壶来。"

那家丁接着壶进去，不一会儿，取出酒来。胡志远先给张桂兰斟上了一杯，然后自己斟上。

张桂兰将酒饮下，不一会儿，觉得天旋地转，头举不起来，说声："大哥，小弟量浅，实在吃不下了。"

说着话，不由而然地将身一侧，扑通倒在地下。那脚一带，将酒席的桌腿一碰，哗啦一响，那桌上碗碟等物也落下不少来。

胡志远大声叫道："家丁们，给我将他捆上来！"

原来胡志远从前与张桂兰在延安府比过武，胡志远在他手下栽过跟头。英名一落，自己曾发誓，一枝兰在一日，自己绝不出头。

当时张桂兰怕他报复，便与他结为忘年之交。原来胡志远的年纪已经四十余岁，张桂兰此时不过才二十岁，所以结为兄弟，称为忘年之交。

那胡志远心怀忌恨，表面上同他非常之好，暗地里却时怀报复。自从延安府回来，自己便从不出外。那日得到一枝兰杀官的消息，暗暗吃惊，便疑惑莫非是他吧。忽然张桂兰来拜望他，他灵机一动，暗暗说："今天可真是天假其便，我的报仇机会来了。"于是假意竭诚招待，稳住了他，一面自己与家人说知，预备了蒙汗酒，等到半酣，以添酒为下药的暗号。张桂兰哪里知道他的诡计？所以便着了他的道儿。

看官，现在世界上这样的人很多，真是指不胜屈，交朋友可不是件真危险的事吗？奉劝诸公交朋友，需要拿出眼光来，不要一味地滥多交才好。譬如在下，也曾吃过朋友的亏，金钱、名誉都曾受过损失。如今回想起来还有余痛，所以劝诸公交友不宜过密，也不宜过疏，好朋友多交几个，歹朋友少交几个，处处守着交益友、不交损友的戒。更牢记着孔孟两圣遗言，方才是持身之宝、立身之根，万勿作为小说家儿戏之言。

闲言少叙，且说当时胡志远命家丁将张桂兰捆起，自己心中大喜，将席面收拾了，然后命人将张桂兰锁在后面柴房内，自己换了衣服，命家人："好生看守张桂兰，别让他醒了逃走，那时为祸不小。如有人来会我，叫他改日再来，说我出门去了，要有两三个月才回。"

那家人领命，他便出门。刚到门首，忽然迎面来了一人，武生打扮，净白面皮，海下无须，年约二十五六，见面就呼声：“胡大哥，往哪里去？小弟特来看你。”

胡志远抬头一看，认识此人，乃是摇头狮子莫仁，与自己从前在镖行内是同事，便道：“贤弟由何处而来，寓在何处？劣兄此时有点儿事去，停会儿我再来奉看如何？”

莫仁见他面带喜色，回出这几句话来，不叫自己进去，知道其中另有缘故，便道：“大哥如此说时，小弟却不敢当，停会儿你可到镇西高升客寓内相见，小弟专等。”

胡志远道：“如此对不住贤弟了。”说着，一拱手，向那面去了。

莫仁暗暗跟在后面，暗想，他今日如此薄情，怎么并不请我进去坐坐，却说有事，停歇再见，莫非他今日有什么好肥羊到手，却如此怕我？我但要看看是因何事。正在暗想，只见他走到前面那个仙桃镇的缉私营内去了。

莫仁心中更加疑惑，暗道：“他怎么与行伍中人来往了呢？方才他面上喜色匆匆，倒也猜测不透。”心中一动，转身飞跑到胡志远家中。

那家人道：“主人出门有事去了，说不定几时回来，请改日再来吧！”

莫仁道：“如此说来，你主人是几时动身的呢？”

那家人道：“主人是昨晚动身的。”

莫仁心中好笑，又问：“是一人去的，还是同人去的？往哪里去了呢？”

那家人道：“主人是同人去的，到哪里去却不仔细。”

莫仁听在肚里，越发心疑，遂转身出了胡宅。正要往镇西高升栈去，猛可里见前面来了二十几名兵士、一个百总，同着胡志远一齐奔来。

莫仁忙将身体晃在一旁，看着众人进去，暗暗纳罕，这就奇怪极了，方才那个家人的言语，同着他自己的言语已是可疑得很，莫非他还有别的原因，代官兵破了什么案子吧？不然，如何又有这些兵士来做什么呢？别忙，我且看他一看，是如何事件，然后再问他慢待宾客之罪不迟。主意想罢，便远远地立在那里探望。

不多一会儿，里面捆出一人，众兵士簇拥着去了。那个百总同着胡志远在后押着，走过自己面前。

莫仁一看，心中大惊，原来是自己的师弟一枝兰张桂兰。他一想，胡志远这种举动似乎有点儿奇怪，我闻得他与张桂兰有一拜之交，如何这样地对待起来？似此无义，定有原因。我可要如何说法，才能救得张桂兰的性命，方才可以全了同师之谊呢？心中一想，便一径回店，同自己的两个伙伴商议。

那两个伙伴一个名唤泼天星孙必成，一个名唤鸡爪丁周二。这两个乃是莫仁的助手，本领虽是平常，诡计却是百出。那孙必成乃是个麻面，周二的左手如同鸡爪一般，所以人道他俩这样的绰号。

当时见莫仁说出这件事来，孙必成道：“这件事也很容易明白，定然是胡志远同他有旧仇，如今乘机报复。”

莫仁道：“他又乘何机会呢？”

周二道：“大哥你可忘记吗？咱们昨日在路上不是听见人说一枝兰闹了武昌府，杀了道台一家，逃逸无踪，大约是这个影子。”

莫仁道：“话虽如此，但他与张桂兰是把兄弟，如何会下这种毒手呢？”

孙、周二人齐声道：“大哥，你呆了吗？如今世界上还讲得什么义气吗？前日在路上，听见人说，南霸天黄三太的儿子黄天霸，那小子，他为保着施不全，在恶虎村三雄绝义，镖打盟兄，逼死盟嫂，那不是个个皆知的小四霸天吗？诸如此类，拜过把子的，真假得很呢。”

莫仁道：“据你们说来，他是公报私仇，捉义弟请赏，一举两得了！”

孙必成道：“可不是嘛！”

莫仁道："张桂兰乃是我的师弟，如今有难，死在目前，如见死不救，于心何忍呢？"

周二道："大哥真是实心菩萨，这件闲事，管他做什么呢？"

莫仁道："依你竟不要管他了，这却如何使得？将来慢说无面见我师父，即连江湖上人也无颜见面了，那还成个什么师兄弟呢？"

孙必成道："大哥既要管他这件事，案情重大，要管非快不可，否则恐来不及。此时我们说话，恐怕张桂兰已经起解了，要去就去，事不宜迟。"

周二道："别忙，他这一去，定然先解到监利县城然后等省里的回信，再解到省城去。如今等待要管这件事，人数太少，恐怕众寡不敌，反而自投罗网，饶上一个。为今之计，还得另想别法。"

孙必成道："此时可先到缉私营去，探听消息，如果未曾起解，咱们今晚就大闹一场，救了他再讲。如已起解，咱们还得去劫狱，方才保得万全。顶好有人帮忙，我三人除大哥外，均是平常得很，如遇见硬对，就得栽跟头，这件事恐怕有些冒险呢！"

莫仁着急道："救人性命，常言'为朋友者生，为朋友者死'，说得什么危险不危险？如今咱们就去。"说着，站起来就走。

孙、周二人跟在后面，一齐出了高升栈，望缉私营而来。到了那里，正见众兵卒同着一个千总、两个百总，带着二百名兵，押解张桂兰下船。三人只得叫一声苦，却不见胡志远在何处，站在河岸上，眼睁睁地望着那些兵丁，押着张桂兰向监利县去了。三人无奈，只得回店，吃了夜饭。此时已是初更以后，他三人因有事忘记了吃饭，此时一面吃，一面商量如何办法。

孙必成道："此时半夜，谅来也赶不上，不如明日清晨便到监利县去。到了那里，相机行事，此时急也无法。"

莫仁无奈，只得睡了，翻来覆去，哪里能睡得着？次日天才黎明，便起身，唤醒二人。梳洗已毕，未曾吃点心，便算清了账，带了自己的物件，到河边雇了船，命他用双桨，直赶到监利县来。此时监利县已经将张桂兰收监，详文到省里去了。

三人忍饥挨饿赶到监利，方才吃东西充饥，打听得这个消息，便先到城外，雇好了一只往老河口的船，在河边等候。自己三人在船上用过夜饭，换了衣服，混入城中，到避静处所，脱下外面长衣，交与周二拿了，在城楼上等候。莫仁、孙必成两人由屋上纵到监利县监狱，不知张桂兰在哪一号牢内，寻到死囚牢，只听见下面有人说话。原来是两个狱卒在那里打更，二人一面走，一面说话。

莫仁对孙必成低低地道："你在上面跟着巡风，我到下面去治了他，方可知道张桂兰的下落。"

孙必成点头。莫仁轻轻地跳下去，跟在两个更夫后面。

只听得那更夫道："王八哥你想，那个一枝兰是怎样一个人?"

王八道："一定是个妖魔鬼怪的样子，身材魁伟，面目怕人。"

那个更夫道："你可不对了，一枝兰乃是个美貌如花的俊品人物，仪表非凡，身材那般瘦小，我们再也看不出他有那般本事。"

王八道："凭他有多大的本领，也得坐在牢内等回文了。但是这样一个人，倒不可以不见识见识。你引我去看看如何?"

那个更夫道："这个容易，你跟我来。"说着，二人便向死囚牢的章字号内走去。

莫仁跟在后面，看得清楚，便翻身纵上屋去，对孙必成说了。等候两个狱卒由章字号内出来，往别处去了，两人方才跳下去，直奔章字号内，原来却是锁着。莫仁性急，来不及用刀去削钻，却一推，将号门踢开，走进去，将千里火筒一亮，照见里面张桂兰，四马倒攒蹄地捆在里面，身上全是刑具。

莫仁一见此状，心中一惨，不禁落下泪来，呼声："张贤弟，愚兄特来救你!"

张桂兰先前见两个狱卒进来，心中已是疑惑，是奉着回文来提下了。及至见门一响，呀的一声，火光一亮，又走进两人，手执钢刀，自己暗说："完了!"

忽然听一声“张贤弟”，抬头一看，乃是师兄摇头狮子莫仁，不觉喜出望外，便道：“大哥，你我莫非梦中相见吗?”

孙必成在后面，忍不住心中好笑。莫仁并不答言，但说：“贤弟，休得高声。”说着，将手中刀代张桂兰将身上的绳索一齐割了，又给他将身上刑具一齐下了，然后扶着他出来，问声：“贤弟，此时可能上屋吗?”

张桂兰道：“身上血脉不和，手足发麻，似乎不能上去。等我缓缓气，运用元神，大约一会儿就可以上去。”

正在那里讲话，只听更锣之声又近，原来却是转二更呢。

张桂兰道：“更夫来了，如何是好?”

这一急脚下陡然有力气，一跃身，都已纵上屋去。莫、孙两人掖住张桂兰，直奔城楼之上，会见了周二，换了衣服，只等天明开城，混出城去，上船动身。

张桂兰问起莫仁如何得知，能够来救。莫仁便将自己由汉阳出门，到荆州去访友，不料在路上腹泻，因此耽搁在仙桃镇。那日病愈去访胡志远，恰巧碰见他出外，及以后一切情形说了一遍。“起初我只道他是做了什么买卖，怕我去打破了他，所以如此。后来才知是贤弟被捉，但不知贤弟如何会被他捉住呢？现在意欲何往？为何由陕西赶到湖北来，杀了道台一家，却到仙桃镇投奔胡志远，所因何故?”

张桂兰便将自己家中情形，以及受诬后起解到半路上脱逃，路过桃花山，遇见众寇，赠送盘川，到汉阳寻访不遇，与族弟张伯卿绝义。自己在汉阳患病，蒙归元寺智清长老救活。在黄鹤楼遇见毕家弟兄，同着关、吉两人，夜入道衙，杀人题诗，夤夜逃走。雇船到襄阳，想由彼处再入陕西原籍，与禧巡抚去做一番，方才出得这口鸟气。谁知路过仙桃镇，却被胡志远用计赚住。“这个无情的匹夫，实在可恶已极，如非三位兄长相救，小弟死无葬身之地了。”说着，流下泪来，给三位叩谢。三人慌忙拉住。

正在这个当儿，忽然听得一人由城楼后面跳出来道：“好好好，你等如此大胆，杀官劫狱，我先拿你们去见官请赏。”

四人大惊，急忙回身一看。莫仁拔刀就砍。

不知三人逃出否，请看下文分解。

第六回

监利县城楼逢侠士
襄阳府古庙会淫僧

话说莫仁同着孙必成、周仁，救了张桂兰出狱，在城楼上叙别后之事，忽然城楼后面跳出一人来，四人大惊，莫仁亮刀就砍。

那人慌忙让过，说："大家都是自己人，别动手。"

莫仁住手一瞧，认得他是赛白胜秋琢，便笑道："你这猢狲，怎么躲在这里吓人？幸亏你喊得快，如不然，可要你的脑袋，像申公豹一般，脱离方向了。"

秋琢道："不瞒大哥说，小弟方才在本县城里做了一件惊人案子，因为要大解，特地到此来大解，不料却听见你四位在此闲谈。因此偷听了一个满足，一时高兴，便出来吓你们一吓，幸勿见怪！"

说着话，天已大亮，城门已开，五人急急由城门出城。莫仁便邀秋琢同行，秋琢也就答应，一齐上船，即命船家开船，离了监利，直奔老河口而来。五人在船上睡了一会儿，然后起来梳洗，已是午饭光景。

吃了午饭，坐下闲谈，四人问秋琢："昨晚在监利做的什么案子？可否说出来，给大家听听？"

秋琢道："这有何不可？我昨晚在监利，听见人说，本地的绅士范仁贤乃是个刻薄成家的主顾，因此存心去偷他。我的本领，诸位是晓得的，无用表述。当时我便由屋上下去，恰巧是范仁贤的卧室。

原来这日，范仁贤不在家，他的浑家同着个情人在那里饮酒作乐。我本来不晓得他是个情人，只因听他们说的话，我才能知道。

“那个淫妇道：‘你我将他做了，方才能够做长久夫妻。’

“那奸夫道：‘似此未免太凶了，你我长久不长久是有天命的。他与我又无仇恨，怎么好下这个辣手呢?’

“那妇人将脸一沉道：‘你既怕事，何必又来勾引我呢？你如没有胆子，你就此回去，永远不要再来，你如再来时，休怪我反面无情。’

“那男子听她如此说话，便哀求道：‘我便件件依你，怎说怎好，你可别再说要与我分离。’

“那淫妇见他如此，便搂住他道：‘我的心肝，你可放心吧，我是与你说了玩的啊！’

“他二人正在说话，不料外面范仁贤回来了，敲门声响。里面奸夫听见，慌忙躲在床后。那妇人不慌不忙，亲自去开门，原来是时仆妇都已睡了。

“我见她开门，便纵上屋去，等范仁贤进来。到了房里，仍旧由屋上下来，立在原处瞧看。

“只见范仁贤吃得醉醺醺地问道：‘你一人在家，同着何人饮酒?却安设着两双杯筷，是何用意?’

“那妇人道：‘只等你回来饮酒，谁知一等也不来，二等也不来，只得一人自饮。那双杯筷，是预备给你的，谁知却在外边饮酒回来，如此醉态。真好自在，撇得人怪冷清的。’

“范仁贤已是醉了，听那淫妇的一切话，也就深信不疑，竟向床上去睡了。不一会儿，鼾声如雷。

“那妇人将手一招，奸夫由床后出来，妇人叫他帮着害死男人，然后两人脱逃海角天涯，做长久夫妻。那男子还有些不忍，被那妇人逼着，无奈只得动手，登时将范仁贤用带子套起颈项，欲动手。

“我此时心中一想，人说最毒妇人心，可知妇人的心原不是毒的，原来是最毒淫妇心。当时我因见死不得不救，况且奸夫、淫妇当前，焉能饶他性命？便乘着他们动手的时候，一跃身，由窗槅内跳了进去，抽出刀来，一刀先将淫妇砍了，然后将奸夫也杀了。一想范仁贤这厮刻薄成家，今日我虽救了他性命，但是偷了他的东西，可算两抹，也应当警诫他一下才是。于是在他房中收拾了些珠宝、首饰等值钱之物，一面用血在墙上题上几句道：

刻薄成家范仁贤，帷薄不修剧可怜，奸淫设谋将夫害，适遇侠士来窥见。因诺奸淫并窃物，略施薄惩警贪玩，割耳示警无他意，侠士游戏取尔钱。

“下写：

吾救尔命，本出不忍之心。但尔乃刻薄成家之人，岂能恕尔？因割两耳，以示薄惩。限于月内分家产之半，救济地方贫民，如不遵命，请看奸淫之首级在否。

“写毕，用刀割了范仁贤的左耳，提了物件，带上两颗首级，直奔城头上来。因为与我的伙计约好，在彼等候。到了那里，我将东西一齐交与他，自己到城楼上面，将首级挂了，然后下来。正欲出城去，忽然要大解起来，因此在城楼后面大解。听见有人说话，细听，才知是你们四位，因此出来吓你们一吓，也要算是遇巧呢！”

四人道：“你这件事办得真好，这才算是英雄本色，可敬可佩。但不知此时城里，要乱到什么样子了。”

秋琢道：“那个知县官儿准得丢官，其余别的事大约也没有什么了不得，谅来他们也不敢追究。可是有一层，这件事他们又要疑惑是张贤弟办的，或是张贤弟的同党办的，不然如何凭地巧法呢？”

四人道：“为着这件事吃冤枉，我们倒也是心服情愿的呢！”

秋琢笑道：“既然如此，我下次定然多做两次，冤枉冤枉你们，你们可别怕事。”

四人齐笑道：“如此小事，也要怕起来了，那还得了吗？”

秋琢道：“闲言少叙，你们四位要往何处去呢？”

四人道：“我们到襄阳府去，然后绕道汉中，到延安府去有事。你往何处去呢？”

秋琢道：“我也是往襄阳去，因为昨日听人传说，襄阳海潮寺内住持悟静，乃是淫僧，专门在外面采花，据闻乃是个绿林中人洗手。我想前去会会他，如能抵得过他，便将他除去，否则再打别主意。不知你四位可能同助一臂之力？”

四人道：“这个乃是我辈应有之事，理当同去，杀却这个害群之马，免得人说我们绿林是禽兽不如。”

说着笑着，五人有了伴当，很是谈笑风生，毫不寂寞。可是他们只顾谈得高兴，却忘记了隔壁须有耳，正所谓照前不顾后。他等高谈阔论，不提防被那个艄公听见了。

那艄公起初听得很是有味儿，心中也甚是叹服。及至听到要去杀悟静和尚，心中吃了一惊，格外地留心细听。

原来那艄公也是个水寇，却是那襄阳海潮寺的眼线，专门在襄河、汉水一带打听消息，劫掠行旅，自己又是悟静的门徒，诚所谓“事不问心，问心者乱”。当时他听了五人的言辞，知道他五人俱是行家，不能用蒙汗药，如闹穿了，可得送了性命，所以一路上并不敢谋害五人。

船到仙桃镇的时候，张桂兰意欲上岸去，寻胡志远去报仇。

莫仁道：“贤弟，你可是呆了吗？胡志远乃是个久经江湖之人，狡猾异常，他岂有不防你中途脱逃、回来报仇的道理？如果他已有准备，此去岂非往返徒劳？并且冤家宜解不宜结，仇恨是愈结愈深，不念旧恶就罢了。将来他无面目来见你了，何必再这样报复呢？似这般冤冤相报，未知何日可了，那还成什么世界呢？”

孙必成、秋琢、周二三人也同声相劝。张桂兰拗不过四人面情，自己想想前因后果，与胡志远本来大不了，不过就是这件事，算了，我算吃了这个亏吧，于是也放过不提。

一路之上，行程非止一日，那日到老河口进襄河，直奔襄阳。此时已是九月天气，渐渐地寒了，五人到了襄阳，已是重阳以后，大家都说："人家重九登高，咱们是特别改良，重九乘船，可算是将端午与重阳对调了。"

那日到襄阳，船泊了岸，付了船钱，径至城内鹿鸣客店住下。他五人行去，却不曾防着那个艄公，暗暗地跟在后面。

当时艄公见五人住在鹿鸣客店内，复进上房内，便一径先到本寺去报告，住持僧悟静果然是关外的一个大响马，善于采阴补阳，一路上也不知做过多少的案子，杀害多少人命。

那日到了襄阳，他爱那海潮寺的香火盛、襄阳市面大、人家住家的也众，他因此一想，便将那襄阳海潮寺的原有方丈杀了，自己做了住持，霸占寺产，破坏佛教规律，因此他关外的徒弟，各路的绿林，凡是投奔他的，他无一不周济，所以在江湖上的名誉可算是无一不知。他的本领也极大，他有两个得意门人，一个便是张伯卿，一个便是何显世。这两人后文自见，此时暂且不表。

却说他乃是个采花的淫贼，他到了襄阳以后，当然要去尝尝滋味儿，所以襄阳一带，受他的污辱的也不知有多少呢。后来他又不高兴了，于是便到左近一带的村庄、乡镇上去拈花惹草。再后来他竟到樊城、荆州、沙市一带去闹，人家不知他的多，但是江湖上已很仰大名，知他是个线上的朋友，而且是眠花宿柳的淫僧。有那正派的，便都说他不好，将来一定要遭人家的毒手，这乃是个恶报。有人说他这种行为虽然不是正大光明的事，然而却比别样事情实恶得多，要说是绿林中人，嘴里说是借道栖身，其实哪一个不是奸淫掠杀件件俱全呢？一盘都是强盗，还说什么善恶来呢？但是他无论人家说好说坏，他总不放在心上，他以为这种老生常谈，实在无足轻重了。

那日艄公到庙内时，恰巧悟静着一个门徒讲话，见他进来，问他外面消息如何。艄公便将路上众人的情景说了一遍：“如今五人住在鹿鸣客栈后进上房以内，请师父早做准备为妙。”

悟静听罢，一惊非小，忙取了五两银子，赏给那个艄公，说：“以后消息，可以直截了当地来报告我知道。但是外面，切切不可露了风声，那时为祸无穷。”

那艄公领命而去。

悟静心中一想，暗暗生气，这一枝兰等人何以如此可恶？我未曾寻个你们，你们却偏偏地要来寻我，全不念江湖上朋友之义，不知听了何人的唆使，要来与我作对。不过在我看起来，自残同类，同室操戈，给笑话与众人看，可不是真正傻了？也罢，待我今晚先去劝诫劝诫他们，着他们早早回去，各不相犯，如果不走，定然要比试比试手段，那时休怪我与众位为难。想罢主意，便照方才的个人意思，写了一封信，不封口。自己一切预备停当，只等晚上行事，不在话下。

且说张桂兰等五人，住在鹿鸣客店之内，大家商量如何下手。

秋琢道：“此时何必匆促？咱们还是以闲逛为是，也便于打探消息。”

众人齐说：“很好，咱们到街上去逛去。”

于是一行五众，午饭后出了店门，一直到街上去逛，东街西巷，南门北城，各处游行了一番，走到海潮寺门首，向内探问。只见里面走出一个老道，后面跟着一个和尚，相貌古怪，形容可怕，一直向南街去了。

五人一想，这庙内人倒不少呢，便即回店。半路上却又见那个道士同着个和尚，仍由原路回来，一路谈笑，旁若无人。

五人回到店内，已是傍晚时候。晚饭以后，忽见小二进来，说声：“你们众位中，可有个唤作一枝兰的吗？外面有人寻他呢。”

张桂兰等只道是出了什么岔子，便回说："没有一枝兰，但不知是谁人找他？可曾问他有何事故吗？"

小二道："说来好笑，下半天他们已经来过，我们告诉他没有。他说是五人一起，明明住在你店内，如何却说是没有呢？当时我们坚回他是没有，他们只得去了。如今又来，因此我想你们恰巧是五位，所以进来问一问，如果有便让他见见，没有便去回他。"

张桂兰一听此言，心中一动，便道："来的莫非是一僧一道吗？"

那小二道："客人，你何以知晓，莫非与他认识？"

张桂兰笑道："不认识不认识，因为他先来问的时候，我曾见过，所以疑心是他。"

那小二听见他如此说，便回身出去了。

张桂兰道："这厮如何会知道我们五人在此，特地派人来寻，莫非已经漏了风声？自古'善者不来，来者不善'。他既来寻我，倒也不可不防。"莫仁道："我等在此，他如何知道？他这两次派人来寻，定然是一种通风报信的作用，明明说是你们来此，我已知道了，你不来找我，我还得找你呢，这秃驴倒也可恶呢！"

秋琢道："久闻这秃驴的本领极大，而且奸诈百出，他既然知我辈在此，他今晚不来，明旦定另有奸计。我们还是先下手为强，先去到他庙内，将那淫僧做了，然后一烧完事，免得枝枝节节，反被他害了，正如打虎不成，反为虎噬，那可太上当了。"

众人正在言语，只听屋上有人答言说："众位英雄光顾敝寺，贫僧在彼等候，有本领的前来，无本领的切莫送死。"

秋琢一听，便急将灯吹熄，翻身由后院上屋。只见前面一条黑影，如飞而去，忽然不见。秋琢暗道："好快的身手！"仍由后面跳下来，入内点了灯，对众人说了。

众人道："如今事在两难，不去反被他笑，去又恐被他暗算，如何办法呢？"

孙必成道："去的好，不去非但要笑我辈无能，更要防他前来行事。”

众人都道：“孙兄言之有理，咱们就前往。”

于是大家换了衣服，各带夜行人应用物件，悄悄地掩上房门，吹灭了灯，轻轻由后房上屋，鱼贯而去，直奔海潮寺而来。

原来悟静自从得了消息以后，便命手下一个和尚，法名慧海，一个老道，法名修德，这两个乃是河北一带著名的响马，因恐追捕，所以出了家。当时悟静命他两个到客店内去打探：“如果遇见，就说我请他到此相见。”不一刻回来，说客里没有这个人，悟静不信，到晚上仍旧命他两人再去，自己却由屋上跟来，听见小二问五人的言语，和五人商量的话，便在屋上扬言，要他们到庙里来厮见。

他回到庙里，吩咐庙内众僧，各人预备埋伏停当，自己也挎了戒刀，拄着禅杖，前后巡查。忽见墙上黑影一晃，知是众人来了，忙将身体一缩，藏在暗处，静中观看。只见一条一条黑影，直奔后面方丈去了，自己也就飞身上屋，紧紧跟随。在怀中摸出几个墨雨飞篁，这种兵器，乃是铁石混合而成，如鸡子般大小，打在身上，其痛难忍，若是平常人被他打着，定要损筋断骨。

当时他在后面将墨雨飞篁向五人打去。五人都是行家，听见后面风声，知是有人暗算，一回身，早已接住，张桂兰骂声：“秃驴！一枝兰在此。”说着一抬手，一支镖同着一个墨雨飞篁，已是打将出去。

悟静忙用禅杖一格，一纵身跳将过来，抡杖就打。五人一拥齐上，团团围住厮杀。

那淫僧力战五人，毫无惧怯。战到五十余合，那和尚忽然跳出圈子，喝声：“且住，我有话说。”

不知说出什么话来，请看下文分解。

第七回

海潮寺一枝兰被获
施家坪双尾蝎救友

话说张桂兰、莫仁、孙必成、周二、秋琢五人由鹿鸣客栈后屋上直奔海潮寺而来，到得那里，那个淫僧悟静早已有准备，在暗地里见众人鱼贯而来，他便伸手摸出墨雨飞篁，向五人打去。五人都是行家，听后面风声，知道有暗器来了，忙回身让过的让过，接住的接住。

张桂兰将手一扬，一块墨雨飞篁同着一支镖，直向悟静打去。悟静用手中禅杖一格，将两般暗器打落，乘势一个箭步，蹿将过来，抡禅杖就打，张桂兰免架相还。秋琢、莫仁等众一拥齐上，将悟静团团围住。那淫僧禅杖纯熟，并无半点儿惧怯，遮格架拦，毫无破绽。

直战到五十余合，那淫僧忽然将各人的兵器一架，跳出圈子，喝声：“且住！我有话讲。”

张桂兰道：“贼秃，你唤作什么名字？我正要问你。”

那淫僧道：“你这小子是谁，连你家爷爷也不认识？你佛祖爷乃是悟静和尚。你这几个小辈，谁是一枝兰？好不要脸，胆敢以多为胜，与你佛祖爷作对。你佛祖爷与你往日无冤，近日无仇，为何到此，小子你且说来。”

张桂兰大怒，骂道：“秃驴！你这淫贼，你要问你祖宗一枝兰，我就是。我等久闻你是个淫贼，破坏佛教清规、绿林本义，全不知羞耻，特来拿你，代地方去害，为绿林雪耻。你今日已同釜中之鱼，还不束手待死，敢于动手，真是不知死活的。”

贼秃悟静被骂，心中火起，便往院落内一跳，喝声：“小辈，你敢到下面来比拼三合吗?”

张桂兰道：“贼秃，你祖宗怕你也不来了。”说着，往下一跳，随即抡刀就剁。

二人搭上手，又战有三十余合。忽然一声吼，跳出两个人来，一个和尚、一个道士，原来却是慧海、修德两个。他二人奉命预备，正伏在这个去处，一听刀声响亮，出来一瞧，正是方丈和一个年少男子动手，见他交战有三十余合，未分胜负，便大吼一声，纵将出来助战。屋上周二、孙必成二人看见，便也就跳将下来助战，六个人捉对儿厮杀。

又战了一个时辰，只听得锣声响，前后两边四面杀来，本寺众和尚都是悟静的徒子徒孙，一齐抡着家伙，前来助战，将三人团团围住。

屋上莫仁、秋琢见庙内势大，便也就跳下屋来，帮着三人抵挡众和尚。此时庙内僧众一齐都来助战。

一枝兰等虽然英勇，究竟寡不敌众。周二一失手，被修德老道使劲，将手中刀击飞，自己无兵器，知道不妙。本来他的本领平常，此时又无兵器，可就慌了手脚，被老道一脚踢倒，早有几个小和尚上前捆住。秋琢急来救时，却被修德接住交战，不得脱身。那边孙必成一见周二被捉，心中一慌，刀法也就乱了，被慧海用力一通，一戒刀背，竟将孙必成打倒，孙必成也就被擒。

那莫仁见孙必成被擒，忙奔过来一刀，那慧海转身不及，早被他砍翻在地。众和尚发一声喊，一个个恶狠狠地向上一围，你一枪，我一刀，直望莫仁刺来。莫仁虽然英勇，怎奈双拳难敌四手，早被打了高棍，要想逃走，万万不能，也就被众僧捉住了。

秋琢一看不妙，知道难以取胜，心中一急，手中刀一紧，一路乱砍。那修德老道不知他这刀是何路刀法，只能得个遮格架拦，一失神，被一刀劈成两段。

秋琢乘势飞上屋去，望下一看，见悟静和尚越杀越勇，张桂兰已是抵挡不住，便大声唤道："张贤弟，咱们扯活吧！"

原来绿林中，喊逃走为扯活。张桂兰一听此言，一头走，被悟静一个进身，一脚踢倒在地。小和尚上前就捆，悟静飞身上屋，来捉秋琢，秋琢早已不见。

原来秋琢见四人都已被擒，知道不是和尚对手，不走也是白送，于是飞奔到庙后树林内躲避去了。

悟静寻了一会儿，知他绝不敢回店，怕自己去追，一定逃往别处去了，由他去吧，便仍由屋上跳下来，前前后后搜了一番，然后回方丈内坐下，吩咐众僧，将慧海、修德二人的尸身收殓了，然后将被擒的四人绑来。

悟静道："一枝兰，你的英雄何在？本师从未与你结怨，你却胆敢联合众人与我作对，我本当将你碎尸万段，以雪其恨，但是恐你死后，怨我私刑私杀，如今将你等交官，免得污了本师戒刀，一则代我们两个朋友报仇，二则给地方官员原案，这个乃是本师的慈悲。不然，你佛祖爷要将你凌迟碎死。"

四人破口大骂。

悟静吩咐，将四人权且锁在后面，命众僧轮流看守，一面命人去报知本地官厅，即刻派人前来提人。

他这一来，暗中却喜坏了赛白胜秋琢。原来秋琢躲在庙后树林内，见无动静，心中一想，他四人都是被自己一句话勾来，如今一齐遭擒，生死莫卜，岂非他等都是被我所害，我焉能置身事外？不如此时进庙，再与那秃驴厮见，如果未杀，再设法救他众人；如是已杀，也当设法给他四人报仇，方是朋友一场。即不然也当与那秃驴死拼一场，方免得四人怨我无义。想罢主意，便仍由屋上到庙里来。

此时天已四鼓，正见悟静在方丈内吩咐众僧的言语，自己心中放心，暗想，今日可打听衙门消息，然后再想别法。于是急急回店，仍由屋后进去，将五人的衣物一齐取出，仍由后面上屋出去，先到土地庙内歇着。不一时，已是天明，便出庙去，寻了客店，安置了各物，然后再到县衙去打听消息。

此时知县早堂，已接到海潮寺住持的禀单，说有逃犯一枝兰同着同党四人，昨日住在城内鹿鸣客店后进上房内，于半夜前来，抢劫本寺。幸赖人手众多，将一枝兰及同党三人捉住，其余一人在逃无踪，当场格杀本寺护院道士修德，及门徒慧海两名。本寺僧带伤者计十七名，物件略有损失，但并无重要物件。请求严办凶徒，代本寺昭雪，代本寺僧道等众申冤，实为得便云云。

知县大惊，即刻差本县捕快前往海潮寺提人，一面带同仵作人等，直至海潮寺，殓了僧道死尸，及一切格斗情形。又问了些没相干的口供，一面抽签着马快到鹿鸣客店去捉拿店主，并搜查赃证，然后自己由海潮寺回衙。

悟静派了口巧舌能的小和尚到县衙听审。

知县升堂，即刻将一干人证带到堂上，先将一枝兰带到当堂，一枝兰立而不跪。

知县问道：“你便是一枝兰吗？久闻你是个大盗，为何见了本县不跪？你姓甚名谁？生平做过多少案子？如何在武昌杀了宦福全家，又在监利越狱，杀了该地绅士范仁贤的爱妻与他的二爷李大？一切情形，是与何人同谋，与何人同党？你在陕西起解，如何在河南脱逃？你身罪如山积，快快从实招来，免得皮肉受苦。如再倔强，来人！看大刑侍候。”

张桂兰一声冷笑，喝声：“狗官！你且洗耳恭听。你公子爷乃是前明延安府知府张老爷之后，生性豪侠，不得已而寄迹江湖，专杀贪官恶霸、奸夫淫妇，生平所作为也记不清楚，说不了许多。你既知道几件，便算了几件吧！你公子爷名唤桂兰，外号人称一枝兰，想我堂堂公子，岂能跪你这赃官？赃官！你小心着，早晚我叫你身首异处。”

知县座上大怒，喝叫：“左右，与我用刑！”

两边一声答应，走过四人，举起杠子，向张桂兰小腿弯里便打，竟欲要他跪下。谁知一枝兰将腿一挺，那根杠子咔嚓一声，已是折为两段。知县大惊，说个：“挺刑的强盗，本县问你，因何打劫海潮寺，杀伤多人，快快招来！”

张桂兰道：“狗官且听，你公子爷身在江湖，知道本地海潮寺的和尚悟静乃是采花淫僧，因此路过，顺便去剪除他，谁知寡不敌众，反而被他擒了。至于打劫一层，是他诬赖，杀伤多命，那乃是应有之事，并非仇杀，此是实情，该当怎样？狗官，你便办了吧！”

知县听他口供，谅系实情，便命他画供，将他收监，又带上莫仁、孙必成、周二三人，也照样问了。他三人也是含糊地答应下了。

原来他四人被擒，见秋琢未曾遭擒，为人义气，且又精细非常，定然要来相救，所以有多有少，一切口供都招了。

当时知县又带过鹿鸣客店店主，问他因何窝藏匪类，知情不举。可怜他个店主，有口难分，只吓得魂飞魄散，真如晴天霹雳，当时据情直供，说：“昨日五人前来投宿，小人实在不知他是匪类，小人斗胆，也不敢藏匿歹人。今日早起，忽然五人不见，店中东西、旅客行李，一概不缺，唯有他五人物件，一点儿都未留下。有老爷上差可以证明，请老爷明镜高悬，开释小人，实在感恩非浅。”

知县吩咐：“打了二十大板，罚银五十两充公，以后不准胡乱留来历不明之旅客。”

那店主有冤无处诉，受了二十大板，罚了五十两银子，只得认了晦气回店去了，不在话下。

且说那知县问明了口供，立刻差人详文上宪，专等回文行事，一面商请本城守备，派兵看守监狱，日夜轮流，以防有人劫狱。那守备也因为地方上责任所在，不得不尽心防守。这个消息一传，可将个赛白胜秋琢急坏了，他想，漫说一人势孤，便是有几个帮手在此，也是不行，只得再打别的主意了。一面又到海潮寺去探听悟静和尚的消息，谁知那个和尚却出外游方去了。

原来悟静虽然捉了张桂兰等人，知道逃了一个，种下祸根，将来一定有什么祸事，所以以游方为名，自己远走高飞，以避其锋。

当时秋琢打听着这个消息，心中一想，这贼秃倒也是个识相的，他如今却老早地跑了。

不多几日，县里接着省里回文，着将张桂兰等四人押解来省听发落。沿途恐有错失，着荆州驻防旗兵办送，并着省城兵马到老河口迎提。知县即刻升堂，验明正身，然后派人商请荆州都统，差正蓝旗、镶黄旗两支队，即日回荆州拨队，会同襄阳府城守，及千百把总，押办一枝兰等四犯上省。

此风一经被秋琢打听着，心想找几个人在路上拦劫，偶然想起彼等此去，非经过施家坪地方不可，我不如到施家坪去，请双尾蝎茅敏时相助，在那里以逸待劳，岂不是好？想定主意，忙向店内算清了账，然后取了各人的东西，雇了牲口，飞奔到施家坪茅家堡去。

原来施家坪乃是由襄阳往武昌省的大道，当时赶了一日一夜，方才赶到茅家堡。那赶驴子的得着双倍钱，也就没有话说了。

当时秋琢到了茅敏时的门首，不待通报，便直向内闯。那门上的庄客见他是常来的，便也不拦阻。

原来茅敏时与秋琢是同师学艺的师兄弟，两人又是同乡，所以常常往来，虽然后来秋琢一家丧亡殆尽，秋琢自己一人出门，独闯江湖，然而仍旧每年总得来几次。

此时茅敏时正在家中，因为重九之后，小阳之前，他的两个兄弟却是二十五岁，合作五十岁，大请乡亲。原来他那两位兄弟，一名敏春，一名敏事，乃是双生的，所以同年同月同日同时，合做五十大寿。

此时亲友刚才散去，茅敏时正照应家人，拾收器具呢，忽然见秋琢气急败坏地进来，面上神色很是不好，知道有事，便问："贤弟此来，有何紧要事，如此慌张？如能早来几天，还能够吃寿酒，咱们大家热闹热闹呢！"

秋琢道："大哥倒自在得很，小弟此来，只因几个朋友命在须臾，非大哥不能救，所以特地奔来，找寻续命汤。"

茅敏时见他如此性急，便一把拖了他的手，直向自己内书房而来。

到了里面，请秋琢坐下，然后问道："贤弟刚才所言是因何事？愚弟不明。"

秋琢道："我先问大哥，有个一枝兰张桂兰，你认识吗？"

茅敏时道："怎么不认识？当年我到陕西去，在宫家集一住半月，承他格外看承，可算是个知己的朋友，况且他也是个英雄呢！"

秋琢道："我再问大哥，有个摇头狮子莫仁，你可认识吗？"

茅敏时道："他更是不用说了，彼此交情很深。去年我在川省保一支镖，被人劫去，却得他帮我去要回，全了面子，此事我刻刻在念。贤弟你因何问出这话来？敢是他二人有难吗？"

秋琢道："可不是呢，只要大哥说认识就好了。"

于是将自己如何在监利遇见张、莫，同着孙必成、周二四人做下案子，到襄阳去剪灭悟静和尚，不料寡不敌众，虽然刀劈了一僧一道，然而他四人都被捉了，仅有自己逃得性命，及自己打算。此时旗汉官兵五百名，解着他四人往省："此去一定凶多吉少，大约今晚明早，一定要走施家坪，特地前来，恳请大哥助一臂之力，救了他四人的性命。"

茅敏时一听此言，心中大惊，忙道："此事不宜迟缓，且等我去唤我两个兄弟出来，一同前去，方才可以救得。若是你我二人，官兵势大，恐怕不易得手。"

秋琢道："大哥你可快去，喊两位贤弟来同去。"

茅敏时立起身来，到了外边，先命家人预备酒饭马匹。家人只道主人要出门去做买卖，所以立刻预备，并问主人要几匹，这个乃因茅敏时平时出去要带人的缘故。

茅敏时道：“八匹，快快预备。”

自己复到后堂，将自己两个兄弟唤来，告诉他要去救人。两人答应，随即同至内书房，与秋琢商议。

秋琢道：“承三位之情，慨允帮助，此时即当前往，免得官兵过去了，就有许多不便。”

茅敏时道：“无论他过去，咱们总未及，大家吃了饭再去。”

一面收拾各人应用之物，又代莫、张、孙、周等人收拾他们常用的兵器。乃是三把朴刀、一双虎头钩，及各种暗器。收拾停当，酒饭已经齐备，大家如抢一般地吃了足够，然后跨上马，各人带一匹空马，急急赶到施家坪，一打听，原来官兵刚才过去。

看官，官兵何以也如此快法呢？只因官兵深知一枝兰等是江湖大盗，党羽众多，如不兼程倍道，恐于路上有了错失，不是玩的，所以也就死命地赶路。当时双尾蝎茅敏时等人到施家坪，急急赶上老河口的大路，远远见了前面官军大队在那里赶路。

茅敏时对三人道：“我去扰乱官军大队，秋贤弟打接应，二位贤弟砍囚车，给兵器与他四人，然后大家杀官兵一个痛快，切勿误事。”

三人答应。茅敏时一马当先，冲入官军大队，说：“官军慢走，留下人头过去。”说着，手起刀落，已砍倒了一个，一连几刀，砍翻几个。

官军大乱，转出正蓝旗统带，手拿金背大砍刀，望着茅敏时便砍。茅敏时避让不及，只听得哎哟一声，红光迸现。

不知后事如何，请看下文分解。

第八回

一枝兰偷富济贫
两头蛇弃旧迎新

话说那个正蓝旗统带抡着大砍刀，向茅敏时便砍。茅敏时一时避不及，只听得一声哎哟，红光直冒，这个乃是故意惊人。

原来赛白胜秋琢在后面看得明白，知道上前帮助，万来不及，一时急了。说时迟，那时快，秋琢的手一扬，一支袖箭直向那个统带的哽嗓咽喉而来。那统带此时全神都贯在手中大砍刀上，未曾提防有人暗算，早被他袖箭射着，哎哟一声，由马跌将下来。茅敏时乘势一刀，结果了他的性命。

后面秋琢已到，两个人如生龙活虎，一人直向官兵杀来。

官兵队里那个襄阳城守，同着镶黄旗统带，及一切千百把总，一齐上前，围住二人厮杀，忘了照应囚车。原来起解与充军不同，充军不用囚车，起解却用囚车，这个乃是分别。

当时茅敏时的两个弟兄，一名茅敏春，一名茅敏事，带着四匹马，直冲进来，将那些看守囚车的官兵杀散。一个巡风，一个便跳下马来，用刀劈开囚车，削去四人身上的刑具，递各人的兵器，不及讲话，便一齐跳上马来，各拿兵器，冲杀将来。试想那些只好欺压良民、形同强盗的官兵，如何是这几只大虫似的好汉的对手？不一刻，已是风流云散，四下逃走。

茅敏时大叫道："众位哥们儿，穷寇莫追，咱们回去是正经。"

众人闻言，一齐勒转马头，呼哨一声，一齐同着茅敏时，奔施家坪，往茅家堡茅敏时家中去了。官兵见贼寇已散，方才敢聚集拢来。大家你埋怨我无能，我说你无用。

镶黄旗的统带道：“算了算了，大家都逃不了，咱们去打听打听，是何处强人敢前来拦劫要犯？只要打听明白，便可进省报知两湖总督，请他下令官兵进剿，方才可以免罪，否则大家预备送命吧！”

守备、把总等人无个不急，便道：“罢了，咱们也是命运不济，才奉着这种倒霉的差使。”

镶黄旗的统带道：“不用说了，咱们总要算是洪运当道了，像他才真是倒霉呢。”说着，将手向那地上的正蓝旗统带一指。

众人都给他招得笑了，都道：“别说开心话了，咱们大家预备着受处分吧！”

于是分作两起，一起人在此地看守尸首，一起人到本地官厅去报信，顺便打听，是何处的强人前来行劫。

大众商量定了，去不多时，一会儿保正也来了。因离城远，地方官一时来不及，次日清晨，便差人先搭起尸场，一会儿自己带领仵作人等，到来相验收尸。填了尸格存案，一面飞报进省，行文各处，捉拿一枝兰，并购线缉拿一枝兰的党羽。此乃是官场例行公事，实在毫无道理，每每公文发到处，效验丝毫没有。久而久之，视同具文，已成官场习惯，所以直至如今，仍是这样置诸脑后，法律失效，可为浩叹。交代已过，官场升降及一切琐碎之事，不在话下。

且说一行八人回到茅家堡茅敏时家中，大家坐下，茅敏时先去取了众人的衣服。原来秋琢带来的给大家换了，自己弟兄也入后面，换了衣服，重新出来洗去脸上血迹，已是初更以后。家人摆上酒饭，请众位爷们儿吃夜饭。众人忙了半天，晚饭未吃，也不觉饿，此时方觉得肚内饿了。

大家狼吞虎咽地吃了一顿，抹了脸，大家闲谈。一枝兰、莫仁等人又向众人道劳，谢了众人。

大家说说谈谈，茅敏时忽然吃惊道：“哎哟不好，咱们还得预备快走，别坐着等死。”

众人忙问：“大哥何故如此失惊？”

茅敏时道：“我们今日这样大弄了一番，难道不有人送风把信，早晚定有官兵前来追捕，那时寡不敌众，定有不测，不可不思患预防。咱们只管讲话，恐怕城里各处已在调兵了。咱们此时不收拾动身，更待何时？”

众人被他一提，不觉汗毛一竖，齐说：“大哥虑得是，咱们大家预备走路是正经。”

茅敏时弟兄三人忙命家人入内，知照上下人等，一齐打起包裹，带上细软之物，预备齐全。

茅敏时弟兄三人对众人道：“众位兄长贤弟，愚兄弟此行是奔广水，绕道郑州，往洛阳去，投花家寨花广德去，他是我姑表兄弟。此去青山不老，绿水常存，大家相见有日，后会有期，愚兄弟就此告辞。”

莫仁道：“慢着，花广德可是外号人称豹头太岁的吗？他与我是换帖的弟兄，你到那里，请你给我带个信问安。”

茅敏时道：“正是此人，我准给你带信就是了。”

莫仁道：“小弟出外已久，家中情形不知如何，我同了孙、周两位贤弟回汉阳去一趟，如果平安便罢，否则不久便要搬家到花家寨去，与你同在一处，你可赞成吗？”

三兄弟同声道：“那是再好没有。”

莫仁便拉了孙必成、周二两人，向众人抱拳道：“众位兄长贤弟，我等就此告辞。”说着，便拿了各人自己的东西要行。

张桂兰、秋琢道：“我二人本意，是欲由襄阳樊城取道宛洛，奔观音堂大道，往陕西去的，如今可以与茅氏弟兄同行，不知三位肯提携吗？”

三人道："有何不可？不过我们有家眷，又有家人仆妇，未免太累赘了，得你二位同去，那可好得多。咱们可以分作前后两起走，免得动人疑心，咱们沿路也可有照应。"

当时大家商量分派已定，一齐离了茅家堡，留下几个胆大不怕事的家人在那里看守屋宇，耕种田亩。门口却改了姓魏，所以后来官兵虽曾前来问过，但是人赃俱无，只索罢了。况且中国官场办事，本来模模糊糊，平平常常的民事、刑事案情，有钱弄的事件，却是问得凶，若是水火盗贼人命重案，却是苦差，问得格外轻松，纵然问问，也不过是敷衍公事，形式而已，所以连年盗贼四起，民不聊生，都是这种吃饭不管事狗头政界弄坏的。

闲话少说，且说众人上路，各自东西下集见。此时暂且搁一搁，先讲一枝兰同着秋琢、三茅弟兄，及茅家家眷一行人，分作两起，茅敏时同着茅敏春，领着家眷、仆妇先行，后面茅敏事同着张、秋二人，领着众家丁，在后相随。沿路盘查很严，但是都被他们混了过去，即是投店寄宿，也是改姓易名，况且住否，也分作两起。

那日到了广水，秋琢忽然腹泻，生起病来。茅敏时不便久待，况且已要到分手的地方，便别了二人，径自领着家丁等众去了。

张桂兰服侍秋琢，不两日已是痊愈。二人因在广水住了几天，所以渐渐熟悉，知道本地今年大荒，那些灾民待赈，实在可惨。

本地有两家大富，一家姓吴，一家姓白，都是数百万的家财。论起他们这样有钱，应外助赈，谁知他二人却都是一毛不拔。张桂兰听在肚内，心中好气，便问明了两家的路径，白日间先去探了道，到了晚间，瞒了秋琢，私自一人，飞身上屋，直奔吴绅家内。寻到书房内，只见灯火齐明，原来吴绅还未睡呢，在那书房内打底稿，乃是先一家佃户欠租未缴的。

张桂兰在外面窗缝内看得清楚，暗道，这样荒年，还要催租，真是个刻薄鬼。也罢，待我与他要一要。想罢主意，便将刀拔出，向窗槅上一劈，窗闩劈断，就势一推，张桂兰跳了进去，一口气先吹灭了灯。

那吴绅早已晕了过去，张桂兰一刀，先割去了他头发，将桌上那张状词包好。然后跳将出去，纵到屋上，向后面去寻到吴绅的卧房。

此时吴绅的妻小已睡，张桂兰的脚步声细，所以里面并不觉得。张桂兰一看，房内桌上有现成的纸笔，便走进去，提起笔来，写上三张字柬，一张留下，二张带在身边，在百宝囊中取出一把柳叶小刀，将字柬戳着，向吴绅的浑家那头那个床栏杆上掷去。托的一声响，插在上面，将吴妻惊醒，忙问何物。

张桂兰应声道："送信。"说着，出了房门，跳上屋，再到白绅家内。

原来白绅此时正与他的爱妻在那里情话呢，一枝兰一见，心中有气。原来侠义一流人物，最恨的是"奸淫"二字，当时见了那种丑态，恨不得一刀两断，但一想，他这个尚且情有可原，饶了他吧。于是将窗槅一刀劈开，跳将进去，先熄了灯，后将二人头发一齐割下。二人吓得打战，哪里还说得出话来？

张桂兰将小刀戳了字筒在那桌上，然后直奔到广水县衙门。此时已近三鼓，知县衙门上下人等都已安歇。张桂兰先到印房，盗了印，奔到后面知县的住宅之内，将一把小刀穿着三人的头发，一张状词，连自己一张字柬，一齐戳在正梁上面，将县官的印却由窗槅内抛到里面床上去。

知县夫妇正在做梦的时候，被他一击，惊了醒来。忙点灯照着，却是县印，吓了一跳，忙喊起家人捉贼，哪里还有踪影？

乱了一夜，闹到天明。家人有眼尖的，看见正梁上面有许多东西，忙禀明老爷，取将下来，递给老爷过目。知县见那字柬上写着：

一枝兰行经此地，知四乡荒年待赈，本城吴、白二绅，家财充裕，一毛不拔，情已可恨。而反于荒年催租，用高压手段，为富不仁，其情可想。本欲枭首示众，代平民愤，姑先割发，以待后证。

着二绅各捐资百万，交地方官实地助赈。特恐知县徇情，或营私舞弊，特先掷印示警。

三日之内，不遵施行，绝取你首。

知县看罢，心中大惊，暗说，怪不得人说一枝兰厉害非常。看他如此行为，实在是可怕得紧，如不遵命，定然又出乱子。随即传命，打轿吴府去，拜望吴绅。

谁知那吴绅夫妇此时惊魂方定，一见县官光临，已知其事无奈，光着头出外迎接。知县一见吴绅那种情形，心中忍不住好笑。

到了里面，未曾坐下，吴绅便道："生员正要来见老公祖，不料公祖大人却已光降。"

知县佯问何事要见。那吴绅便将夜间之事说了一遍，然后到里取出一张字柬来，递与知县。知县接过一看，只见上写：

你为富不仁，荒年催欠，情实可杀，姑先割发示众。限汝即日捐款百万助赈，如果吝啬，准三日内取尔之首。

一枝兰白

知县道："本县正因这件事，要与贵绅商量。"便将昨日夜间之事说了一遍。

吴绅道："如此说来，非照办不行了。"

知县道："那是自然，烦贵绅即刻办理清楚，免得闹出别的乱子。"

吴绅无奈，虽然拿银子肉痛，但是性命也要紧。没奈何，只得立拨百万家财，归官变卖充赈。

知县到了白绅那里，那白绅正在梳洗以后，要到知县衙门去，恰巧知县来到。当时接入，不等知县开口，便由怀中摸出张桂兰的字柬，递给知县看了，言语与吴绅相同。白绅又说及昨日的情形。

知县道："贵绅之意如何呢？现在吴绅已是照书行事了。"

白绅道："不敢不遵，不遵怕有危险。"

当时即点交百万家产，与知县变卖充赈。

白绅送知县回衙，知县立刻升堂照办，却暗地里差捕快，留心捉拿张桂兰到案。知县此举，真是蛇足，毫无效验可言。

此时张桂兰在客店内已打听明白，便同着秋琢离了广西。秋琢新病初愈，一路上不无迟缓，过了几日，方才复原。

那日到了郑州附近，地名唤作兴隆镇，二人在那里投了店。

晚饭已毕，二人刚要就寝，猛然听得哭声甚惨，真个是铁石之人也要落泪。二人侠义心肠，如何禁受得起？便悄悄走到房外一听，那声音不远，只在隔壁。二人一纵身，轻轻上了房屋，向隔壁轻轻跳下，伏在窗缝上一看。原来却是个尼庵，庵堂内坐着中年女子，形容惨淡，在那里痛哭。旁边立着个老尼，苦苦相劝。

只见那老尼道："夫人何必如此自己作践自己身体呢？他现在虽然将你抛下，另寻新偶，将来总可重圆的，何苦如此丧心？"

那妇人道："师父有所不知，他的良心已变，与那个娼妇订婚。可怜我无依无靠，横受羞辱，以后情形，不堪设想。我想早迟是死，不如早为佳。我的苦处，师父你是知道的，你又何苦相劝呢？"

二人在外面听得明白，只知道那妇人受了丈夫的气，但是因何在庵中，却有些不明白。要想进去，又恐吓了她们，如不进去，又不大明白。

原来侠义的心肠最热，再也熬捺不下，当时张桂兰搔耳挠腮。

秋琢早已有了主意，伸手将张桂兰一摘，轻轻说道："你我可以装神显圣，问明她是何冤屈，如放得过即罢，不然，咱们就多了这件事，也未尝不可。"

张桂兰道："装神如何装法呢？"

秋琢道：“你在屋上看着就是，有我呢。”说着，将身形一小，由屋上跳到下面，绕进后面佛座之内，说声：“妇人，你因何啼哭？有何冤屈，只管诉来。”

那老尼同着妇人大惊，只道真是菩萨显圣，慌忙到佛座之前跪下，口尊：“神圣在上，愿神圣万寿无疆。”

秋琢道：“罢了。你是何人，嫁何人为妻，你家中更有何人，因何受丈夫之气，快快讲来。”

那妇人口称：“神圣，信女本地人氏，娘家姓胡，嫁与本地一个屠户姓荣为妻。”

秋琢心中一动，久闻此地有个屠夫，乃是个令字外号，人称双头蛇，凶恶非常，莫非就是他？便道：“胡氏，你丈夫名号可是那个双头蛇荣敬一吗？”

胡氏道：“正是他。”

秋琢道：“你且讲，他因何与你斗气？”

胡氏道：“我丈夫向来不务正事，在外做些犯法之事，信女屡谏不从。前月本地来了南边娼妓，容色秀丽，我丈夫一见就爱，硬要她为妾。那娼妓不肯做妾，她要做大，因此我丈夫将我休了，以为可以成功。谁知那老鸨不肯，我丈夫一怒，就将老鸨杀了，他们今日成亲。因此信女想起，伤心啼哭。”

屋上张桂兰心中好笑，如何她们不晓得都是人在那里捣鬼？

只听秋琢道：“胡氏，你因何住在本庵？”

那胡氏道：“信女因娘家现已无人，不得已住在庵内。承静师父美意收留。”

秋琢道：“你丈夫住在何处？”

胡氏道：“他住在本镇东街头第一家，前门是个肉铺，后门却是个石库门。”

秋琢道：“知道了，吾神去也。”说罢，便仍旧缩小身形，如猿猴一般，绕到外面上屋。

原来那老尼同着妇人正在那里叩头、送神，却未曾留心是个夜行人。

当时张桂兰见秋琢上屋，便道："大哥，你真会弄玄虚。"

秋琢道："这个算得什么？大凡女子，最是相信菩萨，只要装鬼作怪，她就吓得不敢作声，真情吐露。从前官府断疑难重案，往往用这种手段。贤弟你我去除了这个荣敬一，看看他是两个头，还是一个头！你我去杀了他，叫那个娼妓另行择配，将他的家产分作两起，一起充地方善举，一起充娼妓及那胡氏改嫁，或养身之费。贤弟，你随我来。"说着，回到店中，重新换了衣服，带上各人应用的兵器，飞身上屋，直奔东大街荣家而来。不到三二十家人家，已到双头蛇的家中。

此时正是洞房花烛之后，宾客方散。张桂兰在前，秋琢在后，二人抡刀，闯进新房。

荣敬一虽是个行家，一则此时措手不及，二则已有几分醉意，一见有夜行人到来，忙说："合字，咱们有话好说，要钱要什么都有。"

张桂兰道："什么都不要，只要你一样东西，你可肯吗?"

双头蛇道："朋友，你要什么尽说不妨。"

未知张桂兰要他的什么，请观下文分解。

第九回

观音堂一枝兰入赘
五台山张伯卿投师

话说张桂兰笑道："荣敬一，外称你是两头蛇，我二人到此，并无别意，只要问你要一个头使使，留一个头给你自己。这件事你是爱朋友的，当然没什么不肯。"

荣敬一见他要头，知道不妙，急将身体向前一扑，意欲使一个冷不防，将他的刀给夺了。谁知张桂兰更快，就势一让，顺手一刀挥去，早将个双头蛇砍倒在地。后面秋琢加上一刀，登时完账。随即二人提了首级，直奔本镇一家大乡绅家里，寄柬留刀，说明胡氏夜哭与扫除恶棍等事。又命他秉公办理此事，将娼妓择配好人，荣氏家产分作四起，两起充地善举，两起分给娼妓及胡氏，如不遵办，以荣敬一为例，照样枭首示众。一面将首级挂在那绅董家内大厅上面，叫他看样。第二日，那个绅士吓得魂不附体，即刻进禀，告地方官，一一照办，不在话下。

且说当夜张、秋二人回到店内，换了衣服，次日清晨起身，梳洗已毕，吃过早膳，算清房饭等账，离了兴隆镇，迤逦望西进发。

有话即长，无话即短。那日来到观音堂，这个集场乃是河南往陕西要道，所以闾阎栉比，商业繁盛。那日张、秋二人到此，已是傍晚时分，便在镇上住了店。二人商量，在此多住几天，打听打听陕西的消息，并且看看此地的景致。当夜无话。

次日，二人出了店门，到街上闲逛，走到一家酒楼内吃酒，用了些面包、饽饽等物，然后下楼闲走。来到一所观音庵门首，只见许多人围着场子，二人挤进去一看，原来却是卖拳的。只见一个老英雄模样的人，年约六十左右，花白胡须，精神抖擞，二目有神，带着一个老婆子，年纪相仿，精神饱满，一双大脚，同着一个年约十七八岁女子，面貌如花，生得修短适宜，打扮得如舞女一般，实在动人。

秋琢一看，认得那个老者，乃是观音堂东五十里顾家集的神拳教师邵邦俊。此人乃是西北等省有名的侠客，那老婆子的是他浑家赛二娘赵氏，那女子是他的女儿桂英，外号武嫦娥。他一家祖传拳术与众各别，本领极大，江湖上闻名丧胆。他虽身在绿林，却是一味正派。

当时秋琢在人丛中见他父女夫妻在此卖艺，心中好生奇怪，暗想，他在这紧靠家乡的地方卖拳，却是因何？更有一层，他的家富裕，如何这般形状？再一转念道："哦！是了，莫非他为的女儿吧？"

于是挤上前去，见礼道："邵老前辈，后辈秋琢有礼。"

那邵邦俊见是秋琢，心中大喜，忙还礼厮见。各问了好，然后秋琢问他因何卖艺。

邵邦俊紧凑着他的耳朵道："老朽因你妹子长成，尚未许配人家，一件心事未了，拿着我辈身份，所谓高不成，低不就。如给了乡下田夫吧，你妹子的终身可就误了；如给了生意买卖人吧，那可更是苦你妹子一辈子；若是给了咱们道中朋友吧，老实说，咱们道中人有几个得善终的？况且本领平常的，也未免不值得的；若是给了贵家公子吧，那些谁人不是三妻四妾地快活，哪里稀罕得这一个？况且门户也不配呢。想来想去，无法可想，只得领你妹子到外边来，以卖拳为名，由她自己择配，免得将来怨我二老。贤侄你看这个主意好不好？"

秋琢笑道："老前辈，你老早点儿对我说了，我也好吃过了喜酒了。如今姻缘巧合，就在面前，我便做个现成媒人吧！”

邵邦俊道：“贤侄所言是谁呢？”

秋琢道：“你老不要问，停会儿自然明白。”说罢，便仍挤到人丛中去，与张桂兰站在一边。

张桂兰问他是谁，因何认得他们卖艺，是做什么的。

秋琢笑道：“他们卖拳的意思，是个醉翁之意。”便将邵邦俊所说的话及他一家来历说了。

张桂兰是闻名从未见面，今日一会，方知名不虚传，当时应了，立刻闲看。只见邵邦俊卸下长衣，将头上辫子盘起，两手一抱，向众人四面行礼，说：“众位乡亲，小老儿夫妇同着女儿在此卖艺，请各位帮帮场子，如有会家，请下来练两趟帮帮忙，小老儿感激非浅。如能和小老儿比试比试，那是更好。”

说了半天，并无人下来。邵邦俊只得自己练了几套，引得看的人齐声喝彩。

邵邦俊下去，接着赛二娘赵氏上来，练了一回。末后武嫦娥邵桂英也上来练了一套，然后母女两个对了一番，真个是好汉，看的人个个喝彩。打了一会儿，退了下去。

那邵邦俊四面收了回钱，然后又照旧说了一遍。话犹未毕，忽听一声：“我来会你！”蹿出一个人来。

邵邦俊抬头一看，来者乃是一个白面后生，俊易人物，武生打扮，好一表人才。邵邦俊一见，就说：“来者尊姓大名，仙乡何处，是单练还是对子？”

那人道：“小可张桂兰，陕西人氏，单练双练都可，听从老丈吩咐，无有不遵。”

看官，张桂兰如何会跳出来？只因秋琢已有了主意在先，所以不由他做主，将他一推，口中说：“我来会你！”其实并不是一枝兰的本意。张桂兰既已被喊了出来，只得跳到当场行礼，将衣服掖了一掖。邵邦俊说：“老朽与你对手吧，仍请手下留情，让老朽三分。”

张桂兰道："不必客气，老丈先请。"说着话，二人各自立门户，交起手来。

一场恶斗，真是好看，正所谓棋逢敌手。斗有八十余合，不分胜负。

邵桂英见爹爹战来人不下，便高叫："且住！我来比试比试。"

邵邦俊听见女儿出来，已知女儿之意，便向旁边一退，收住拳势，话说："张壮士，我小女与你比试比试，请你饶她几分。"

张桂兰道："好说。"说着，便立门户，等候交手。

那姑娘将张桂兰一打量，又见他方才能与爹爹战到八十余合，知此人本领不弱，心中已是十二分中意。当时轻移莲步上前，立了门户，并不打话。

二人说声请，一齐动手。张桂兰因她是个国色天香的美女，不忍过于相逼，手下真正容情。那姑娘心中着实爱他，所以手下也让许多。两下打了三四十个照面，外行看来，非常好看，内行看见，可就知他二人是两下留情了。

此时不但他二人肚内有数，就是那自荐作撮合山的赛白胜秋琢，同着以未来丈人自居的神拳教师邵邦俊，心中也有数了，暗暗好笑。

那老英雄高喝："且住，老朽有话讲。"

二人收了拳势。那姑娘知机，红着脸走向她妈那里去了。

此时秋琢早已挤出来，说："你们二位，可都不认识吧！我已给你俩暗中引见了。老前辈，此地非讲话之所，请收了场子，一齐到咱们住的客内再见吧！"说着，拉了张桂兰，向邵邦俊拱拱手就走。

邵邦俊说了声再见，二人一路回店。

张桂兰道："大哥，你怎么今日这般做我，将我推出去？幸而未曾出丑，不然，可不是栽个跟头？"

秋琢笑道："贤弟休怨愚兄，停会儿还得谢愚兄呢！贤弟别话少说，那个姑娘在贤弟看来如何？"

张桂兰道："大哥莫非痴了？那个姑娘正所谓色艺双绝，还有什么批评之处吗?”

秋琢道:“这要贤弟如此说就是了，但是我要问贤弟一声，贤弟如果要这般一个弟妇，心中如何样呢?”

张桂兰道:“大哥别说疯话，小弟如何有此艳福，消受得起呢?况且正事还未办完，自己一身不保，何来此等心绪呢?”

秋琢听他口气，并无不允之意，知道已有八分成功。二人说着，已是回到店内。

不多一会儿，忽然小二进来说:“外面有人，会秋大老爷。”

秋琢出外一看，正是邵邦俊，同着他浑家、女儿。秋琢见男女不便，便吩咐店家，另外让出一间上房，请他一家三口住下，自己拉了邵邦俊，到自己房内来。张桂兰与他重新见礼。

邵邦俊坐下来，便与秋琢咬了耳朵，是请作伐。秋琢便向张桂兰说了。张桂兰偶然想起智真长老之言，心中已是情愿，便道:“大哥，小弟的事，你是晓得的，如何能备办得起?”

秋琢便将此言说与邵邦俊知道。

邵邦俊道:“不妨，我家什么都有，既是子婿，还争什么不成?况且又无子嗣，将来什么都是他的，不过我老两口子将来要他送终化纸就是了。他将来子嗣如多，出于他的心，能够给我邵家立个后代，也随便他，不立亦不要紧。”

秋琢道:“老前辈真正爽利。”

便将此话说与张桂兰。当时命张桂兰拜了岳父，邵邦俊还了半礼。

当夜无话，次日，邵邦俊同着家小，先回去预备，然后张桂兰二人，同往顾家集邵家来。邵邦俊接到里面，先安排了二人的住处，然后择定吉日，令张桂兰同着邵桂英二人成亲。少不得有一番热闹、俗例，不在话下。

如今乘着这张桂兰招亲的时候，无甚可记之事，却要将本书的副主人张伯卿说说了。

本书开宗明义，便是“真假”两字，况且清朝《施公案》书上，明明说一枝兰是个淫贼，本书第一回，也曾交代过，事出有因，并非无因而起，不过张桂兰是吃的冤枉罢了。究竟所因何事，请看下文，便知崖略。

话说张伯卿，自从与族兄张桂兰赌气，在汉阳画地绝义之后，自己一人东漂西荡，访求名人，学习武艺。那日来到襄阳海潮寺，拜求悟静和尚，收为门徒。悟静略加指挥，便已大有进步。后来悟静命他到五台山去，投自己的师兄悟能为师，方能练成真实本领。他便到五台山去，投在悟能手下为徒。不多几时，悟静也由海潮寺来了，详说捉住一枝兰，恐他的同党报复，所以特地前来，暂避凶险。张伯卿方才知道，张桂兰如此的大弄，据师所言，他还有许多同党，可知他现在已不似从前那样的没有声势了。此番仍未被杀，我必要学点儿惊人艺业，与他一样，方才能够与他并驾齐驱。想定主意，只是不开口，死命地练功夫。

此时悟能、悟静师兄弟二人每日指教他，再加上他成功心急，学习甚勤，所以未能怎样，已是出色惊人。他又嬲着师父，学习各种暗器，死命练成迎门三不过的钢镖。他又问了师父配治毒药、暗器的药方，将自己的镖也给用毒药治过。

看官，自古有志者事竟成，他自从存了这条学艺念头以来，始终不懈，不知不觉，竟被他学成了。他的本领学成之后，便拜别师父下山去闯道儿。师父又教给他江湖上一切规矩，命他名成与否，均不许说是我师兄的门徒，以免招惹是非。

张伯卿一齐答应，拜别了两位师父，由五台山下来。心中一想，我此行所谓寄身绿林，与天下英雄聚会，显显我自己本领，也气气我那族兄，免得他只管欺人，给那种骄傲面色与人看。心中此时想来想去，并无一定的去处，忽然想起，自从充军，离了延安以后，父子拆散，如今何不前去探望探望？主意已定，便取路直望延安而来。本来延安府离五台山无多少路程，又加上功夫刚才练好，脚程又快，所以不多几日，已到延安宫家集。打听消息，才知自己的父亲已死，张氏一门已是无人，不禁感叹了一番，便请了份香烛，买了些冥锭锞子，备了祭品，直奔到张家祖坟上。祭了祖坟，化了纸锞，在看坟的人家住了两天。

看官，此时张伯卿还有点儿像个人样子呢，不多时，他就变了卦了。

当时张伯卿在延安祖坟上祭扫之后，住了几日，即便动身。暗想，此去当往何方呢？一想道："有了，我何不投桃花山，找卜鹏等一班人去呢？"主意想罢，便取路奔桃花山而来。

在路行程，非止一日，一路上听人传言，一枝兰如何英雄了得，所作所为实是惊天动地，现在已有多时不知消息了，似这等大侠，实在可敬呢。张伯卿听在肚内，知道张桂兰未曾死，而且名誉甚好，心中暗打算。

那日到了桃花山，喽兵报上山去。赛叔宝镇虎牢卜鹏、小活猴卜雕、青面将伍蕙芳、黄面狼余廷、蓝脸鬼雷大鹏五人一齐迎接下山，接到上面聚义厅上，分宾主而坐。

此时桃花山人多势众，已不是从前那样势小了，大小头目一齐来见过张伯卿。卜鹏吩咐摆酒接风，张伯卿逊谢了一番。

饮酒之间，张伯卿先谢了从前换衣赠金之义，又说："到此时，意欲相投，借宝山为歇马之地，跟着众位寨主，执鞭随镫，万望收留。"

卜鹏等人大喜道："承张兄不弃，惠然肯来，正是荒山之幸，怎说是'收留'两字？未免太客气了。"

张伯卿见众人依允，便大喜谢了。

当时席间问起一枝兰来，张伯卿假造出一派言语，张桂兰如何欺负自己，是自己赌气走了，到襄阳奔五台山投师学艺。如今总算学成，所以现在消息隔绝，已经不知他是如何了。

众人听罢，都叹息了一番，然后大家欢呼畅饮，便在席间叙了座，推张伯卿为二寨，传令山寨大小头目喽兵一齐聚义参见新寨主。当日大摆筵宴，接连三日，寨中大吹大擂，吃庆贺宴席，甚是热闹。

自此以后，张伯卿便在桃花山上落草，占山为寇。

光阴易过，张伯卿一住两月，此时已是初春时候。那日众头领在聚义厅上饮酒，谈论江湖上英雄，说："现在小辈中，总要算一枝兰张桂兰等人，老辈中总要算八臂哪吒万君兆等人是英雄了。"

谁知总头领一句无心话，引起张伯卿一团恶意来。当时并不言语，次日，却收拾了双钩，连腰刀、朴刀三样兵器，及自己的衣服等一切应用之物，打了包裹，在山上雇了一匹花驴，别了众人，说是要去寻访一枝兰兄长。

众人只道他自己懊悔，要去寻兄，都不疑惑他另怀别意，当时送他下山，都说："二哥早去早回。"

张伯卿应声晓得，纵驴加鞭去了。众头领直等到望不见影子方才回山，谁知张伯卿此去闹出大乱子来。

未知此去如何，请看下文分解。

第十回

除恶贼歇马桃花山
结诸贤攻取安庆城

话说张伯卿自五台山学成惊人本领，下山闯道。先回延安府宫家集祭了祖，因暂时没有好的去处，便到桃花山投奔卜鹏等人，被推为桃花山二寨主。不久，因总头领无意中提到一枝兰在江湖上已颇有威望，心生嫉恨，思量一夜，决意要毁其声誉。于是次日即拜别众人，假意寻兄，重修旧好，离了桃花山。

那日行至汉阳城，忽然想起当日与张桂兰在此地分道扬镳、各奔东西的旧事，和现如今的江湖地位，愈加愤懑，肚内谋划起如何报复。想自己虽已苦练艺成，毕竟不知张桂兰的技艺是否也更精进，又不能立即将他寻到，所以正面交锋并非上策，倒不如一边打探他的近况，一边沿路干一番大案，嫁祸于他。

正自思忖，不觉又走到琴台左近的路上来。好巧不巧，那日路旁的田里也有一妇人在种菜，且又没有张桂兰在旁啰唆扫兴，一时恶向胆边生，径直走下田间，上前搭话。妇人见他一脸轻薄，急忙放下活计，朝东边的庄上跑去，张伯卿不远不近地跟随在后头，记下了那妇人家的位置。

回到城内，先寻了一家“安顺客栈”投宿。掌柜见有生意，忙上前笑脸相迎，请问客人尊姓大名。张伯卿信口说出“张桂兰”三字，又向掌柜要了一间上房，掌柜登了循环簿，小二带客人上楼安置。张伯卿命小二拿来几样现成的酒菜，酒饭后，便早早上床安歇。直睡到夜深人静，方才起身。换了夜行衣靠，带上腰刀，在里面将门闩上，从窗户出去，回手关好窗，飞身上屋。仗着高来高去的本领，不一刻便到了庄上。

寻到那妇人家中，见下面并无光亮，料想这家人都已睡下，便由屋上跳到窗下，点上千里火，拿腰刀撬窗进屋。到得床边，见床上夫妻二人均已睡熟，挥刀将那男人斩杀，可怜那男人竟没等叫出一声，即已命归黄泉。张伯卿直扑到妇人身上，上下其手，将那妇人惊醒，妇人急忙呼喊救命，伸手欲推醒丈夫，哪知手刚朝丈夫那侧一伸，即摸到黏腻腻、温热的血，吓得顿时晕了过去。

张伯卿遂将妇人掐醒，强行成了那苟且之事。发泄过后，随手给了妇人一刀。临走却在床边的墙上，留下白粉漏的一枝白兰花。

张伯卿原路回了客栈，仍由窗户进入房间，一觉睡到快中午。原打算叫小二侍候了洗漱就结账离开，开门正欲唤人，却看到两名男客上楼，进了对面房间，看穿着打扮，应是客商，于是又改了主意。仍叫小二拿来面水，随口问小二对面住的是什么人。

小二并未多想，回道："那二位是本店的常客，是做丝绸生意的，在本省很有几处商铺。汉阳的店铺就在街对面，正是本地最大的一家，所以每次来汉阳，都是住在本店的上房。"

小二侍候完洗漱就下去了。张伯卿这里却有了计划，先到街上闲逛了半天，回来后用过酒饭，直等晚间行事。

那日三更后，张伯卿先是潜入对面房间，杀了两位客商，取了二人的银钱，又盗窃了丝绸铺和白天观察好的几处商铺及大户人家，并在各处都留下了一枝兰的暗记。次日早早起来，退了客房，离开汉阳。

第二天，早餐时间已过，小二迟迟不见二位客商走出来，心下蹊跷，遂敲门问候。敲了半天，里面只是不应。小二转身无法，转身离去。将近中午，仍不见二位客商的影踪，小二遂叫来掌柜，打开房门看时，方才发现那二位客商已死在房间多时。

此时已是午后，到官府报官时，已有几家先报了失窃。官府派仵作等来到安顺客栈，验了尸身，画下墙上的暗记，又问了些话，遂将客栈掌柜的及循环簿带回衙门。暂且慢表，在下趁着官府忙着踩缉二位客商凶手之时，将事情的来龙去脉详述一番。

这张伯卿本是品行不端之人，各样奸淫掳掠的事，做起来格外得心应手，一路上也不知奸污了多少妇女，杀了多少人命。又兼报复张桂兰的本意，作案或拒捕时，与人交手，也使出一枝兰的招式。于是，所到地方，无不使衙门忙个不住，缉拿张桂兰的海捕文书，也是铺天盖地。不过月余，江湖上一枝兰“采花淫贼”“江湖大盗”的恶名昭彰，略有交情的豪杰，无不扼腕叹息，更有些不曾结交的江湖义士，恨不能除之而后快。

此时，顾家集新婚燕尔的张桂兰和邵桂英二人，竟浑然不觉。这日，秋琢登门拜访邵邦俊，得知张桂兰夫妻尚在家中，不免惊喜。原来，秋琢给二人作伐，喝完喜酒便告辞，独自往陕西去了，沿途行侠仗义，也做了不少大事。一天在投宿的客栈，无意间听到隔壁房间有人谈话声，一个说：“咱们晚上睡觉都警觉些，当心那奸淫妇女、杀人盗窃的一枝兰，可别成了他的刀下鬼。”

一个说：“那海捕文书都贴到本城了，大约他也在左近不远。”

秋琢听到关于一枝兰的这些话，再回想不久前与张桂兰结伴做下的快事，只当是他们危言耸听，并未当真。第二天出城时，在城门旁果真看到了那海捕文书，所谓“无风不起浪”，故此也就不免疑虑。因邵邦俊招张桂兰为婿，乃是自己牵的线，如若传闻属实，岂不有负邵老前辈？所以决定绕回顾家集，看邵老前辈是否知情。

秋琢到了邵邦俊家，家人进去通报，张桂兰和邵邦俊一起出门相迎，秋琢先是吃了一惊，随后即由惊转喜，便将客栈听到的话和海捕文书的事说与二人，“幸而贤弟在家未曾外出，那许多案子定是有人栽赃贤弟。”

张桂兰听说有人如此败坏自己的名声，愤激不已，当下决定外出，将恶人活捉送官，以洗冤屈。

倒是邵邦俊沉着许多，对张桂兰说：“贤婿休要急着动身，天下之大，贤婿要到哪里，去找何人呢？”一句话让张桂兰陷入沉思，自己行侠作义，确实得罪无数歹人，会是哪个在报复自己呢？暗记和招式都同自己一般。猛然想起归元寺智清长老的偈言：“雁行折翼，各分东西，一样武技，一般暗记，如不明白，将自害自。”这说的不是族弟张伯卿，还会是哪个？

张桂兰将自己与张伯卿出逃到各奔前程的话说了大略，并将自己的打算告知邵、秋二人，秋琢当即表示愿意同往。

当晚邵邦俊治酒给秋琢接风，同时又为女婿和秋琢饯行。

武嫦娥邵桂英得知丈夫要去寻张伯卿报仇，也要与张桂兰同去。次日收拾了行装，三人即便动身。

张桂兰与族弟张伯卿自汉阳一刀两断、各奔前程后，消息隔绝，也不知他何处栖身，本领如何。但凭他犯下许多案子，却从未失手被擒，已知他的本领不可小觑。

三人沿路打听张伯卿的消息，终于得知他投了桃花山，当了二寨主，遂径奔桃花山而来。

那日到了山下，由喽兵通报了寨主。桃花山上众人也听闻一枝兰的劣迹，早已不把他当成往日的少年英雄，礼数上自然随意许多，头领们也无人出寨相迎，只是命喽兵带他三人到了聚义厅会面。聚义厅上，寨主卜鹏同着卜雕、伍蕙芳、余廷、雷大鹏五人俱在，并未见到张伯卿。各人见了礼，分宾主入座。

卜鹏开言道：“张英雄别来无恙，不知此番到桃花山，是路过还是专程前来？”

张桂兰道：“专程到此。”

卜鹏又问：“几位专程到此，所为何事？”

张桂兰反问：“恕我冒昧，你们二寨主张伯卿怎么不见？我等专程为寻他而来。”

桃花山众人听张桂兰的语气，像是来拿人问罪，便都暗自握紧了拳头。

卜鹏讽道：“二寨主张贤弟念着族兄，下山寻你已有两月，想是你忙着到处犯案，不曾遇着吧。”

张桂兰见他话里藏针，只当他是袒护张伯卿，故意与自己为难，便立身想要动武。

秋琢见对方人多势众，仇人又不在场，便劝解道：“诸位寨主想是有所误会，江湖传言的那些奸淫盗案，并非一枝兰所为，乃是有人冒用一枝兰的暗记，嫁祸于他。”

卜鹏等人原已准备迎敌，又见秋琢劝解，便问道：“这与我等有何干系，又与我二寨主有何干系？”

秋琢道：“这作奸犯科之人，正是你们二寨主张伯卿呢。”

卜鹏道：“张英雄怎能证明自身清白？况且本是同族兄弟，张英雄为何怀疑自己的族弟呢？”

张桂兰便将上次离开桃花山之后，二人在琴台分道扬镳的原由说了。并将自己在由秋琢作伐入赘、婚后在顾家集未曾外出等事也告知卜鹏等人，复又询问了张伯卿何日因何下山。

卜鹏回说：“大约四个月前，张二寨主来投桃花山，我等也问起了张英雄，二寨主言语中表示不堪忍受族兄欺负，赌气去了五台山投师，与族兄断了联系。在下自觉兄弟之间的事，外人不便多问，故此没再打听。直到两月前，二寨主突然说要下山寻兄，我等只当他是自己想通了，要去与你重修旧好，还望他早日归来呢。至今尚未收到他的音讯。”

桃花山众人议论那些奸淫盗案发生的时间，正是张伯卿下山之后，不免心生疑虑，但又不能仅凭张桂兰一面之词，便疑了二寨主。商议后决定，卜鹏、伍蕙芳二人同着张桂兰等一同去寻张伯卿，若真是他犯下的歹事，二人自当为桃花山清理门户。

五人下山，即奔着一枝兰新近犯案的地方，一路追寻。那日，到了安庆府，已是傍晚，众人腹中饥饿，便找了一家酒楼坐下。酒保跟上楼来招呼，众人随便要了些酒菜，酒保即下去传唤。

这时，几人听得对面桌上吃着饭的四个大汉，正在商量如何在限期内拿获昨晚行窃当铺的一枝兰，向知府陆大人交差。这边五人都暗自不语，细听他四人的计划。

只听其中一人说道："想必这几日他仍要有些奸淫妇女的举动，咱们何不白日休息，夜里各人把守一个方位，专等他夜行屋上时，将他拿下。"

另一人道："如此甚好！既是这样，我和大哥找城南的东西两侧藏身，二哥和四弟在城北的东西两侧各找屋顶蹲守。"

又一人说："事不宜迟，咱们今晚就行动。"

不多时，那四人已吃饭下楼去了。

张桂兰等匆匆用过酒饭，便也下楼会账。离了店，在附近找了一家客栈投宿，分了房间，三人又一同来到张桂兰夫妇房中，商议如何办法。

秋琢说："方才酒楼那四人，像是衙门里的捕快，领限要捉拿冒名的一枝兰。"

卜鹏说："张伯卿下山时只身一人，若是他作案，也该是单独一人。捕快已有四人，咱们或可不必一齐到屋上蹲守，大家轮流即可。"

秋琢道："想必他不日便会离开本地，要作案也在这几天，咱们还是辛苦些，人多更有胜算。不如弟妹留在客栈看管行装，咱们也出四人，分别在东南西北四面寻个高点的屋顶，从暗处帮同捕快们一起对付张伯卿，不知各位以为如何？"

三人都说甚好，邵桂英也只好遵从。

三人回了隔壁房间歇息，张桂兰也先睡下了。邵桂英坐在床上打坐休息，等到天完全黑下来，邵桂英便将张桂兰唤醒，张桂兰敲了三下间墙，隔壁房间的三人也敲墙回应。四人同时更换了夜行衣靠，将所带行装都归了邵桂英一处，出门上屋，找好各自的地点，静等张伯卿出现。

临近二更，安庆城的四角方位又各上了一人，张桂兰等知是捕快，仍暗自不动。

却说这张伯卿，昨夜偷盗了城中当铺，并未物色到心仪的妇人，心有不甘。白天上街闲逛，寻找目标，果然遇到一位容貌姣好的年轻小姐，于是悄悄跟到了城北的一户人家，将住处记得分明后，便回到位于城东的客栈。过了三更，便换了夜行衣靠，带上暗器和腰刀，飞身上屋。

那城东蹲守的是卜鹏，张伯卿一到屋上，卜鹏即看到了他，但恐怕捕快将他们当成同党，未敢先动。

张伯卿连纵带跳直奔城北，说时迟，那时快，四角的捕快立时向张伯卿围拢过来。张伯卿并不胆怯，挥刀向四人就砍，以一敌四，毫不慌乱。

四面埋伏着的各人，见捕快不能取胜，纷纷加入围攻。捕快见有人助阵，拼杀得越发起劲。

张伯卿仗着悟静、悟能两位师父传授的武艺，初时还能抵抗，但毕竟对手人多势众，难免顾此失彼，逐渐乱了阵脚。自知身临险境，便奋力跳出圈外，用了第三十六计，走为上计。

张桂兰恨他败坏自己的名声，哪里肯放他逃走，第一个冲在前面追赶。

张伯卿随手掏出一支钢镖，向来人便打，张桂兰闪身躲过。张伯卿随即又掏出第二支，打向张桂兰的左腿，被张桂兰一纵让过。就在张伯卿发出第三支钢镖的同时，张桂兰也发出一支钢镖，正中张伯卿的右腿，而张伯卿的钢镖，号称“迎门三不过”，也擦到了张桂兰的肩膀。

上回书提到，张伯卿的钢镖都涂了自制的毒药，只要打中，即刻毒发昏迷，不出三天，定然命归黄泉。张桂兰虽只是被钢镖擦伤，却已昏在当下。

秋琢三人急急扶起张桂兰，秋琢怕他毒性扩散，点了他的穴道。余下几人遂将受伤的张伯卿擒住，众捕快拿出铁链将张伯卿捆了个结实。

卜鹏本欲杀了张伯卿，替桃花山清理门户，为张桂兰报仇，又恐死无对证，一枝兰的恶名不能更正，所以只断了他的手脚筋。七人又互问了姓名，得知四名捕快乃闻名江湖的名捕“陶家四杰”，大哥名唤陶龙，二哥名唤陶虎，三哥陶彪，四弟唤作陶豹。

秋琢三人将张伯卿冒充一枝兰四处作案栽赃的情形告知陶家四杰，托请四人代向知府禀明，以还张桂兰清白。四名捕快问了他三人下处，即带张伯卿回衙。

知府升堂审讯，张伯卿对张桂兰的忌恨更胜从前，抵死不招，最后竟在堂上咬舌自尽。官府对张桂兰的通缉依然如是，按下不表。

但说张桂兰中了毒镖，昏迷不醒。三人将他背回客栈，邵桂英直急得五内俱焚。不待天明，秋琢三人便分头去打听安庆府的名医。名医倒是请来了几个，却都回天无力，只说些节哀的话。三人仍是不停外出寻医。陶家四杰也抽空上门探望。

眼看到了第三日，张桂兰仍是昏迷不醒。

正午时分，客栈来了两位僧人，径直来叩张桂兰房门。邵桂英正守在床边，暗自垂泪，听见叩门声，以为是三人请了名医回来，急忙起身开门。见是两位不相识的僧人，只道是僧人敲错了门。

僧人分别拿了一粒黄色丹药和一粒赤色丹药给邵桂英，交代申时将黄色丹药研碎，冲水喂张桂兰服下，酉时将赤色丹药放入张桂兰口中，亥时即可醒来。说罢，二人转身出门。

邵桂英慌忙谢过高僧，并请问二位高僧法号，何处修行，以便日后申谢。

一人回说：“贫僧智能。”

另一人接道："贫僧智明，来日自会相见。"

邵桂英按二僧的交代给张桂兰服了药，焦急等待。果然在亥时三刻，张桂兰吐出一口黑血，人已醒了过来，更觉精神胜于往日，稍一运功，顿感功力倍增。问了妻子，方知是得了智能、智明两位高僧的帮助。

次日清早，陶家四杰又来到客栈，见张桂兰已醒，不禁喜出望外，诸位英雄互表钦佩，只觉相见恨晚。日后时有书信往来，后文自见，暂且不表。

这天送走了陶家兄弟，张桂兰四人便计划回程。

卜鹏因交友不慎，误将张伯卿推为桃花山二寨主，这种种错事皆是桃花山之人所为，对张桂兰十分愧疚，力邀他三人到桃花山休养些时日。三人自觉却之不恭，便随卜鹏和伍蕙芳回了桃花山。

此时的桃花山，更比前时人多势众，也因势力过大而惊动官府，意欲围剿桃花山。众头领请一枝兰三人到聚义厅商议，卜鹏恳请一枝兰共占此山，众推一枝兰为大王，共同抵抗官兵。

此时一枝兰因张伯卿宁死也将罪名冠给他，官府仍在各处通缉他，目下无处可去，只得应下众人，歇马桃花山。一年多时间，官府多次兴兵，桃花山几经与官府交兵，虽未被剿灭，却也损失惨重。张桂兰本就因父母张文被满洲白旗禧巡抚禧恩双双斩首，对旗人恨之入骨，又加之官府通缉一枝兰、围剿桃花山，渐渐起了推翻清廷的念头。

话分两头，现在来述一述陶家四杰。那边安庆府的陶家四杰自从与张桂兰一行分别之后，因为是汉人，在衙门处处遭受排挤。平日里目睹旗人对汉人的欺凌、鱼肉，恨不能杀之而后快。所谓："英雄爱英雄，好汉惜好汉。"一枝兰与陶家四杰的书信中每尝互相宽慰，或互通消息。得知一枝兰有反清之心，陶家兄弟即与至友人称军师吴刚的密谋，因事关重大，便委吴刚代为联络，时常于安庆府和桃花山之间往返。桃花山众弟兄假意解散，避免与官兵交战，休养生息，暗地里联络各路英豪。张桂兰师兄莫仁、秋琢、茅敏时弟兄等人，齐聚麾下，又各自吸引了一班义士。眼下军师见时机成熟，通知桃花山众弟兄陆续赶到安庆府外十余里的林家坝安营扎寨，等到约定的日期，由陶家四杰里应外合，攻下了安庆府。安庆知府陆鼎，原没想到陶家兄弟会谋反，所以未曾防范他四人，竟大意失了府城，只得退守怀宁。

陆鼎帐下有一智勇双全的将领，名唤黄天霸。黄天霸因军营中常闹鼠患，花了两年时间驯养了几百只狸猫，白天养在城外一处三进的院落里，夜晚都蹿到城内，到处捕食老鼠，所以近年安庆城粮草和牲畜都不曾遭受鼠灾。

那日安庆城突然失守，黄天霸只顾保护陆大人安全，忘了那数百只狸猫。待退到怀宁县城，略一沉思，心生一计，便说与知府大人。随即派一行养猫人夜间潜到城外的院落，待天明狸猫回到院子休息时，将狸猫都领进房间里，门窗上锁。只一个上午，几百只狸猫全被锁住喂养。

一枝兰带桃花山的部分人马进城与陶家四杰会合，其余众人仍在林家坝大营暂歇，待城内一切整顿好，再拔营进城。前两日尚且安稳，到了第三天夜间，老鼠过街串巷，扰得牲畜不安，头领和喽兵们更是无法安睡。

陶龙早起命人查看，马匹和牲畜大量被咬伤，粮草也遭受损失。一连多日，鼠患愈加猖獗，众人都一筹莫展。

思索片刻，军师吴刚说道："大王，为今之计，应先妥善安置粮草，再谋良策。"

于是次日，邵桂英带领众人将一批军粮运往林家坝大营。回城时已近黄昏，离城一里远时，忽然刮起一阵狂风，一时间黄沙漫天，伸手不见五指。邵桂英的座骑像是受了惊吓，狂奔不止，直将主人驮到一处山顶。山上天朗气清，惠风和畅，飘然走来一位白发长髯的僧人和一个小僧，邵桂英下马行礼，并问："敢问二位高僧法号？

不知此地是何仙境?”

小僧回说:“此地乃是白云山,我二人即在此山白云寺修行。这位是青莲祖师,知你安庆城中灾害,故此借宝与你。”说着,从青莲祖师手里捧过一只玉狸猫,送到邵桂英怀中。

青莲祖师吩咐邵桂英将玉狸猫带回安庆城,好生照看,只需三日,鼠患可绝。

邵桂英谢过青莲祖师,上马沿路下山。行不多远,即看见了安庆城,遂将玉狸猫带回城中。如祖师所言,三天一到,夜间便不再有老鼠出洞。

一枝兰听闻是邵桂英进山蒙高僧借宝除灾,料想这青莲祖师定是世外高人,自己何不以还宝贝的由头,去拜见祖师,把这清廷日后的大局问上一问。

一枝兰和邵桂英先出城到林家坝大帐打点军务,距离大营不远处,见前面有两位僧人正步行往大营方向走。等略一靠近,邵桂英即看出前面正是一枝兰的救命恩人智能、智明高僧,忙唤一枝兰下马上前行礼。

两位高僧说送药给一枝兰后,内心一直挂怀,今日乃是专程来看望一枝兰的。四人边走边聊,看看进了营内,一枝兰夫妇忙将两僧迎进大帐,请了上座,看茶,重又拜谢了高僧的救命之恩。

一枝兰又说:“三日前白云山青莲祖师借玉狸猫祛除鼠患,今日鼠患已绝,小子要去白云山还玉狸猫,又恐这时清兵突袭大营,两位高僧既有超群的本领,恳请高僧暂留几日,同守大营。”

智能道:“大王尽管去便是,贫僧二人愿代大王守营。”

退兵怀宁县的黄天霸,得知城外狸猫关起后,城内鼠患猖獗,粮草已运出城,城内又无大军驻扎,立即禀告知府陆鼎。陆鼎当即调拨五千精兵,同黄天霸率军直取安庆府。就在一枝兰上山还玉狸猫这天,五千清军到了安庆城下。城内陶家四杰奋力抵敌,终因寡不敌众,被陆鼎领兵夺回了安庆城,兄弟四人也被活捉。

当晚又派黄天霸夜探大营，若见一枝兰不在营中，便兴兵突袭大营。

两位高僧见黄天霸兴兵突袭，遂用了法术，将黄天霸吓退。

一枝兰从大营出发，骑着红鬃大马跑了两天，方才到得白云山下。

未知此去可曾见到青莲祖师，请看下文分解。

第十一回

两僧人惊急送消息
众弟兄乔装伴经商

话说一枝兰刚才走到白云山，他的心里不过才想到这里便是到了山头这个念头，不料前面来了两个小和尚，开口就叫大王。一枝兰倒也一呆，暗想，怎么他们会叫得出咱的“大王”二字来了呢？当下就同小和尚谈了几句话，便问起：“这里一位青莲祖师、两位僧人可能给咱引见吗？”

小沙僧道：“大王，咱们本来奉着祖师之命，晓得大王驾到，特地前来迎接。只是往返路远，师祖吩咐请大王回去，就是有什么事体，不妨同咱们说个明白便了。”

一枝兰道：“咱是远道而来，一定要叩见你们祖师，可能一见佛颜，要请二位僧人给咱引见呢。”

两小僧道：“不瞒大王说，这虽是叫作白云山，倘然要到白云寺，路途遥远，实在往返艰难。佛祖再三关照说过的，后日有缘相会，请大王就此回转营帐，祖师改日要到大帐，所以今日不必再多往返了。”

一枝兰因为要交还这一只玉狸猫，心里总想亲见祖师，要想问明清朝后来大局，便问两僧道：“咱是一心要见祖师，可能给咱引见？”

那时两僧便道：“大王既经诚心要见，咱们似乎不能再却，只是山路崎岖，非是朝暮可到，大王可是不怕烦劳吗?”

一枝兰道：“咱是诚心报复大德，交回宝物，就是路远，只求面见祖师，就是三生有幸了。”

小僧应声：“好好好，请大王这里来。”

一枝兰跟着他们一径而跑，觉得过了一山，又是一山，过了一岭，又是一岭，正是翻山越岭。便问起小僧白云寺可到否，小僧只是摇头。

一枝兰暗想，这座白云寺到底在哪里，怎么会得横走不到，竖走不到?觉得绕得好多路程，何以总是不到?问起小僧，依然摇头。

一枝兰心里想到，这样地不到，那天光就要黑暗下来了，不料白云寺只是不到。幸亏一轮皓日总是当空，倒也不会向西，总是晌午的样儿。一枝兰那时已觉得心里奇怪，暗想道：“怎么这里别有一天不分昼夜的神仙世界吗?”现在是一径跟了小僧前后地跑，心里果然奇怪，口里只是不作一声。

再举目向西面视瞧，仿佛入了十洲三岛，还有那些鸟语花香，一阵一阵的熏风吹入怀来。那时一枝兰觉得总总自在，明知入了神仙世界，种种的仙界的情景，一时哪里看得尽、说得完呢?

一枝兰正在思想奇怪当儿，只见前面一座茅篷，并没有什么寺院以及山门。有一个白发长髯的老僧，精神矍铄，合着一双佛眼，手拿了一串念佛珠，也不作声，只是在那茅篷里面，在一蒲团上打坐。

一枝兰见了老僧，便问两个小沙弥道：“前面坐着的，可是那位青莲祖师吗?”

小僧点头。

一枝兰抢步上前，便叫声：“佛祖，弟子一枝兰因感谢神僧种种大德，特地上山求见。”

高僧睁开佛眼，也不开口，只是对着一枝兰瞧了一会儿，在袖中出示一纸。一枝兰明白，只是给咱所阅的，便连连地叩头，对那张纸上细细一瞧，只见上面有几句偈言。一枝兰跪在地下，便顺口读下道：

一世英名正直中，鲲鱼得志硬成龙。
陶家四杰遭磨折，仗义开得天下同。
早料清廷复用兵，要听虚实欲称营。
暗中已失先锋势，幸有智能与智明。

一枝兰从头至尾看了一遍，心里明白偈言中的大义，只是末一句智明、智能，想到他们正是二位高僧，此次清廷暗欲兴兵，难道又蒙他们助我成功，倒便想起营帐大事，担起一桩心事。

又自一想，高僧既是这样说法，看来虽有战事，并没有什么大害，所以又把营帐的心事抛到一边了。再想到日前桂英到山蒙给的玉狸猫，此次大害已除，特来奉还，要请佛祖收存。这个念头转到，只见那只玉狸猫便从身边蹿出，向青莲祖师身边一蹿，就此无影无形地去了。

一枝兰心里更加稀奇，就叩拜了祖师，又道："祖师所给偈言也已明白了。"

那时便已不见，倏然那位青莲祖师起了一阵香风，不知到哪里去了。

一枝兰望空拜谢，正想问那小僧，也都不知去向。一时倒变呆了起来，便向四面一瞧，说道："奇呀奇呀，咱已到了自己营帐相近，看看不到一里路的光景，就好回转营中了。"

一枝兰又喜又奇，便想了一想刚才高僧所给，瞧得几句偈语，觉得明明白白，一句也没有忘。却心里就料到清廷，还有一番磨折，他们要想兴兵，恐怕他们也没有这等声势。就想起智明、智能两位高僧，他们早早回转山头，此刻难道又到了咱的大营中来了？便对前面营帐细细一看，觉得安静如常，料到没有什么战事。

一枝兰一路疑想，还暗暗地感谢高僧指示，而且已经送咱回营，这等神通佛法，天大地大，无边无岸呢。他是一路匆匆地走来，究属一里路的光景，自然一走就到。忽然想起了自己一匹坐骑，难道忘却在白云山上面了？

正思想间，还没有走到自己大营，只见那一匹红鬃大马好好地系在营帐外面。一枝兰越想越奇，哪里想得到其中原委？就一直地进了大营。手下喽兵都见大王回来，便一齐前来相见，到了里面，一班英雄先后问及白云山上有无什么神仙景象，一枝兰便把经过奇奇怪怪事体告诉了众家弟兄。

那时邵桂英听见丈夫回来，也欣欣地前来见了一枝兰，立在旁边，只听他怎样怎样，怎般怎般，说得真正奇怪。只有那神仙可以这等来去容易。当下便谈了一番，一枝兰也问及这几天清营里面可有兴兵消息。

那时军师吴刚、卜鹏、秋琢、莫仁众英雄等，都道这几天内全无官兵消息。一枝兰就想到祖师的偈言，难道还没有效验？看来还在日后呢。

他们正在那里议论白云山的事体，大家称奇，大家称怪，只见前面来了二位高僧，一瞧就是智明、智能。一枝兰同众英雄起身相迎，便深深一揖，对高僧道："今日高僧下降，已经阔别许久了。高僧一向好？"

高僧合十回礼，两下十分殷勤，便一同分宾主坐下。当时自有喽兵送茶。

一枝兰便问智明、智能道："现在高僧特地而来，一定另有见教，可请详告以我？"

两位高僧就道："大王可是上白云山去，曾见过那位高僧吗？"

一枝兰道："蒙他给几句偈言，末一句说过幸亏两位高僧。高僧怎么一个道理，曾经有这件事吗？"

智明、智能道："有的，只因大王离了大帐，那边官兵营中，他们得到信息，黄天霸黑夜前来探营，倘然探到大王果然不在营中，他们就立刻兴兵，打你们一个措手不及。你们营帐里面虽然不少英雄，只是少了主将，算定受他们的大害。所以咱们就用了一点儿法术，唬得那个黄天霸亡魂丧胆，好容易逃回营中，倒也不敢再兴兵了。”还把种种当时唬退黄天霸一番情情节节，说了一个明白。

当时众英雄及一枝兰都是暗暗称好，就谢了高僧暗暗相助救济全帐性命的大德。

智明、智能就对一枝兰道：“现下陶家四杰一齐有难，这个安庆府城已被官兵夺回，早被这安庆知府陆鼎领兵，把陶龙、陶虎、陶彪、陶豹捉住，定他谋反叛逆的罪名，即日京详要转，要望大王想个法子，差几名弟兄一齐赶奔安庆，把陶家四兄弟救出重围。大王正好依赖他们四弟兄做不少事业，你们要急急赶往安庆去呢。”

一枝兰及众弟兄听得陶家四杰为国家大事遭此性命危险，都道：“咱们一齐愿往。”

一枝兰道：“但安庆乃是府城，现在已被他们官兵夺回地方，必有一番勇气，兵马势必众多。要劫法场，须出大队人马，方得收效。好在咱们山上有义的弟兄很多，同心协力，不要说四个陶家弟兄，就是再多一点儿，也非难事。现在正交秋令，事不宜迟，只恐京详一到，便要行刑。我等弟兄既有此心，幸亏有高僧送信前来，已是大好机会，不可失误。”

众英雄一齐称是。

两位高僧对一枝兰道：“可即点了五百名喽兵改扮客商，预伏安庆城内法场左近，以及城门内外，要听号炮一声，接应杀出来。这五百名喽兵，乃烦茅敏时带领。”

又叫：“卜鹏、卜雕两弟兄听令，你二人可至法场备酒活祭，身旁带了号炮，先杀刽子手，动手之后，即发号炮。”

两位高僧又叫一枝兰道：“你可叫秋琢听令，叫他扮作了陶家仆人，担挑酒菜，一等卜家弟兄动手，大家背了四弟兄一齐逃奔。”

又叫：“莫仁听令，你可混在法场里面，一闻号炮，即当在前面开路。”

众人领令，一齐改扮，就此出大帐去了。

一枝兰便问智明、智能道：“二位师父不知有兴往安庆一行否?”

智明、智能道：“咱们很愿同往，倘逢劲敌，一定用出法术，惊走官兵罢了。”

一枝兰又命黄面狼余廷预伏在安庆府衙门前，一待官府监斩，将近午刻时分，分头放火，以分官兵之势。那时一班英雄都是赳赳昂昂，如出兵交战一样，个个百倍精神，同心协力，以期相救陶家四杰。

邵桂英听得他们都是一齐愿往，暗想，咱虽是女子，也好一齐前去做一些英雄事业，要请一枝兰发令。

那时一枝兰道：“咱们夫妇二人一齐改扮下山罢了。”

一枝兰下令已毕，把这里大帐事体交代有勇头目。

那时智明、智能两位僧人对一枝兰道：“只要叫他好好看守，保管清兵不敢前来。”

所以一枝兰交代了几个有勇有谋的头目，他们就急急地渡过江面去了。

看官，你道他们夫妇两个如何打扮？乃是扮的头目。他们一路无话。

众英雄陆续到了安庆，只住了一天，次日听得外面街坊闲人纷纷热闹，正是要斩陶家四杰。当时众英雄虽是四散分居，大家得到这个信息，早已各自分头装扮办事去了。

现在先说一枝兰同邵桂英扮了打花鼓，挤到法场左近，却是时辰还早，罪犯未到。

他们夫妇两个就打动锣鼓，口中唱道：

先打锣，后打鼓，停锣住鼓唱秧歌。

诸般杂事都不唱，听我唱这大人歌。

神农黄帝尝百草，女娲伏羲男女分。
王剪并吞收六国，卞庄刺虎有名声。
六纪兵书孙武子，临童会上子胥能。
姬氏伐得纣王位，专诸行刺为国名。
搅乱江山毛延寿，魏文通伴驾做随臣。
举荐贤良萧宰相，子房弃职入山林。
好色贪淫吕氏女，韩信屈死最伤心。
稳坐龙床汉高祖，楚王散却八千兵。
王莽夺了汉天下，光武兴兵大战征。
姚期保定刘社稷，马武兴兵捉莽精。
排兵布阵是邓禹，英雄杜茂与岑彭。
君章身小三五尺，黄霸丈二有余零。
湖北有个王郎子，贾伏拖肠救主人。
先主去赴河梁会，关公千里是独行。
喝断坝桥张翼德，惯使长枪是赵云。
独战三将是吕布，老将黄忠有威名。
九牛大力名许褚，陆逊小将烧连营。
山东响马秦叔宝，尉迟恭单鞭献忠心。
跨海征东薛仁贵，智远时衰生不辰。
提起官家赵太祖，赵舍避难河东行。
郑恩胆大心粗汉，撞死重台杨老令。
杀人放火焦光赞，跳海钻江穆桂英。
征南说起杨文广，守寨柳营是狄青。
五台山上杨和尚，刘志公变化思凡尘。
大闹天宫孙悟空，唐三藏西天取藏经。
逢山开路猪八戒，牵龙备马小沙僧。
苏武牧羊十九载，投伏蛮戎是李陵。
田真分家紫荆天，九代同居是张门。

石崇家财多豪富，范丹无食家孤贫。
刘景进瓜造地府，上山林挑柴朱买臣。
崔氏无福休书逼，马前泼水好伤心。
甘罗十二为丞相，太公钓鱼渭水滨。

邵桂英唱完一遍，引得闲人围住，齐称："打花鼓女子天然好色，而且生成一副清脆喉音，今天看杀人，不意遇此妙音。"

一枝兰除下自己破帽，假意问众人要钱。一时间揽到七百余文。

只听得一声锣响，闲人立开，原来官兵押犯人到法场也。

且说此时安庆府因监斩陶家四弟兄，调齐精壮五百兵卒，地保衙役手执皮鞭，前先驱逐闲人，五百名兵卒保护知府，一路往法场来。相近法场，人更拥挤。

一枝兰的众家英雄，扮了九流三教，早在法场等候。哪知吴刚扮了相面先生，手中持了一面善观气色摸骨神相的招牌，口中说道："目今初到贵地，送相三天，分文不取。能知过去未来，能断富贵贫贱。哪一位过来谈谈？"

人丛里闪出一个中年之人，向吴刚道："可是先生不要铜钱？那么叨光一相，以后不知还有好日子没有。"

吴刚对他细细一看，说道："尊家头圆顶平，天庭开阔，少年必靠父母荫育之福，所惜发重眉浓，幼年必见刑伤，直到三十五岁，交至太阳步位，至四十岁，达六年内生财得子，无往不利。足下好在一个土星，正直相书上云：'山根直起平平，世无灾病不生。若见山根高仰断，五年三次路边啼。'又云：'天庭高耸，少年富贵可期。额骨方圆，晚年荣华可期。鼻准丰隆，主中年之造化。'尊相生得好一个土星，四十一至五十岁，这十年之中，当有大财可发。但有几件美中不足之相。"

那人道："请教哪几件事？"

吴刚道："今年你多少贵甲子了？"

那人道：“二十八岁。”

吴刚随接口道：“二十八岁乃交印堂部位，今年却不顺利。”

那人道：“请教先生，不知在下可有儿子？”

吴刚又对他面上细细地看了再看，说道：“若论子息，只许心田一子，你两颧太露，田宅深陷，后堂空虚，人中平满，这数次俱是绝嗣之祖。幸亏你两目有神，心田还好，三十五六岁，一定可得一子，寿元古稀，唯脑门上有一条纹路，三十四五两年，恐防克妻。过了三十五岁，那就不妨了。”

那人听得，又信又疑，又惊又喜，相谢而去。

只听得：“让开让开！”锣声镗镗，监斩官来了。

且说伍蕙芳此时扮了讲评话的，四面果然围了不少闲人。他讲道：

在下向在南边，今初到贵地，献丑几声。讲到商汤八代传至纣王，纣王无道，见了妲己生得美丽，造了一所摘星楼，天天饮宴，夜夜弹唱歌词，以肉为山，以酒为池，非刑杀害忠良。彼时四位大忠臣，你道那四位是什么人呢？就是微子、比干、箕子、胶鬲。四人上殿启奏，谏王终日昏昏，不理国政，不问朝纲。纣王大怒，听信妲己谗言，剖比干之心，箕子为奴，尽把忠良杀害。

那时有西伯侯起了吊民伐罪之师，戊午日兵临孟津，甲子日血染朝歌，一个个雄赳赳，气昂昂，顶盔贯甲，挂剑悬鞭，叩马摇刀，放炮一声，齐说：“纣王无道昏君少走。”

纣王放火烧了摘星楼，散却鹿台财物。姜子牙将妲己斩了，只叫有道斩无道……

正说至此，锣声一响，齐道：“犯人来了，大家看犯人呀！”

闲人一哄而散。

再说茅敏时此时早到法场左近，扮了一个卖膏药的，口中说道：人穷当街卖膏药，虎瘦拦路伤人，霸王举鼎力千斤，军败乌江自刎，人过要留名，雁过要留声，人过不留名，不知张三、李四；雁过不留声，不知春夏秋冬。小子乃京中来的王八百便是。大叫小喊，不是撮把戏，也不是耍拳弄棍，这名为万应紫金膏，男子贴了丹田暖，妇人贴了经水调，患处贴不好，好处贴烂了，三日不揭开，烂作一团糟，浑身贴了一百张，好比穿了一件羊皮袍。说话说与知音，送饭送与饥人，宝剑赠予烈士，红粉送与佳人。咱的膏药本处要卖八百文一张，所以名字也叫作八百，不折不扣，是一向有名的。说起王八百，哪个不认得，哪个不晓得？今因初到贵处，扬扬名气，大大减价，只卖一百文一张。列位，咱并不是卖少不卖多，只叫将本传名，买的买几张，带的带几张，孝顺的代与父母，和睦的代与乡邻，恩爱的代与妻子，义气的代与朋友。有此大好机会，千万不可错过，凭你怎么五痨七伤、湿毒风寒，没有一样不灵验。这也算不了什么稀奇，还有一个百花紫金丹，你道是哪里来的？咱们先把当年一生好善吃素持斋，修心念佛，朝拜名山，得遇孙、魏二仙传授奇方，春采百花之蕊，夏采五色莲花，秋采黄菊熬煎，冬采雪里蜡梅，有花采花，无花采叶，煎成这几张膏药，能治五痨七伤，筋骨疼痛，痈疽发背，疔疮便毒，遗精白浊，精水不调，都贴得好的。

正说之间，锣声镗镗，齐说："犯人来了！"

要知秋琢扮了陶家仆人前去活祭，怎样前去劫法场，且看下回分解。

第十二回

劫法场救出陶四杰
上饭店戏弄张三观

话说众英雄分头乔装，扮了江湖卖艺的，已陆续到了法场，只见法场上人山人海，闹得一个不亦乐乎。只见闲人往来成群结党，地保在前赶散闲人。

卜鹏、卜雕两弟兄备好酒菜，茅敏时挑了在后，候在法场。

卜鹏见那四杰可怜，扎得紧紧的，满身刑具，已在前面到来。监斩官身穿红服，坐在演武厅上。卜鹏先去请求活祭，知府一想犯人行刑即在目前，只一些功德，落得做个人情，便允了他们活祭。

茅敏时把酒菜挑上法场，此时众弟兄、众英雄各有行党，早已到了法场门口伺候。

又见远远来了两个和尚，把臂焚香，口中念道：

东面要化一个庞居士，西面要化一个孟尝君，南无阿弥陀佛！

化一文来舍二文，四个金钱斋一僧，南无阿弥陀佛！

要化山东宰相山西相，大丈夫名唤关云长，南无阿弥陀佛！

卧蚕眉，丹凤眼，五绺长须脑后飘，南无阿弥陀佛！

过五关，斩六将，擂鼓三通斩蔡阳，南无阿弥陀佛！

善男子，善女人，不发心来要发心，心心做做舍财人，南无阿弥陀佛！

正走到法场门口，却见对面来了一位老道，口中唱的却是道情：

老道下山来，黄花遍地开。

一声渔鼓响，引出众仙来。

汉钟离，躲是非，住终南，结草庐。

八仙庆寿都来齐，点石为金沽美酒，顷刻间绾起双丫髻。

不怜他官高与禄显，躲过了闲是闲非。

吕纯阳，系葫芦，青锋剑，斩妖魔，琼林秀士都为做。

岳阳楼上三杯酒，五凤楼前唱道歌。

凡人看了说不破，八百里，洞庭河，面来如剪去如梳。

张果老，寿也高，披皂袍，倒骑驴子哈哈笑。

腾云驾雾赴蟠桃，万事回头把眼瞧。

年老高迈知音少，行过了曹州桥，高唱快活歌逍遥。

曹国舅，宽紫袍，弃官名，云板敲。

悠悠唱动声声悄，仙家妙处才知道。

玉佩将来换酒肴，无声无色参玄妙，直达蓬莱岛。

铁拐李，脚又跷，上终南，采药草，一心要学全真教。

时挑野菜和羹煮，旋研青松带叶烧。

黄齑淡饭随时乐，游遍了十洲三岛。

韩湘子，胆气雄，提花篮，在手中。

行来不觉春风动，纷纷雪拥蓝关道。

救度文公上九霄，仙机足破全无用。

直待到横云秦岭，小神仙大显神通。

蓝采和，笑呼呼，品玉箫，世上无，闲来打动逍遥鼓。

过海神通穿碧波，去时好比穿梭过。

说不尽仙家快活多，哪怕他柏烂松枯黄面狠。

余廷扮了卖糖的，却在府衙门前打锣卖糖，口中唱道：

太公吃了咱们的糖，八十遇文王。

张飞吃了咱们的糖，灞陵桥上气昂昂。

刘备吃了咱们的糖，养个阿斗做君王。

赵太祖吃了咱们的糖，千里送金娘。

李存孝吃了咱们的糖，过了铁篙王彦章。

和尚吃了咱们的糖，养个娃娃在庵堂。

道士吃了咱们的糖，屁股朝天日日拜玉皇。

尼姑吃了咱们的糖，养个娃娃在庵堂。

皮匠吃了咱们的糖，猪鬃用后日日忙。

裁缝吃了咱们的糖，半夜敲门做衣裳。

做得眼花并缭乱，呀呀不好了，领圈开到裤子裆。

余廷一面唱，一面卖糖，只等犯人出了衙门，急急便把糖担收了，预备放火。

现在法场之上，陶家四弟兄全无半点儿惧色，开眼看来，一路见了许多自己人，知是必定到此劫法场，所以虽临刑场毫无愁容。

再待午时将交，只见面前来了两位卜家弟兄，卜鹏、卜雕道："你们今日临刑，咱们弟兄念及前日之情，好不伤心。因念平日往来莫逆，特地备酒前来相祭。你们有灵，可把祭物一齐吞下，也算咱们的一片情义了。"

当时点眉眨眼情景，陶家四杰也不是个呆人，心里自然明白，只得假言道："蒙你们到此活祭，但是咱们弟兄死在目前。咱们死后，尚望你们众家英雄好好把咱们弟兄尸身收殓。"

卜家兄弟道："你们毋用忧虑，只是咱们理所当然……"

正说话间刽子手忽报时辰，说："午时三刻到了！"

监斩官传令差役，大呼："活祭者闪开，午时三刻到了。"

卜家弟兄也不答应，袖内拔出两柄刺刀，一刀一个，把两个刽子手顷刻之间做了无头之鬼。

茅敏时连忙割断了四个弟兄身上绳索，大叫："桃花山好汉在此！"向法场外面乱跑。

卜鹏摸出号炮，向空一抛，只听得豁豁豁流星连响，说时迟，那时快，法场上面一班兵卒齐来追拿。茅敏时、卜鹏、卜雕奋勇乱杀。摇头狮子莫仁早在法场门口接应，提起单刀，上前开路。许多喽兵一听得炮响，早已蜂拥杀来，护住了陶家兄弟四杰，直向南门而走。

陆知府同了城守在演武厅上，一闻有强徒来劫法场，唬得连连发抖，大呼："拿……拿……拿，这还了得？"

五百兵丁追出法场，早由智明、智能两条禅杖挡住，五百兵卒莫想近得上身。吴刚等众侠盗会同，也来抵敌官兵，杀得兵卒如切菜砍瓜一样，没命地奔逃。

莫仁开路在前，余廷一听得炮声，便取出引火之物，在府衙门左右放起火来。顷刻之间，几处发起火来。

知府得报衙门火起，急命追兵分头救火，无奈火势燎原，已烧了十余间，渐渐地烧到衙门。知府急得走投无路，因想到官太太以及美妾人等皆住在衙内，连忙打道回衙。

追兵追到城门，已望不见桃花山众盗，城守只得领了残兵回转衙内，随后再到知府衙门内，商议劫犯之事。陆知府备文上宪，且引咎自责，并请兵剿灭桃花山，后文再提。

且说桃花山上一众侠盗出了城门外，约有十里光景，只因茅敏时一人身上背了陶龙、陶虎，卜鹏背了陶彪，卜雕背了陶豹，走下了如许路程，已气喘吁吁，满头大汗。当时众家英雄一齐都到，一枝兰便叫大众一齐暂且休息。

陶家四杰便来道谢众侠义相救之恩，就在草丛中休息。只是忘带了干粮，个个有些饥饿，好在都是英雄性质，并没有一个叫声肚饥。

一枝兰当下再检点五百喽兵及众家弟兄，半个不伤，大家都是快活非凡。

那时邵桂英便对一枝兰道："咱们一不做二不休，杀了那狗知府，把安庆城得了，岂不是好呢？不如就在这里定一会儿神，再去找寻了吃食地方，先命五百喽兵一齐退回营帐可好吗？"

一枝兰再同众英雄商量，个个都是点头，便说："咱们愿往。"

陶家四杰道："料到这里安庆兵粮并不十分充足，咱们也是守住好久，所以地方情形很为熟悉。现在众英雄既肯大家杀进安庆，正合着咱们四弟兄的渴望，免得要把以前心血付诸流水了。"

一枝兰问道："以前那些弟兄兵马现在何处呢？"

陶家四杰道："那些弟兄兵马一齐被那陆知府杀得干干净净，咱们现在未被杀掉，看来真正十分危险呢。"

当下大家谈论好久，一枝兰问明众家英雄，大家都愿再杀入城中，要夺回安庆。所有五百喽兵先叫他们一齐回转大营去了不提。

再说一枝兰领了众家英雄一齐起行，要想先寻市镇，去吃一些东西，然后回头再行办事，所以一众英雄都是赳赳昂昂，就一块儿先后地跑了。

一枝兰道："咱们刚才劫得法场，要防后面有官兵追来，不如三个一跑，四个一跑，不使他们瞧破咱们是一班桃花山的弟兄。零零星星、陆陆续续，可以一齐先后地迎上。就是到了饭铺子里，也要另行分开桌子而坐。"

当下众人应命，各自分头向前一直去了。他们跑了好久，只因都是乡村，并没有什么市镇，一枝兰就问了一个讯，据他们说起，这里是个村庄，倒也有几爿店铺，就是饭店、酒店，前面也是有的。

后面众弟兄远远地跟着一枝兰，只见一枝兰向前面跑，跑到一爿饭铺子里面去了。他们后面一班英雄，以及智明、智能、邵桂英等，也都走到那饭铺子里。大家寻了各自的桌子，只作大家不认识。到了里面，自有小二前来问明了酒菜，一枝兰就略略点了几样，总不外鱼肉罢了。

那时酒保一瞧，后面又来了一户吃客，暗道：“今日的生意怎么这么好？他们是同了一齐来的吗？”刚才招呼停当，忽见后面又来了几户吃客。酒保对他们一瞧，都是那些天神、天将样子，声势汹汹。那时酒保便手忙脚乱，听见这里要菜，那面要酒。前面一只桌子上，忽然又要起饭来，后面又要添起酒菜来了。

酒保那时只恨爷娘少生两只脚，来不及一时四面照顾，忙得满头热汗，心里倒变得不明不白起来。又想到一直没有生意，此刻他们都是成群结党而来，更兼桃花山上一班男女英雄，只因好久没有吃得东西，腹中又是大大饥饿了，况且正是这一种乡村地方，不要说菜蔬没有多办，就是那一点儿饭，哪够得众人吃了？就此一吃而尽了。

外面的掌柜先生心里好不快活，以为今日得到了路头生意，怎么来了这许多的吃客？不料酒保走到外面对掌柜说道：“酒菜都完，饭也没有一点儿了。”

掌柜先生也是要做生意，就命立刻烧饭、添菜、沽酒，一时内内外外，忙碌一个不了。

那酒堂里面吃得正在高兴，要酒要菜。酒保催得没有法子，只好直言相告道：“小店小本经纪，货色办得不足，平日也没有什么多大吃客。现在客官既急于吃喝，外面正在添办起来，请客官们稍待一刻便了。”

那时桃花山上一班英雄以为没有别处店铺，况且大家吃了一点儿，也不十分饥饿，所以只好耐着性儿叫他们烧好，随便什么东西端上来，吃个一饱罢了。他们正在等待，原来也是不能不原谅店家做生意的难处。现在他们已经在外面添饭添菜，也是足见他们做生意的苦衷了，所以一班英雄并不见怪，只得大家慢慢地等着。不料这里有个恶党，专门吃东西不会账，要有事怕太平的，一个无赖的流氓，叫作他地头蛇张三观，存心要到这里来寻事。

说到这个张三观，眼前已经吃得酩酊大醉，带了一帮弟兄，扬威耀武地闯到里面便道："今日你们店里生意倒也好呢！"

那时里面酒保一想，正是忙得落乱当儿，忽然又来了这条地头蛇，正是叫螃蟹炒螺蛳，缠账不清了。心里果然不乐，面上只好叫声张三观，问道："可是来照顾小店吗？"

张三观开口就道："咱们不好算生意的，不能叫你们欢迎的。要照现在这里生意，你们应当掇臀放屁当作生意，咱们来是要你们惹厌的。"

酒保道："张三观说哪里话来？生意是一样的，开店开铺终想弄几个钱，好吃一口饭，将本求利，也叫作没有法子。大家都是出门人，四海之内皆兄弟，总要你张三观常常帮帮忙呢。"

看官，酒保说出那些话，是着实有个道理。因为张三观一径来吃白食，寻相骂，无风起浪，非但不给钱，还要把酒保呼来喝去，所以酒保是面和心不和，现在有这一回话儿说出来。酒保受得张三观的欺压，已不止三次两番了。

张三观此时吃得大醉，特地要来寻事，所以带了几个弟兄，要动手打这酒保的。恰巧听见现在倒有一番好生意，心里就想趁这当儿，不把他报仇复恨，也是错过机会了。听他话儿之中，本来这个张三观的平日行为已可瞧出一番了。

闲言不表，再说张三观存着要寻事的念头，同酒保多说多话。那时众家英雄已明知这个来人不是好东西，听他话儿说得何等强横，众英雄已个个存了不平的心，只是在旁边冷眼看他到底如何罢了。

张三观靠了自己三分酒意，装痴作聋地脚脚僭，话儿还要僭面子。酒保是怕他平日凶恶，明知弄不过他，所以也不同他说话，匆匆地到外面去看酒菜去了。

张三观便道："今日酒保出风头来，咱们难道吃东西不给钱吗？倒也不来理睬咱们。"

就叫几个弟兄寻了一张桌子，一同坐下道："酒保，快点儿把酒菜端来，咱们来照顾你生意了。"

酒保明白，唬得战战兢兢地上前道："今日被这几位客官到小店里来，小店实在没有本钱，酒菜没有办足，正在那里添烧起来。请张三观暂为等一会儿，烧好了就请你随意吃喝了可好吗？"

张三观一听，暗想，你这个酒保，今日有了一点儿生意，就把咱们不放在眼中，连得酒菜都没有的了，倒也实在可恶，便道："酒保，当真没有酒菜吗？"

酒保道："并非说谎，做生意的事体，哪好欺负主顾？当真没有酒菜了。"

张三观拍案大喊道："咱们看来不给钱的吗？"便两目圆睁，双眉倒竖道："难道他们那些吃客都有酒饭，独有咱们要吃，就会一点儿没有的吗？"

酒保道："张三观，咱们本来是一家人，千万不要动怒，只要等一刻就有酒菜了。"

张三观道："好一个胆大酒保，咱平日受作你的鸟气，今日本来是特地找你的，你自己太岁头上动土，看来也是死日到了。"说罢，便立起身喊声："兄弟们，把酒保拖下来，打他一个死去活来！"

那些打手都是赳赳昂昂，摩拳擦掌，一齐拥上前来，把酒保一把拖住，一时急急忙忙，喊得这个酒保连喊救命。

那时众英雄看得，大家心里不平，跃跃欲试地要想上前代打抱不平。

一枝兰对着众英雄道："那些当地恶棍太觉不讲情理了。"

邵桂英就道："咱上前去劝解，倘然这个恶棍要说半个不字来，就打他们一个落花流水。"

说毕，一枝兰及众英雄正想阻止，不料邵桂英已声势汹汹地跳到下面，对着张三观道：“你们为着什么事体，要动手就打，况且以多欺少？”

张三观正在喝令打手动手，他们忽见来了一个女子对着酒保道：“你去快快端酒菜来。”

那时酒保倒也见机，便乘风转舵，趁水推舟地走到外面，就听了邵桂英的话，到外面催取那酒菜去了。不料张三观怒气冲天，便赶将上来对着邵桂英：“你是哪里来的，是哪里大好佬，敢到这里来强加劝，不问情由？要你一个女子来多事，可晓得外面规矩？看来你也不明白什么。你要见机，快快去把那酒保叫来，若要不识时务来多事，莫怪咱们就要把你打得七死八活。”

邵桂英道：“咱是来劝你们和平了结，免得多事。你反说咱来多事，可是就要把咱打吗？咱倒极其欢喜替人家吃点儿生活，也是有个成说。你们还是眼睛放亮一点儿，恐怕你们也懊悔的呀！你们要叫酒保来，酒保是要来的，你们要来寻着与咱，你们一齐前来交手交手吧！”

那时一班英雄看得暗暗要笑，只是在旁观看不作声的，想到他们到底怎样，看来这一班恶棍，今日也是自寻死路，到太岁头上来动土，老虎头上拍苍蝇了，可笑一班打手。

只听张三观一声喊叫道：“这个女子要来硬出头，咱们难道就惧怕一个女子吗？”

那些打手都是恶狠狠地拥上前来，便道：“看你也不明白咱们的厉害！”便拥上前去要想动手。

那些打手算定她不过是一个女子，费什么吹灰，只要咱们一班人用手一指，或是大家一口㘄吐，她就没有法子，已经吃足苦头了。所以大家上前，要想把她一推，把那女子推到地上，大家打她几拳，或是几脚，这个女子哪里有什么回手呢？说时迟，那时快，早被邵桂英提起腿，使得一个金刚扫地的样子，不过团团地一转，只见那些打手都是立足不住，一时都倒将地下去了。

那些打手便道："这个娼根倒也厉害，看来倒会两脚狗屎拳棒，咱们没有防到，倒吃了眼前亏了。"

大家要想爬起地来，不料踢下去的时候很是容易，此刻要想爬起来，倒变得不能如愿了。当时一种要爬不起狗吃屎的样子，倒也煞是好玩。

在席的众英雄又气又笑。那时一班打手便恨恨不绝地大骂："娼根，擅敢这等无礼，咱们倒也有些不相信。"还要想爬起来同邵桂英对打。

只见外面酒保端了几样酒菜，匆匆地踏到里面来。酒保瞧见这等情景，晓得不妙，一时倒又不敢上前。要想退到外面，只见那些吃客都是喊着："酒保，快拿酒饭来吃。"

那时张三观上前，把酒保拖下来乱打，后来一班英雄有无弄出事来，且看下回分解。

第十三回

除恶霸存心公益
显神通借刀杀人

话说桃花山的众英雄出了安庆城外，劫了陶家四杰的法场，一路落荒而逃。只因大家腹中饥饿，就寻了一爿乡下饭店，在里面分席，吃酒的吃酒，吃饭的吃饭。后来来了一个地头蛇张三观，要把酒保寻事。邵桂英上前劝解不听，被桂英提起一脚，已把那些党羽一齐踢倒，一个都爬不起来。看得张三观怒气冲天，晓得女子厉害，而又不敢上前。听见酒保端着酒菜从外面匆匆而来，张三观是存着一个见善可欺的念头，上前就把酒保一把拖住。酒保吃了一惊，把手中端的饭菜一松，就此啪啪几声，那些碗盏一齐翻倒地上。张三观一面孔寻事的样子，杀气腾腾，扭着酒保便要打，正在动手，邵桂英已跳到张三观面上，喝道："休得无礼，酒保也不碍着于你，你们以多欺少，不问情由把他乱打，是怎么一个道理?" 喝声："放手!若不放手……" 对着张三观，竖着蛾眉道："哼哼！莫怪咱的拳脚无情。"

里面吵吵嚷嚷，惊动了外面，掌柜先生便道："里面这个张三观，看来吃了一杯酒，又要到这里来寻事了。咱们做生意的人，被他们也是害得苦了，咱们刚才今日有几个吃客，现在又要被他们缠扰，唬得那些吃客下回再也不敢来了。"

一人自言自语到了里面，看见跌倒的跌倒，相打的相打，就明白张三观又要来生事了。他到了里面，只见一个女客同张三观两下想打，便上前劝道：“你们都是到这里来照顾小店，何必要大家相打？有理尽管好讲。”

那时邵桂英便止住了手，对着掌柜的道：“这一班恶棍姓甚名谁？”

掌柜先生指着张三观道：“他是叫作张三观。”

邵桂英便道：“张三观，你要见机，还是带了那些党羽，快快滚出店门，以后不许再来寻事。”

张三观意在寻事，哪里肯听半句？便对邵桂英道：“你是何人，敢来这里猖獗，要你强加劝？咱们难道是好人，就怕了你，肯同你就此干休吗？”

还向里面一瞧，那些弟兄刚刚一齐爬得起来。张三观喝道：“你们一齐放出手头，今日同这女子犯下一犯吧！”

邵桂英道：“你这张三观，看来也是瞎了眼。咱们是桃花山大王夫人邵桂英，你可不认识咱们吧！”

张三观一听这个女子看来在那里说梦话，这个桃花山上的大王夫人，看来就是这等的样子吧，明明晓得女子在那里夸口，哪里肯相信她是真正邵桂英呢？便道：“没廉耻的女子，要想把大言来欺人，咱们哪里来管你夫人不夫人？”

便提起拳头对正邵桂英胸前打来，这一下名为黑虎偷心，倒也好算得厉害。

邵桂英是不慌不忙，便在腰间摸出刀来，对着张三观道：“给你一刀吧！”

张三观仗着自己本领，要想把空拳取胜，以为第一下被你避过，再打你第二下，看来你总不能免了，又是猛力打下第二记。邵桂英身子一偏，避过了张三观的拳头，就道：“照刀！”

张三观便道：“且慢，咱们大家拳脚比试，你要用了兵器，就是取胜不能算得英雄好汉。”

邵桂英答应道："好！"就把单刀入匣。邵桂英就使起一般罗汉拳，当时七上八下，左五右六，来来去去，打得那个张三观眼也花了，头也昏了，哪里有半点儿招架？只好向外面跑，飞也似的去了。

里面一班党羽看见张三观自己已经逃走，他们一想，咱们在里面难道自己等死？想到这个女子不是等闲，口中便自言自语地道："咱们张三观也不是好惹的，你们既是好汉，不要逃走！咱们停一会儿就要来找你的。"

假痴假呆，脚底抹油的样子，都向外面逃走去了。

那时众英雄一瞧那些党羽既经逃走，便对邵桂英道："由他们去吧，咱们再来吃酒吧！"

酒保唬得面如土色，上前道："众家英雄，今日这场祸殃闯得大了，他们现在虽是逃走去了，一定要去召集一班恶党来打回复阵，决计不能安逸的。"

众家英雄都上前来问酒保道："方才这个恶棍究竟是什么一等人？"

说到那时，酒保就想到地上打翻那些碗盏，便一齐收拾起来，再到外面拿了酒饭，一桌一桌地添了一排，由他们吃喝。

众英雄再问酒保道："到底这个张三观是哪里人呢？"

酒保道："这个张三观绰号叫作地头蛇，平日行为实在一言难尽，总是在外面仗势欺人，专门吃东西不给钱，见善便欺。这里地方上看见了他，没有一个不见他头大，都是敢怒不敢言。只要一不如意，他们就要领了弟兄前来寻事，强赊硬诈，没有一件做不到的。总言一句，张三观是一个作恶为非的拆梢流氓、当地的恶棍罢了。这里店中是他们的熟吃，可怜咱们开店的也是一个忠厚人，实在没有什么本钱，他们不仅是吃了东西不给钱，还要强硬索借，所以咱们店主见了他们一班人来，总是逃到外边去的。"

众英雄问道："现在你们开店的在何处呢？"

酒保道："只因他们来了，已经到了外面而去了。"

众英雄问了酒保这几句话，就明白这个张三观到底不是好人，就对酒保道："倘然你们开店的回来，叫他尽管放心，自有道理，咱们来把张三观收伏。你们不要惊恐，保管没有你们的事罢了。"

酒保口里却是答应，心中别别，何曾跳得有一刻停呢？明知这里流氓无风还要起浪，今日坍了这一回的台，料到他们绝不就此干休。倘然要再到来打回复阵，终是这里开店的晦气，便向众英雄道："客官，你们现在需要预备，他们一班流氓来者不是十个八个，总有一百二百个党羽一齐来了。"

众英雄对酒保道："不要说他们来一百二百个恶党，就是一千八百、一万八千，你们终归胆大，不归你们一点儿事体罢了。咱们不是怕事的人，便老实对你说吧，咱们这里一辈人都是自己弟兄，所以是预备他们来打，咱们也就同他们打。倘然要来打你，总不使你们吃半点儿苦头，咱们也不是怕事的人，只是人不惹着咱们，也不同人计较。他们现在无理取闹，有意寻事，要想来欺侮你们，看来也是他们一班恶棍恶贯满盈了。"

众英雄就叫酒保："你且快快把酒饭拿来，好使咱们吃一个酒醉饭饱，在这里等候着他们。"

当下大众在那里叙谈一番，一枝兰便给了酒保十两银子，对酒保道："咱们要在这里守候着那些党羽，你且先把银子收了，交与你们掌柜，咱们吃了再算。"

酒保收了银子，到外面去了。

要说掌柜先生方才瞧见这等情景，吓得躲在房间里面，响也不敢响，只自在里面等信息。现在听得酒保外面叫喊，料到外面没有事了，便战战兢兢地走出房门，便问酒保道："这个张三观现在可是去了吗？"

酒保道："去是去了，看来要弄出大事来了。"

掌柜一时便道："不错，难道张三观他们就要来了？"就此又逃到里面去了。

酒保道："你且到外面来，里面那些吃客现下付了十两银子，他们说的吃了再算，而且他们还说，凡事都有他们，叫咱们不要惊慌。看到这许多人大半都是英雄侠义，你也不要这样胆小，到外面来呢。"

掌柜听得酒保说着他们叫咱们放心，所以心里便定了胆儿，坐在柜台里面。掌柜正在向外面留心观看，忽见街坊上来了几百张三观的党羽，心里又胆唬起来，便一溜烟到房间里，蹿到彼处里面，说道："今日这件事体不得了，怎样弄法呢？"

不提掌柜房间里面躲着，再说张三观逃到外面，结合了狐群狗党。本来他们是要有事怕太平，现在有了这一回事，张三观叫他们要去帮忙，都是兴高采烈地一齐跟着张三观，在外面声势汹汹地赶奔而来。张三观在前领路，后面跟着一班党羽，足足有二百多人，还是如临大敌，都是手提家伙，一直向饭店里面蜂拥似的来了。

再说里面一班英雄正在那里吃饭，大家说及这个恶棍这样不法，扰害商民，欺侮善良，终是地方之害，倘然他们再敢挟众而来，不如杀他们一个干净，总算做一点儿公德事业。就是这一爿饭店，也好立足得住。不然同他们做了对头，打蛇不死便是害，哪肯同这里饭店甘休？

智明、智能两高僧道："你们只是旁边看着，倘然恶棍再来，咱们前去结果了他们性命罢了。"

一枝兰道："费心两位高僧了。"

两僧便道："那种赏善罚恶、兴民除善事体，咱们僧人素来要打抱不平的。"

正说间，只听外面一声锣响，酒保急急前来报道："众客官，那些恶棍已在外面来了，要请众客官设法抵制呢！"

众英雄道："你且旁边立着，倘然他们来寻着你，你只是逃到两位和尚身边，和尚自有保护你的法子。你且放定心思，不要慌张。"

说时迟，那时快，那些恶棍已是吆吆喝喝，一拥似的冲到里面大喊道："哪一个娼根敢同咱们张三观有意作对？咱们是同张三哥来报仇，那个娼根快快出来领死！"

那时邵桂英正想接应，便立起身来，双眉倒竖，两目圆睁地要把这一班恶棍杀一个干净。

智明、智能止住道："邵夫人，你且用饭，由贫僧去结果他，夫人已是辛苦了。"

说毕，两位高僧便提了禅杖，对着那些党羽细细一瞧，只见一班恶党都是面貌凶恶，全无一个善相。看他们都是恶狠狠地在那里口中大骂娼根，还大喊道："咱们特地来找寻与你，你就不作声了，算不得你是好汉。"

有几个恶棍瞧到邵桂英在里面坐着，便道："咱们一齐上前而去，把他们打一个七死八活。"说罢，就一拥上前。

不料前面立着两个和尚，手提禅杖，阻住恶党道："该死的恶贼，你们难道不知自己过失？平日害人，还要仗着人多，敢再来寻死？"

那些恶棍见了两个和尚，便大骂："秃贼！不关你们出家人的事体，咱们是冤家寻对头。"又道："贼秃，走开！"

用手一推，要想把和尚推开。

看官，这一班恶棍也是叫自不量力，这两位高僧不要说你们有二三百个恶棍，再加上十倍百倍，总不是两位高僧的对手。

此刻一瞧，只有两个和尚，他们自己一想，咱们有这许多人，难道连两个和尚都弄不过？真正也是倒运了。哪料到天网恢恢，今日死在目前，难道这个天数又不敌这两位高僧的神通广大？从来作恶终有天报，岂容你们任意妄为，声势欺人，一再地不见天报？任从你们聚众集党，要无端地敲诈，使一班善良人无路可行、无计谋生了？

闲话不提，再说两位高僧听得恶棍这样地连连辱骂贼秃，还乱手乱脚把高僧乱推，倒也不同那些恶棍计较，笑吟吟地便道："你们若要性命，还是快快退去，还好苟延残喘，多过几天日子。咱看你们那些人的面貌，都是死在临头，天数难逃了。”

张三观听得和尚说出那些不中听的话，明知是有意咒骂，便在旁边大喊道：“谁同你装疯作痴？也不是相什么面，哪个来同你谈凶吉？”大喊一声道：“弟兄们，快去动手！”

只听一声答应，大家蜂拥似的把和尚迎面乱打。哪知铁尺打下，铁尺就此断了；把刀砍下，刀口也就卷了。

那时一众恶棍噼噼啪啪把许多兵器打下，总是不中用的。只见那些兵器断的断，坏的坏了，还有几个不识时务，恶狠狠地捏了拳头，把和尚身上乱打。和尚没有一声叫痛，他们自己方才下手，就啧啧啧地痛得正要跌将下去。

张三观看得不懂，暗道：“这两个和尚一定用着妖法。”便凶凶地冲到和尚面前，对着恶党道：“弟兄们，你们且退下，由咱自己把贼秃来结果性命。”说毕，便提刀对着两个和尚连挥两刀，只听咔嚓咔嚓的两声，旁边两个恶棍的头颅就此落到地下。

当时那些恶党一瞧，张三观怎么要杀起自己人来呢？大家只是奔逃。

看官们，高僧已用着法术，把那些恶党已一齐罩入天罗地网里面，所以此刻张三观看得清清楚楚，要把和尚杀掉，忽然却把自己人杀了。

那些弟兄明明看见张三观自己人杀自己人，在那里大大叫喊：“张三观，你不要杀了，已杀了不少自己人了。”

由于和尚还用着神通，张三观以为那些弟兄在那里叫自己快快杀那个和尚呢，所以张三观连连地把和尚乱杀，一霎时间，张三观糊里糊涂把自己弟兄杀死了大半，只听咔嚓咔嚓的声音，接一连二地不停，顿时地上的头颅已经结如山堆，足足有一百余名了。可怜一班弟兄没有逃处，连连地狂呼救命。

张三观只自刀不停挥地一阵乱杀，剩末一个，和尚就收去了法术，叫一声“疾!”

张三观就此醒来，正想再把手中的单刀挥去，一看是自己的弟兄，就停住了单刀，暗道：“怎么咱会杀起自己人来呢?”猛然间，张三观心里明白，是自己把这带来的二百多人的恶党单单杀剩下一个。

那时杀剩的一个弟兄就对张三观道：“刚才张三哥为着什么缘故，喊也喊不住的?”就指着那些杀死的尸身叫张三观自看。

那时张三观喊声：“哎呀！不好了，难道咱刚才是犯了神经病吗?”弄得一时自己也想不出来，心里哪得不要惊慌，暗道：“今日事体弄得糟了。”

张三观又对那些英雄细细一看，只见他们都是笑嘻嘻地望着自己。这个当儿的张三观，心里怒气勃发，一看刚才要杀死他的这两个和尚原原本本仍旧坐在上面，看他们还是得意扬扬在那里吃酒。张三观看到这里，更其火上加油，便想道：“方才咱会把自己人杀得，一定是两个和尚用的一种妖法不错的了。”

便问那杀存的弟兄道：“刚才那些弟兄可是和尚杀死的吗?”

那弟兄道：“不是不是，咱是瞧得清楚，一点儿没有错误，都是你自己一把刀连连杀死的，咱也是危险极了，几乎被你一刀杀死。不知你为着怎么一个缘故，偏偏留下咱一人呢?”

张三观听得自己弟兄说的话，便想道：“事情奇了，要说咱痴，咱何曾痴？要说咱呆，咱何曾呆？不痴不呆，怎么自己会得杀死自己人来?”

张三观就想到一定没有他种意思，都是两个妖僧借刀杀人。

心里越想越恨，一看地下那些尸身杀脱了这许多，分明一场天大人命，要咱一个人找偿，恐怕还是不够。想来想去，也不敢再同和尚对杀，又想道：“三十六着，走为上着，不如趁此机会，快些跑到外面逃命去吧!”

不料正想滑脚，哪里由自己做主？觉得走下一步，反而望后退下两步，暗道：“咱张三观看来，今日被鬼摸了头了，这场官司看来又是命中注定了。”一头想一头走，已想到走到外面，只消几步，就好到了。现在欲前不前，走了半天，总是不到。

那时张三观心里着急，一看那些和尚以及那个妇人依然谈笑自若地在那里坐着，倒也并不来瞧他。以为这个当儿，就此逃走，岂不是好呢，何以会得鬼摸头的样子，不能称得自己心思？就问那死剩的弟兄道：“你在这里做什么，难道你也同咱一样地走不出这饭店门吗？”

那弟兄答道：“原来为着要走不能走的道理。”就问张三观道：“你看来也是要想走，走不上前吗？”

他们还在说话当儿，忽然见前面一个本地地保来了，张三观晓得事体不对，这场人命逃不掉了。

要知地方到来，张三观是否拘去，有无抵命，以及一枝兰大闹安庆府，发兵苏州城，灵鹫寺捉奸除淫僧，玄妙观闲游破地穴，种种热闹节目，均在第六续中，自有详细明白交代出来了。

五台山打擂

第一回

谈技击偶忆首事
编稗官作成闲文

话说国家盛衰，虽由于政治之良窳，而武备一项，亦属紧要之事。值此乱离之世，强存弱死，人为刀砧，我为鱼肉，虽由于内乱使然，而国人以东亚病夫的资格，与列强抗衡比较上，自然要望尘莫及了。迩来国人渐渐觉悟，故武术一项，亦积极进行，预计若干年后，东亚大陆的病夫当可与各国健儿争衡于疆场之上，这也是我国的新气象呢。

小子闲来无事，专门喜欢弄笔墨消遣，每欲以提倡武术的心理，作一部对于技击方面可以做奋兴的书籍，于是想来想去，想起一件故事来，编成这部小说，以闲文琐事，做技击上的贡献。虽不免皮相之谈，而振兴国人的尚武思想，及足令看官们茶余酒后消遣谈资的，大约已可足足有余。

看官们，请听小子这部书的事迹，出在清朝雍正年间，其时江南有七剑八侠之流，内廷有血滴子等队，个个是本领高强，英勇莫敌。不过这班人的行为，究竟是偏袒的作用，比如七剑八侠中的甘凤池，谁不知他是位侠客？然而据南京人的言语看来，似乎还有些恨他纵徒行凶、恃强凌弱呢。这句话并非小子冤他，实在是确有其事，因为小子当年曾在一家南京人开的店内做同事，常常听见他们说，当年甘侠士自己固然不错，但是他手下的门徒那种仗势欺人，实在也很是可恨呢。照此说来，可知当年的情况了。

小子这书，既不是七剑八侠，也不是血滴子等事略，所记的乃是修文习武、为国锄奸、崇尚武术、重视击技的别开生面的故事。

话说雍正年间，江南镇江府出了一个名震江南的大侠金应时。金家本是世代书香门第，应时之父出身举人，在江浙任过知县。晚年休致之后，方得一子，取名应时。其父母盼望子承父业，刻苦攻读，取得功名，以荣宗耀祖，光大门户。

应时虽然也喜读书，但更喜技击之术，童子时曾被金山寺慧缘长老及竹林寺广缘长老收为徒弟，授以软硬各功，十八般武艺样样皆通，马上步下，飞檐走壁，来去如飞。尤其擅使一对飞锤，能够百步之内，将人打下马来，因此人称炳灵公。父母因溺爱幼子，也就任其习武。父母病卒后，更喜仗义疏财，交结侠义之士。随着年龄的增长，结交的奇人异士也越来越多。

这一年春天，突然想起居住在济南府的姑母久失联系，想要探看姑母，并借此次旅行，结交拜访沿途豪侠奇士，以广阅历与见闻，于是将家事交给一个忠厚的老仆人看管，自己携带一个书童金兴儿出门而去。

他主仆到山东，本无什么要事，这金应时又是初次出门，金兴儿更是年幼，未成丁的书童，好玩心重。主仆两个一路上贪着春景，到一处，总要住上一两天，游玩游玩。

那日到了淮安，便也就寻店住下，问店家本地可有什么好玩的去处，或是热闹，或是清雅。那店家便随口答应，说了一两个去处，并说道，某处由东面去，某处向西边行，乃是本地极热闹的地方。金应时听了记着。

次日，主仆二人依着店家所言，一路行去。游玩了一会儿，走到一个所在，乃是淮阳醉白楼，此楼乃是淮安最大的酒肆。主仆两个入内上楼，见楼上座位宽敞，座头很多，但是楼上饮酒的人却很少，比较楼下那种座中客常满的情形，显有天渊之别。

二人上楼，拣了个座位坐下。酒保过来招呼，问客人要些什么酒菜。

金应时随意说了几样，打上两角酒来饮着。不一会儿，酒菜俱已送到面前，无非是些鸡鸭鱼肉之类。

主仆两个正在饮酒，忽然见楼下噔噔噔走上三个人来，前面走的，面皮微白，海下无须，年约二十五六，身穿青色缎子夹袍、玄色素缎马褂，文绉绉的是个书生打扮。后面上来两个，年纪都在二十上下，面皮一黑一黄，武生打扮，上来拣了个座头坐下。酒保上前照样招呼。

忽然楼梯一响，又上来一人，面皮微红，两道剑眉、一双虎眼，是个总管模样儿。雄赳赳、气昂昂地上了酒楼，在先上楼的那三人对面桌上坐下。酒保一见此人，忽然满面堆笑，上前招呼，十分殷勤，那种形象实在肉麻。

金应时暗想，此人大约是一个老主顾，或是本地的一个人物，所以酒保如此殷勤。

只见那后来的人道：“王三，你快点儿喊下去，叫下面放快些，我吃完还要赶路，恐怕迟了时候，来不及误事。”

酒保道：“晓得。”随又到楼梯口喊了一声，果然不一刻，已是酒菜俱全，送到那人面前。他这一来，先来的未曾吃着，后来的反而先吃着了。

那边桌上三人望着，未免生气，说：“酒保，咱们也是一样给钱，怎么你们这里连个先来后到的规矩也没有，难道欺我们是外乡人吗?”

酒保道：“三位客人不要动气，我们这里天胆也不敢欺人。只因这位客人有要紧事情赶路，所以通融通融。你们三位的酒菜，稍等一等即要送来，请三位稍停一会儿。”

三人道：“你这酒保偏会说嘴，他有要紧事情赶路，难道我们就没有事情吗?”

酒保道："是是，总算我招待不周，请三位原谅了吧！"

他们只顾辩嘴，那面桌上的大汉却圆睁虎目，望着三人面上，颇有不悦之色，却唤那酒保过来，添酒添菜。忙得那个酒保招呼不停，引得那桌上三人心中火起，不禁拍桌叫唤，快些与我们将酒菜取来。只因用力过猛，那酒楼乃是多年老店，楼板上鸟吊灰尘甚多，被这一拍不打紧，却将那些灰尘纷纷落在楼下那些吃客的碗内。

不料却因此得罪了一位吃客，心中大怒，将碗一丢，抢上楼来大骂道："何方野种，敢到此处撒野，大呼小叫，将灰尘一齐落在老爷碗内？赶快滚出来，给老爷赔罪便罢，如若不然，休要怪老爷行粗。"

金应时将那骂的人一看，见他面如锅底，身躯魁伟，样子很是雄壮，是个镖师打扮，知他是个行家，心中暗道："今日怎这般凑巧？却要看看他们特别打武，长长我的见识。"

正在暗想，只听那桌上三人含怒答道："你这厮却无端骂人，灰便是我三人跌落的，你待怎样？"

原来他三人正因酒保怠慢了他们，心中正没好气，所以被这黑大汉一骂，不由得跳将起来。

那黑汉见三人不自认罪，却说出些不逊之言，心中更是火上浇油。所谓无巧不成话，两下一凑，便不由而然地始则相骂，继而要动起武来。

旁边那张桌上却走出两位和事佬来，将两下解劝道："大家都是饮酒，况且也是无意，何必如此争论呢？反而伤了和气，自古道'小不忍则乱大谋'，依在下二人之劝，还是各自让点儿吧！"

旁人也竭力相劝。

那酒保深怕闹出乱子来，也格外地小心谨慎，竭力地劝解两下各自罢休。

那两位和事佬便先请问那黑汉的姓名、籍贯。

黑汉道："在下姓经名括，在南京公茂镖行内走镖，河北大名府人氏，还未请教二位贵姓？”

二人道：“我二人乃是嫡亲手足，姓房名禹年，兄弟松年，本地宋家集人氏。刚才都是误会，彼此不必生气。”

此时那酒保早已将酒菜送到三人的桌上，三人心中火冒，只自拿酒保撒气，说：“你这厮欺我等是面生之人，如不看在公门的面上，定然将你打成肉饼，你才下次不敢仗着别人的势力欺压过路之人。”

他三人这种气话，分明打动了那面桌上红脸汉子，不由得跳起来道：“你三人既要打他，小子倒要请教请教，谁人敢拔他身上一根汗毛？他方才是我叫他添酒添菜，你要打他，他那种瘦骨架子，怎经得起你三人的打？如果要打，小子当得奉陪。”

那桌上三人被他一顶，不由得离了座位，抢将过来。那个面皮微黑的走上去便要动手，旁边两位和事佬可真就忙了，慌忙撇下黑汉，过来相劝。旁边别的吃客都说：“这个乃是酒伙不好，与你们两方面都不相干。彼此同是吃客，不必斗气。”

两方吃这许多人说着，只得怒气不息地各自归座。那酒保此时更小心服侍。

金应时暗想，一场热闹戏可以收场了。细看那两位和事佬，面貌相仿，身体略有高低，都是白净面皮，年约三十以外，身上衣服一样打扮，是两个武员模样。

只见他二人问那三人道：“三位口音不是本地人，未曾请教贵姓大名，到此想是过路的了？”

那个面皮微黑的正要答言，中间那个面皮微白的书生打扮的道：“我等三人，乃是结义兄弟，在下姓宗名渭彪。”

遂用手指那面皮微黄的道：“他是我大弟，唤应莲芳。”

又用手指那面皮微黑的道：“这个是我二弟宝伯讷，都是湖南湘乡人氏。今日到此路过，上得楼来饮酒，偏偏此地酒保欺人，先来后到都没有。这是你二位亲眼看见的，可能怪我们生气吗？”

说罢，遂又请教二人的姓名。二人又说了，复又劝解了一番，再过去敷衍那个红面汉子。

那红面汉子已是吃完走了，房禹年兄弟两个便拉了那个镖师到自己桌上去饮酒，说：“足下不必再到楼下去吃了，咱们一起吃吧!”

那个镖师吃情不过，只得一桌同食。

金应时看到这里，暗想，这么一来，总可以收场了，往下去也无什么可听的地方了，便欲起身算账。

忽然见楼梯一响，走上两个裙钗来。留神看，那前面走的女子，年约十七八岁，面貌如春日桃花一般鲜艳，身上穿的衣服更是娇艳动人。后面跟的那人乃是个老妪，年约五十岁上下，看她虽然是个老妇，但是她却不服老呢，面上搽着一脸花粉，梳着油头，浑身衣服也很是合时，手内拿着胡琴，走上楼来，忸忸怩怩，真像个活怪。一想这个是什么玩意儿？刚才是一出武戏，未曾做成，如今是一出花旦戏，倒要看他一看。复又坐下来不走。

不料那个婆子刚才上楼，忽然那个红面汉子又上来了，一见了那个唱的，便道：“许婆，咱们庄主托你的那件事，可曾办好吗?”

那婆子回过身来，赔笑道：“施主，你家庄主的那件事，委实有些难办。那个对手又是个坚如铁石般的人，随你怎样威逼利诱，总是不成。老实说了吧，婆子的手段也就要算是用穷了，请你上复你家庄主，死了这条心吧!”

那个红面汉子道：“许婆，你不用放刁，你的诡计多端，我同你同去见我家庄主去。”说着，便拉了那婆子母女，不由分说，下楼去了。

楼上众人个个心疑，其中也有人知道，也有人不知道，但纵是知道，也不过只晓得这红面汉子是何等样人。至于他庄主与许婆有什么事，却又都不知得。

金应时满心要问问那酒保，这红面汉子是谁，怎么这酒保如此恭维他，他却丝毫不客气？就是吃过酒菜，也未曾见了会钞。想到这里，正要开口，那面桌上三人却已经将酒保喊了过去，问他：“这红面汉子是何等之人，如此强横，这许婆同一个粉头与他又有何关系呢?”

那酒保见问，未曾开言，先向四面座上看了一看，然后才说道：“刚才也因他是此地一个恶霸的家中总管，所以才百忙中得罪了你三位。如今三位问我他是何等之人，但是三位也是过往之人，说给三位听了也不妨事。不过三位听了，外面不可传说是小人所言，更不可以动气，小人方才可以告诉。否则小人可不敢说。”

三人道：“事不关己不动心，与我们无干。不过问问而已，有何要紧？你尽管说来不妨。”

酒保道：“既然如此，小人便说就是。”

于是不慌不忙，轻言慢语，说出一席话来。有分教：

陶家堡上，午夜会几位好汉。
淮阳县内，白日见若干英雄。

正是：

一语道破奸恶事，片言引出是非来。

究竟酒保所说如何，请看下文分解。

第二回

陶家堡英雄三探庄
迎宾栈豪杰两落店

话说凡人处世，总宜谨言慎语，《诗经》上说：

> 白圭之玷，尚可磨也；斯言之玷，不可为也。

又说：

> 妇人长舌，为厉之阶。

可知俗语所说的，谨着言儿慢开口，却是句至言呢。

比如本回事情如非那个酒保多言，何至于闹出许多事呢？所以当年南容三复白圭，孔子以其子妻之，正见得谨言慎语，是为人一身祛除烦恼的唯一妙用。

闲言少叙，且说当时酒保本不要说，因为刚才得罪了三人，此时不得不用些话来赔小心。再则因那个红面汉子平日仗势欺人，心中也恨他不过。又因三人是外乡人，路过此地，说出来谅无什么要紧。

再看楼上也无什么与他有关之人，所以才放胆直言，传声说道：“提起此人，大大有名，他本人姓施名标，外号人称小关胜，本是绿林出身。他主人姓柴名俊，外号人称镇山太岁，乃是本地一个有名的恶霸，家财百万，专门欺压良善。他与本地官所都有来往，而且很有交情，谁不唤他柴员外？不知道的，哪个不以为他是本处一个绅士呢？他家中恶奴豪仆无算，施标乃是他的主管，主仆两个，本地人谁不知道？这许婆乃是杭州人，流落到此地的，她的丈夫名唤许仲贤，乃是个盐枭出身，后来被人拿住斩首。他的妻女预先逃避到此，后来因为过不去，遂重理家口，卖淫事业。刚才那个粉头，便是她的亲生女儿，她母女两个在杭州的时节，本来就做娼妓，到了此地，生涯倒也不愁。今日被施标唤去，大概总是柴俊托她在外面物色一个绝代佳人，或是柴俊看见什么美女，托她去设法拉马。因这许婆的伎俩很好，诡计又多，大约总是为此了。”

三人听了，心中大怒，便是金应时，心中也很为生气。那面桌上房氏弟兄，同经括三人，因为听得不甚清楚，倒也不十分动怒，但他等却是另有谈话。

过了一会儿，各人都吃罢下楼，会了账，各自东西分散。

金应时主仆二人又到别处逛了一会儿，然后回店，总是不放心这个柴俊是怎样一个恶霸，意欲前去探听探听。主意想定，便问店家："有位柴员外，家住何处？请店家指示。"

店家道："这柴员外住在此地，离城二十里地，地名唤作陶家堡。那个堡上从前本有多少人家，都是姓陶的产业，如今姓陶的子孙衰弱，竟被这柴家强占了去，那些人家也就驱逐干净。现在房屋翻造十分齐整，现在只有他一家，据人说，陶家堡现在已经改名唤作柴家庄了。客人问他则甚，莫非要去投奔他吗？"

金应时随口答应说："是慕名未曾见面，我主仆路过此地，正想去会他一会。"

店家一听此言，两只眼睛望着金应时，望了两望，并不敢多说，反而足恭起来。

金应时暗想，这柴俊的势力可想而知，只要看这店家的胆小，便可明白了。于是也不言语，赶紧吃了晚饭，换了夜行打扮，带上一切夜行用物，背插单刀，吩咐金兴儿早早睡觉等候，他却由后院上房，施展平生本领，直奔城头，由城上跳将下去。纵过护城河，依着店家所言方向，施展陆地飞行之法，飞奔陶家堡而来。

到了那里，正是二更时候，这金应时的足力真快，仗着本领、胆量，不假思索，便纵身上房，直向内院而来。此时正是三月天气，天上星斗满天，金应时留神细看，那房屋乃是明三暗四的，正房后面，一进一进的房舍甚多。正不知这庄主住在哪一间屋内，心下正在狐疑，留神四面观瞧，远远见对面房上来了一条黑影，身体灵便，非常快捷，一闪早已不见。

金应时暗想，这是何人，本领很是不错呢。便迈步向后行去，留心脚下，恐怕屋上有绊脚绳、天网之类。正往前走，猛听后面更锣声响，回身向下一看，乃是个更夫打更，手中敲着锣，往里便走。

金应时看罢，便轻轻跳将下去，远远跟着那个更夫行去。转弯抹角，绕过两进正房，方才到了内院里面。听见更锣接声，敲进后院，那更夫却回身走来。金应时知他是个外值，里面方是紧要去处，一想跟他走是无用的，便纵上屋，向内院而来，在屋上紧紧跟着那个更夫，向前而行。

走不多远，忽听锵锒一声，那个更夫摔去灯锣，跌倒地上。金应时知道有人暗算，留心向下一看，果见那面树上跳下一个夜行英雄，手持单刀，向着那个更夫一闪，说："嚷，就是一刀。"

更夫道："请好汉饶命，好汉如缺少什么使用，可以向我庄主去商量，无一不成，咱们庄主是最爱交结朋友的。"

那人传声喝道："休得多言，我且问你，柴俊那厮现在何处？你照实说来，我便饶你，如不实说，顷刻一刀两段。"

更夫道："好汉饶我性命，小人怎敢不实说？咱们庄主住在西跨院上房，今日正与那个粉头在那里追欢取乐呢。"

那人闻言说："你却放不得，可是要委屈你了。"

说着，便解开更夫腰带，将更夫捆上。用刀割下一幅衣襟，塞在他的口内，将他放在树上，轻轻拿起更锣、灯笼，放在墙角边，然后飞身上房，望西跨院上房而来。

金应时在暗中看得明白，不敢怠慢，便也就随后跟去，鹿伏鹤行。两个黑影，一先一后，二人奔西跨院上房而来。到了那里，金应时忙退后几步，跳到院内，绕向后面窗口，用唾沫将窗棂纸湿透，轻轻剜了个小孔，睁一目，眇一目，向内一看。只见里面坐着一男一女，男的相貌凶恶，粗眉大眼，一脸的乱草胡须，年约四十以外，穿着绸纱夹袄，女的便是日间所见的那个粉头，旁边还立着个丫鬟。

只见那男的将丫鬟支使出去，关掩房门，回转身来，搂住那粉头道："你我也要算是好的了。"

那粉头道："员外爷你快别这么说，你我既是好的，为何还要央请我母亲去商量那件事情呢？可知你心中已经无我了。今日见面，便说得好得了不得，一背面，便忘记了呢。"

金应时暗道："这厮便是柴俊无疑了，看来是个淫恶之徒，真不是个善类。我今既已到此，还不去下手吗？"又一想，刚才看见一个夜行人，想是前来找他的，我且在旁边等一等不迟，如是他杀了此人，岂不省了我许多气力？想罢主意，便暗暗地伏在院落的角上，留神静等消息。猛抬头，忽见屋上又来了三人，细瞧，正是日间在酒楼上同桌而饮的三人，心中暗想，他等来此，莫非也与自己同志？

只见他三人由屋上用珍珠倒卷帘的架势向内观瞧。不料脚下用力稍重，一声响，将瓦檐碰响，惊动了里面柴俊。

此时柴俊正搂着那个粉头，要行那无耻之事，忽然听见瓦檐一响。他乃是个会家，焉有不知之理？便放下粉头，伸手在墙上摘刀，将灯吹灭，叫那女子躲在床下，然后前窗户一开，由前窗出来。他因为后窗口瓦响，只道人在后窗，不料前窗也有人在那里。

在前窗那人见他出来，便迎面就是一刀。柴俊急架相迎，两下一来一往，刀声响亮，早将后面四人惊动，便一齐上屋，奔到前面院落内来。只见那人与柴俊杀了多时，一失神，那人手中刀被柴俊削成两段。原来柴俊的刀是折铁倭刀，善能斩金切玉，削铁如泥，乃是把宝刀。那人手中刀被削，飞身上屋逃走。

金应时暗中一看，才知他是日间同房家弟兄同桌而食的镖师经括。金应时暗道："有趣，如何不约而同一齐前来呢？"

只见宗渭彪、应莲芳、室伯讷三人一齐跳下院去，喝声："恶鹑，休得逞强，我等特来取你狗命，代地方除害。"说着，三人一齐向前动手。

柴俊正要上屋追赶，经括忽见屋上下来三人，便不打话，赶紧接住厮杀。四个人杀在一处，早已惊动了前面庄主的朋友前来助战。

原来柴俊乃是绿林出身，本地坐地分赃的大盗，结交的乃是水旱两路、青红两帮、黑白两道的人物，他那主管小关胜施标，也是旧日弟兄，在他家中名为总管，其实并无什么主仆之分。

此时施标在前面，听见后面锣声响亮，知道里面有事，忙将号锣一敲，自己拿了一对儿虎头钩，先请庄主的朋友穿山甲赛龙标崔大成、出洞虎丙乐山，及本庄的四个护院的小行者梅六、粉面将军赫顺、鬼脸陆福、善赛判官陈德等人一齐由屋上奔后面来，帮庄主动手。外面庄丁恶奴听见号锣响亮，知道有事，大家起来，抄家伙、点火把，一齐杀到里边来。

此时三人战住柴俊，本来不过平手，因为防他宝刀削自己的兵刃，所以三人只得杀个平手。忽然地来了六七个大虫似的人助战。

三人一见，有些抵敌不住，加上庄丁又到，四面杀来，院内地方本不过大，三人一见，便一齐卖个破绽，飞身上屋就走，下面众人上屋就追。

金应时暗想，庄上人多势众，他们四人都已杀败，自己就是出手，未必能讨什么便宜。但是一想，三人危急，如不暗中帮忙，定然要遭危险，不如我暗中帮他们一帮吧！

正在犯想，忽见一支镖望自己飞来，原来已被红面大汉小关胜施标看见，所以暗中一镖打来。

金应时一见镖来，不敢怠慢，忙伸手接住，跳将过去，望着施标就是一刀。施标急忙还手。

那三个人见有人助他，便也就回身相帮，于是四个人与八个人对战。自古双拳难敌四手，究竟众寡不敌，四个人只得在屋上望外面逃走。

庄上众人追了一会儿，方才回去。

话说金应时出得庄来，便一径奔回城内，到城下用飞爪百练索上了城头。收了飞爪百练索，回到店内，已是黎明时分。金兴儿正坐在那里打盹，原来他见主人去后，心中不安，不肯先睡，所以在那里等候主人。忽见主人回来，不觉大喜，忙问主人如何。

金应时道："不必说起，好险啊！亏得我跑得快，不然定要吃亏，说不定还得栽个大跟头呢。"

金兴儿听主人口气，知道此去未曾得手，便也不敢多说。

金应时便换了衣服，和衣而卧。主仆二人直睡到次日向午时分，方才起来，梳洗已毕，便用午膳。膳后唤店家结了房饭等账，然后动身，离了淮安，取路向山东进发。

那日走到徐州府地界，地名唤作周家集，乃是个镇市。主仆二人寻找一个客店住下，那客店招牌唤作迎宾客栈。二人入内，小二过来招呼，二人住在一间上房内。那上房很是宽大，也很是清洁。

金应时暗道："不料这个镇上却有这般一片清洁的客店。"心中很是喜悦。

不一会儿，小二进来，问二位用些什么酒菜。

金应时道："拣上好的拿几样来，不拘什么都可，酒都不要。"

小二答应出去，不一会儿，取来四样菜，是三炒一汤，带来一瓶酒，并带了饭来。

金应时道："刚才我已说过，酒是不用的，如何又取酒来？"

小二道："客官是初到此地来，不懂咱们镇上的规矩，咱这镇上有句古话说‘有菜无酒，比如牢中死囚’，所以都是酒菜齐全，不论客人要不要，都是要送一瓶酒的，免得受这恶谚，乃是避讳的意思。再有一层，咱这镇上要算咱们店中的酒最好，有名唤作半瓶醉，因为人家是外面买的，咱们却是自己酿的，格外与众不同，确是甘美香酒。”

金应时微笑道：“既然如此，你将酒来放下，待我半夜里享用吧！”

那小二应声出去，收拾面盆手巾，茶水之物，放在房内，回身去了。

看官，俗语说得好，凡人戒多言，言多必失。只因店小二说了半天的酒，反而引起金应时的疑心来了。

原来金应时住店不吃酒，就是他的小心之处，便是吃菜，也要闻上几闻，看了又看，方才饮食。如今见小二如此殷勤，带上一瓶酒进来，暗暗怀疑道：“客店如此齐整，莫非是个黑店？这个我倒不可不防。”于是便暗暗吩咐金兴儿到外面饮食店内买了些麦饼，并许多酱菜回来，吃个饱足，暗暗将饭菜倒了些，在桌肚之内，作为已经吃过，使得小二不疑。

果然不一会儿，小二进来收碗，并不疑惑。其实金应时主仆二人猜测错了，这黑店固然不错，便是酒内有病，也是不错，但他连饭菜都疑惑有病，却太冤了。

原来饭菜却是很清洁的，他那茶水内倒确有蒙汗药在内。只因小二见金应时主仆不吃酒，饭菜里边又未下什么药末，所以便在茶内作了弊了。

原来江湖上害人勾当，下蒙汗药害人的，却有种种的不同，有的是下在酒内，有的是下在饭菜内，有的放在茶内，如三件一件不灵，便于半夜内用闷香，这种名为三不过门一支香。其中作弊的方法，也大有高低，比如这个迎宾栈内的下蒙汗药方法，却是特别到家，又无形迹，又无气味，丝毫也看不出来，凭你一等的江湖老前辈，也得上当。不料今日恶贯满盈，逢着硬对儿。

话休烦叙，却说金应时主仆两个见小二出去，金兴儿便拿茶杯，给主人倒茶。金应时接杯在手，放在鼻上一闻，并无气味，正要喝茶解渴，因为刚才吃的都是麦饼，并未吃茶。忽然见金兴儿另外拿了一只茶盅自己倒茶喝，忽然犯想，这店既然有弊，一定要各样东西内都给下药，不然，绝不是一样酒内有药的。我且慢喝，先看他喝下如何，然后再喝不迟，于是举着杯，凝神望着金兴儿喝茶。喝完一杯，又倒一杯，喝将下去。

刚才放下茶杯，忽然说道："主人，怎么头晕起来?"说着，站立不住，一跤往后便倒。

金应时心中大怒，明知是茶中毛病，忙将茶杯一放，丢在桌上，吹灭了灯，拿了空茶杯出门，将门带上，走到后面厨房内取水，先将茶杯洗了三五遍，然后取了一杯冷水，回到房内，重新点灯，将金兴儿用凉水救醒过来。暗暗嘱咐小心，不要睡着。自己佩上腰刀，轻轻出房，吩咐金兴儿灭了灯火，躲在床下，以防贼人，然后自己先到各处屋上一看。看了一会儿，然后再到自己上房的屋上伏着，朝上看着，等候动静。

等了半天，不见消息，忽然看见对面房间外面有个人在窗口，手中拿着个千里火筒。只见点着一物，知道是闷香，便要在镖囊内取镖打他。忽听一声响，那个点闷香的朋友连香带人已是跌倒在地，只听哎哟一声，不知何故。心中正自怀疑，只见对面房内，说时迟，那时快，窗户一响，跳出一个人来，一身黑衣亮刀，望着那跌在地下的人就剁。

不知性命如何，且看下回分解。

第三回

急救人主仆中途拆散
因访案兄弟半路相逢

话说上文说到金应时，因金兴儿误吃药茶，中了蒙汗药，随即到后面取凉水救醒，自己到屋上等候人来。等了半天，自己房中并无何等动静。只见对面那间房的窗口有人持火筒在彼，知道是点闷香。正要掏镖打他，忽见那人哎哟一声，倒在就地，窗槅一响，里面蹿出一个人来，浑身黑衣亮刀，望着那人便剁。暗想，此人心灵手快，倒也是个会家呢。

正在犯想，那人已是了账，抬头看见金应时伏在屋上，只道两人是同来的，定是一人动手，一人巡风，便大喝一声："毛贼崽子，你敢在此巡风，不下来与你祖宗斗个死活？"

金应时见他骂着，自己便笑应道："你是何人，敢这般不分皂白骂人？你是住客，难道我便不是与你一样防贼的吗？"说着，便跳将下去。

那人见金应时这般说，便按刀问道："来者是谁，因何伏在屋上？"

金应时道："我乃炳灵公金应时，因到山东访友，路过此地，见此店有些尴尬，所以伏在屋上，坐观动静，不道足下与我同心。请问尊姓大名，到此何故？"

那人道："小可姓孔名秀，外号镇河北，乃直隶保定人氏，前往江南有事，路过此地，因在此道上，久闻此处有个迎宾馆是座黑店，小可存心，欲前来剪除害马，以利行旅。不料得遇尊兄，实乃三生有幸。”

二人正在讲话，忽然后面一阵大乱，乃是店家，因用闷香的人并无消息，早有暗中巡风的前去送信。大家自知遇见敌手，随即鸣起号锣，当当当一阵声响，早将本集前后左右的同党惊醒，各执刀枪棍棒，四面向迎宾馆杀来。

两人听见人声，知道贼人声势浩大，便道：“咱们一不做，二不休，索性杀他个痛快，放火烧了这贼店，你看如何？”

孔秀道：“很好，咱们以速为妙。”

于是金应时赶紧到自己房门口，唤金兴儿出来，拿了东西，两个人各拿了自己衣物，都交给金兴儿，一前一后，先去放火，然后保住金兴儿，生龙活虎般，由中门抢腰门而出，一连砍翻二十余个。众贼不敢追赶，只得回身救火。

三个出得周家集，金兴儿交付了孔秀的衣物，分头而行。走到晌午时分，来至一处村庄，金应时同着兴儿，入一爿小村酒店内饮酒。因为夜间未曾多吃，早上又未吃东西，主仆两个此时腹中都是饥饿已极，便狼吞虎咽般吃了个酒醉饭饱。刚要起身算账，忽见店外人声喧嚷，走过四五十人，个个手执兵器。中间一人抱着一个乡村女子，虽然是荆衣布裙，然而风韵天然，却很是姣媚异常，满面流泪，好似带雨梨花，格外动人，知道定有别情。

后面紧随一个老妪，满面流泪，破口大骂，说：“青天白日，胆敢强抢人家女子，真是目无王法，这还了得？”

金应时看到这里，知道是强抢民女，定是恶棍土豪恃强凌弱，暗想，我不救时，谁人肯救？况我学就艺业，要他何用，便对金兴儿道：“你在此等候，你大爷去救了这女子母女便来。”说罢，便将身上长衣一掖，一个箭步，由店堂内蹿到街心。一连几步，早纵到众人前面。亮出刀来，一声断喝：“你等青天白日，胆敢在此行凶，不要走，放下那个女子，让你等过去。若有半句支吾，休想逃命。”

他这一声喝，早有两个为头的过来，一个手执齐眉棍，一个手持一对儿铁尺，上前喝道：“何方野种，敢挡你祖宗的道路？知道厉害的，赶快磕头赔罪，恕尔无知，饶你之罪。如果狂妄一点儿，不知好歹，休怨你祖宗手下无情。”

金应时大怒道：“娃娃休得多言，看刀！”说着，便是一刀，向二人砍去。

二人急架相迎。那旁四五十人一拥齐上，将金应时围在垓心。

金应时毫无惧怯，奋起神威，大喝一声，早将那个用齐眉棍的劈倒在地，随用一个旋风式，一连砍倒六七个。众人见不是对子，放下那个女子，四散逃命，剩下几个半死带伤的睡在地下，不能走动。

金应时过去，看那女子时，只见她已吓昏了过去。后面老婆子见众人已散，也就前来问话，先谢了金应时救命之恩，然后又问恩公姓名。

金应时说了自己姓名，便问：“妈妈何事被众人作践呢？”

婆子道：“老身康氏。”用手指那个女子道：“这个乃是小女，自幼许与天津赵世骧为妻。因为路远，还未成亲，不料日前在门口买菜，为本处何村何大太爷看见，随即派人前来提亲。他硬要我女儿前去做妾，老身因女儿已许字人家，未曾答应，不料他差遣家丁，前来强抢。如非恩公，定遭毒手了。深感恩公大德不浅，但是何庄主一定还要派人前来吵闹。我母女意欲乘此逃生，敢求恩公暂停贵步，屈驾到敝寓一坐，等候我母女收拾动身之后，再行动身，实感大德不浅。”

金应时道：“这个有何难处？你母女赶快回去收拾东西上路，我便在你家中防护一会儿，也没甚要紧。”

此时那个女子已是苏醒，含泪拜谢恩公。母女两个在前，金应时在后，防护送到康氏屋内。

原来母女两个早已收拾齐全，预备动身，怕的是恶霸前来强抢。不料慢了一步，已是被抢。此时慌急之间，也说不得客气话了，便收拾衣物包袱，母女两个赶着拜谢恩公，出门动身。

金应时送了一程，到路上雇了车辆，知已上路，谅无何等危险，便回身到小村镇酒店里来寻金兴儿。忽然见店前拥着刚才散去的那些恶仆，又添了许多帮手，在店门首喊嚷，拉住小店里掌柜道："好好好，你敢私自放走两个外方人，欺侮我们，好好好，我同你去见庄主回话。"

又有一人道："管他什么，咱们先打死了他，出口气，然后再寻那两个囚攮的算账。"

金应时心中一惊，暗道："兴儿，不见了吗？但不知他已逃往何处，眼见得这店家无辜受累，是我害了他了。不要忙，待我上前去解了此围。"便飞奔上前，高唤："诸位，且慢动手，我来也。"说着，已到了众人面前。

众人一见他到，便放下店主，回身来抓他。

金应时道："众位先别动手，我有话说。"

众人道："不怕你跑上天去，你有何言，快讲！"

金应时道："众位莫非因我救了那两个女子，伤了你们的同伴，前来找我，给你们同伴报仇吗？"

来人道："你既知道，该当束手就缚。"

金应时道："不是这般说，小可一人做事一人当，你等应当将店主放了，他与这件事丝毫无关。如将他捉去，岂非冤屈？此事乃小可一人路见不平，故而拔刀相助，与小可的仆人也无关涉，你等大家，冤有头，债有主，应当放了他二人，找我一个才是道理。"

众人道："看你这个白面书生似的人，说话倒是个汉子。众弟兄，说不得便依他放了店主。他那个小厮早已不见了，他却来说风凉话。"

旁边一人道："管他什么，咱们将他带去见庄主就是。"说着，大家放了店主，店主乘势弃店逃走，无影无踪，后文自有交代。

金应时到此，方知兴儿已确是逃走，心中已放下一半，便道："大丈夫不是畏刀避箭之人，我便随你们去。"

于是跟着众恶仆，直奔何村而来。

原来那何村，离这小村镇不远，不一会儿，已到村内，房屋齐整，松柏参天。金应时一路留心路径，跟着众人向村内便走。到了何庄主的大门，众人便来夺他手中刀。

金应时笑道："你们这些人真是好笑，夺我的兵器做什么？难道怕我与你们动手吗？真是太小心了。我见了你庄主，自然会放了刀。"

众人无奈，只得簇拥他到里面大厅上。

此时庄主混海金龙何人俊正在厅上同几个绿林谈心，都是由淮安陶家堡新来的，乃是穿山甲赛龙标崔大成，同着出洞虎丙乐山两个，带了几个新上线的朋友，到北京去有事，路过此地，特来奉访。正在谈心之际，忽然家丁来报说，救人的那个汉子已经被众人捉进庄来了。

何人俊道："带进来。"

那家丁去不多时，众人拥着金应时上厅。

到了庄主面前，金应时道："不知哪位是何庄主？请来见礼。"

何人俊道："这小子好大胆量，怎敢目中无人？你庄主爷面前，还不下跪吗？来人，与我打这小辈，先问他个无礼之罪，然后再问他，何以拦阻庄主爷的道路。"

众恶奴答应一声，一拥齐上，可是不敢动手。因为知道金应时厉害，手中又有刀，所以只是虚张声势，不敢近身。

何人俊大怒道："你这小辈，是何等样人，敢如此无礼？如果磕头赔罪，你庄主爷宽洪大量，便恕你无知之罪，否则，立刻死无葬身之地。"

金应时举目一看，见何人俊那种杀相，知他是个凶恶之徒。那旁坐着两个人，很是面善，一想是在陶家堡会过的，可惜唤不出他的名字来。见他如此狂言，便冷笑道：“你站稳了，你大爷乃是江南有名的炳灵公金应时，自生人以来，也不知见过多少英雄，从未见过你们这班毛贼。今日路见不平，救了康氏母女，特烦你手中恶奴，带我到此，问你这厮作恶之罪，你敢如此无礼。不要走，你大爷今日特来取你狗命，给地方上除害。”说着，便飞身上厅，抡刀望着何人俊便砍。

何人俊手中并无刀器，忙举起坐下椅子，上前迎敌。那旁崔大成、丙乐山等人各拔佩刀助战。

何人俊偷空跳出圈外，到上房取了自己的一对儿虎头钩，复到前厅动手，将金应时围住厮杀。

金应时心中一急，遂将生平绝技施展出来。只见他上三下四，左五右六，盘花盖顶，好似瑞雪千团，一股白气直向众人杀来。众人见他来得凶，也就抖擞精神迎战，一失神，何人俊的左膀已是砍伤，朝后一让，金应时便乘势跳出圈子外来，飞身上屋，说：“杀不死狗头，有本事的，只管上来。”

那旁崔大成、丙乐山两个也就上屋追来。

金应时见他二人追来，忙在怀中掏出镖来，一镖打去，正中丙乐山的右腿。出洞虎哎哟一声，倒在屋上。

金应时跳过来，举刀便砍。崔大成急用手中刀向前一架，两个人在屋上，一来一往，战有几个回合，不分胜负。下面又上来几人，一拥齐上。金应时恐众寡不敌，便虚砍一刀，跳出圈子外来便逃。众人也不追赶，忙救了丙乐山，下了房屋。到厅上看何人俊时，庄主也是受伤，所幸伤势并不过重，还不至于要紧。

当时先代丙乐山拔出镖来，然后代二人都上了刀剑药、定痛散。不一会儿，已是止痛。

大家说：“这金应时本领倒也不错，咱们下次会见，不可轻轻饶放，须得结果了他，给我绿林除害。”

不表众人计议，且说金应时由屋上逃出何村，已是傍晚时分，一时性急，不觉走错了路。及走到一处地方，地名唤作黄花镇，乃是个小镇市，这个地方属安徽凤阳府所管，离何村有三十里地。金应时走到这里，才知路已走错，一摸身边，又是空空如也，原来只剩得三五钱散碎银子，其余都在金兴儿身边包裹之内。一想此事如何是好？巧妇难为无米之炊，无钱如何可以行路？此时兴儿下落不知，不知他可曾受人算计？如果受人算计，可不是要送命了？

想到这里，心中如辘轳一般转动，毫无主意。不知不觉地，脚下一步步慢吞吞地走上镇来。一想身上的钱只够今晚一夜的花销，明日却要无法可想了，果真如此，可不是个笑话？俗语说："好人做不得，旁人事莫管。"如今竟要弄到自己头上来了。果真如此，世界上还有什么公理，还有人敢出头代人家说一句公道话吗？那还成个什么世界呢？于是没精打采地一面走，一面想。

走不多远，恰巧对面来了一人，他因心中有事，便失了神，又在晚饭之后，所以无意间便碰在那人身上。大家吃了一惊，都复大怒道："怎么走路不生眼睛？"两个人你怪我，我怪你，都不肯相让，不觉便交起手来。

要论到错，却是两人都不好，无如各不认错，两下死命相抗，你来我往，打了五六十个回合。

忽然那个人住手，跳出圈子外道："且住！我有话问你，你这厮是何人徒弟，怎么所使拳脚门路都与我一般？你这厮是个无名小辈，俺也不必与你计较，饶你初次冒犯。如果是个有名人物，咱们再动手不迟。"

金应时没好气地道："你这小辈听真，你大爷乃是金山寺、竹林寺，慧缘、广缘两位长老的门徒。你这小子，分明打不过，才说出这无耻的话来。你也配与你大爷有同门的拳式吗？"

那人听了怒道："好小辈，休得夸口，我是好意问你，你却如此无礼。你可知道，赛由基神箭仉德雷吗？不要走，我今日不打死你这小辈，也不算是豪杰。”说着，便扑奔前来。

金应时道：“且慢，我道是谁，原来果是师弟，我便是你师兄炳灵公金应时。”

那人住手唱喏道：“不知是师兄，真是冒犯了。你我今日可真是不打不成相识。”

看官，前文并未说起，金应时有个师弟，如何此时却又有了师弟呢？要晓得作书的有补笔、省笔，明点、暗点之分，这个便是补笔的一种。如果真正在第一回书中便将各人一齐叙说出来，那还成个什么小说？简直是个刻板文章了。天下焉有这等死文字呢？闲言休提。

话说当时赛由基神箭仇德雷，见金应时说出是广缘、慧缘的门徒，本欲向前行礼。谁知金应时又说出许多不逊之言，所以他便恼了，却故意说出自己名姓，看他如何。果然金应时见他说出名姓，即行相认，遂上首唱喏，金应时也就还礼。

二人各问所从何来，金应时便将自己之事说了一遍。

仇德雷道：“师兄勿忧，今日既遇小弟，可以无虑了。”说着，便同了金应时，同到自己住的那爿客栈内来。

原来小村镇上客店是饭店连客栈，乃是个将就局格，并无上房、配房等分别，更没有上、中、下三等不同，所幸这爿店内生意清冷，竟有一间小房间空着，却被仇德雷占了，所以也还自在。不然简直要同轮船上的统舱一般，没有遮拦的统铺了。

师兄弟两个到了店内，关门小二见仇德雷同着一人回店，即便过来招呼，问了姓名，去上簿册，怕的是巡夜的要查簿册，因为其时时局不清，萑苻遍地，做官的虽然粉饰太平，其实暗地里防备很严，所以有此盘问。小地方尚然如此，大镇店应当格外地严紧了。其实不然，要知道天下事，越小越见鬼，这个乃是明证，表过不提。

当时金应时便问：“师弟何事至此，莫非与我有同样事情吗？”

仇德雷道：“不然，我此来乃是奉公差遣，身不由己，到此访一件人命盗案，哪能像师兄那般自在，游山玩景，远地探亲呢？”

金应时道：“贤弟原来做了官了，不知何种差事，请道其详，劣兄也好开放心怀。”

仉德雷不慌不忙，说出那件事来。

要知所说何事，请看下文分解。

第四回

助拿贼英雄获宝刀
解贼人山寇劫钦犯

话说金应时听仉德雷说是奉公差遣，到此访案，便道："贤弟现在身任何官，所办何案，说来与劣兄知道，或者可以相助一臂，也未可料呢。"

仉德雷道："师兄有所不知，小弟现在蒙圣恩任为副将，派在兵部当差，前几天奉密旨，差我到此，捉拿独霸皖北李少铭，乃是江洋大盗，党羽遍布，各处手下能人不少。住在此镇东南，约有三里之遥。此人本领甚好，有一身软硬功夫，倒也不贪淫采花，及抢劫一切商民，南北各省都称为侠客。无如他手下人良莠不齐，人品甚杂。近来不知受何人唆使，竟欲谋反。这件事风声大了，传到皇上耳朵里，特地命我到此捉拿。深恐打草惊蛇，反为不美，所以用密旨，许我便宜行事，就地调兵。如今小弟已经探听明白，他们虽有此意，尚未曾积极筹备，大约还须数月，方才能有眉目。他也素知小弟之名，却并不知小弟在兵部当差，所以小弟去拜望他，他不竭力巴结，很是和气。在理像这般一个人物，我等就不应去捉他，但是他那手下人都是些恶匪，将来如果兴兵起事，必定为百姓大害。他们一定成则为王，败则为寇，将来一定变为张献忠、李自成之类，成为流寇，真个留害不小，所以小弟才要拿他。此人不但本领好，而且有一把七星宝刀，乃是当年宋仁宗时代，北侠欧阳春使的宝刀，后来传与他义子小侠艾虎，艾虎之后，便尔失传，不知如何现在会落在他的手内。因此一来，他简直可称英勇无敌，所以小弟思量此人，只可智取，不能力擒，但是计划虽好，却是孤掌难鸣，无一个帮手。师兄请想，那些做武职官的，如何能办得这件事？所以小弟要想到他处，调请本领高强之人，前来帮忙。如今幸遇师兄，真是天使我成功。”

说着又道：“师兄晚饭还未用过吧，俺这里有现成的干粮，请将就用些，明日再用别的酒肴如何？”

金应时本来肚内饿了，因为一时忘却，反不觉饿，如今被他一提，不禁饥饿难当，说：“贤弟且将来与劣兄充饥，劣兄是饿过了头了。”

于是仉德雷便去取出干粮，放在金应时面前。金应时平日味口是极细的，如今所谓饥不择食，竟将来狼吞虎咽，吃了个饱。然后喝了几碗开水，对仉德雷道：“贤弟，并非劣兄说，官途多险恶，况且做官也是最卑鄙的事。如今我们纵不说什么汉族、满族，但是替他们办事，吃力不讨好，真有些犯不着。比如像劣兄这样，身不入江湖，也不入官籍，我做我的老百姓，见有不平的事，便去管他一管，也是一般为善，不强似那做官好得多吗？我劝贤弟，不要做官吧！咱们除去这个独霸皖北李少铭便罢了，何必定要做官呢？”

仉德雷道：“师兄之言固是，但是人人都像你这般自爱，不去做官，让那些城狐社鼠，一齐登堂做宰，作威作福，天下竟要无一个好官了。国家之事，还能问吗？小弟之意，与师兄却是相反，这个所谓各行其志了，各有各的道理。咱们所谓异途同归，道并行而不相悖了。”

金应时道：“贤弟说已计划万全，不知有何妙计？倒要请教请教。”

仉德雷道：“小弟之计，乃是用鼓上蚤时迁的手段，半夜中将他背将出来，一路押解进京，听候皇上发落，俺料皇上必无伤他之意。

咱们暂且担代担代，将来他如改心向善，定然要深感我们开化之功呢！”

金应时道：“贤弟说他如何本领了得，怎又说将他背将出来，岂有如此矛盾易为之事？真个是目无全牛了。”

仉德雷道：“师兄你真是一处不到一处迷，你难道连小弟的催魂夺命的手段也忘记了吗？”

一句话提醒了金应时，不觉大笑道：“贤弟，我真个忘怀了。”

原来仉德雷有一种闷香，名为催魂夺命，他施用这个闷香，与别人不同，别人都要临时用火点，他却是预先存在一只橡皮包内，做成一个瓜锤模样，临用时只要将橡皮包的瓜锤向那人一击，那人自然而然应声而倒。他这种办法，江湖也有人用过，名为瘟癀香，但也不过是各有各的配制，方法各有各的妙用。唯有仉德雷，他对于江湖上所使的蒙汗药、闷香等类的使用方法，却无一不精，更无一不会破解。他这种本领是专门的，却无人能够及得到他。更有一层，他会打毒药暗器，尤以箭为第一，什么紧背传头弩袖箭及弓箭，真有百步穿杨之能。他更有一对瘟癀流星锤，乃是催魂夺命香所造。他如使将出来，敌人一闻此味儿，定要闷倒在地，不省人事，所以他年纪才二十一岁，已是足迹南北，各省闻名而逃的也不知多少。

当时一句话提醒了金应时，师兄弟两人各谈了些别后状况，方才安眠。

次日起来，仉德雷同金应时梳洗已毕，弟兄两个赶到城内，会了凤阳府城守营守备等官，暗暗知照：“派一百名精勇官兵、一员统将，到黄花镇东南三里地面有座百花村，在那村后接应，不许明火执仗，只要在彼等信，我等捉了钦犯，一齐押解上路，便是首功。如违误者，将来到京，必要奏知圣上参劾。”

那些地方官知道是钦犯，如何敢不谨慎从事？自然格外小心，连忙答应。

当时二人调度已毕，随即仍回到店内收拾了一切，又睡了一会儿，直等到晚膳时候，方才起来用饭，收拾了夜行衣靠。此时金应时的衣靠却不在此，乃是向仉德雷借的。

二人收拾得齐整，背上单刀。这金应时更有一种绝技，乃是一对儿飞锤，能够百步之内打将落马，所以人才道他炳灵公的绰号，他今日却也给预备了。于是二人等到初更以后，急由店内出去，飞奔东南百花村后，先去会了那个百名官兵的统将，乃是个记名守备，实缺千总，姓黄名庭经。二人见过了面，约嘱咐几句，然后由村后蹿过护庄河，直奔独霸皖北李少铭的后宅而来。前文表过，仉德雷已经到过，所以路径很熟，不消问路不问路，早已到了李少铭住的那所上房上来了。

到得那里，金应时道："贤弟，你去动手，劣兄给你巡风。"

仉德雷道："这个自然。"说着，便来到檐口，用夜叉探海式，挂将下来。由窗隙内望里窥探，只见李少铭一人正在里面床上练功，只见吐气养神，全是内家一派的真实功夫。暗暗心服，真是个好汉。墙上挂着他的那柄七星宝刀。

看了一番，不敢怠慢，知道他村内很有几个能人，不是要的，于是急将催魂夺命香由怀中取将出来，由窗隙内向里一按。只见一股白烟直向李少铭飞去。

不一会儿，只听李少铭打了两个喷嚏，已是昏了过去。随即一击掌，那旁金应时由屋上下来。两个人一先一后，轻轻推开窗槅进去，将李少铭背起就走。

出到院内，金应时说："师弟，且慢行一步，劣兄进去，将他的宝刀也带了去，将来也有莫大的用处。"

仉德雷道："师兄，你去取来，我在屋上等你。"说着，便先到屋上去了。

金应时到了房内，由墙上摘下宝刀，佩在自己腰间，奋勇跳出窗外，飞身上屋。师兄弟两个，仉德雷背着李少铭在前，金应时按着单刀在后面断后，直奔百花村后，跳下屋去，纵过护庄河，将李少铭交与众官兵，用绳索捆好，然后上路。

到了次日，李少铭方才醒了过来，见已被捉，便道："好好，你两个小辈，将你庄主爷用诡计的手段捉了出来，真是不要脸的无耻东西。有朝一日，你庄主爷定要将你这两个小辈碎尸万段，方才泄我胸中之气。"

二人也不理他，凭他骂。

这日离了安徽地界，到了山东交界的地方。此时已是四月天气，渐渐地热了，一行人众到了这里，正是正午时分，口渴腹饥，大家都很难熬。忽见对过远远地来了两骑马，迎着众人立下。众人一看，只见乃是两个京中校尉的打扮，将马鞭子一扬，说："对面来者是谁？可是押解钦犯李少铭的人吗？"

仉德雷忙催马上前应道："正是押解钦犯的，不知二位校尉有何话说？"

二人道："咱二人奉了万岁之命，特地前来迎提钦犯。并有密旨一道，着仉德雷往淮安府去，协同地方官捉拿镇山太岁柴俊进京听审，不得违误。"

随即展开圣旨，着仉德雷接旨。仉德雷慌忙下马，跪接诏书。

那校尉宣读诏书道：

奉天承运皇帝诏曰：朕前命尔副将仉德雷前往凤阳，捉拿反贼李少铭。兹接驿报，知尔体恤朕意，已将李叛克日擒获，干练有功，殊甚嘉慰。兹以淳亲王府皇粮庄头，江苏淮安陶家堡柴俊，自是镇山太岁勾结绿林，杀害官商，目无王法，情殊可恨，实法令之所必诛，亦人神所共愤。着尔仉德雷，将钦犯李少铭交与御前六品校尉冯吉、范禄二人，迎提押解进京。尔仉德雷着速往淮安，会同地方长官，协缉匪首镇山太岁柴俊，解京到案讯办，以正国法，而雪民冤。所有一切手续，准该副将便宜行事，并俟有功，回京之日，另行升赏。钦此。

大清乾隆　年　月　日

那两个校尉宣读诏书已毕，仇德雷谢恩毕，遂将李少铭交与两个校尉，并将押解官兵都点交了，然后回身，辞了校尉。

那两个校尉马上拱手，带领众兵、钦犯等，如飞而去。

仇德雷回身来寻师兄，原来此时金应时因感受瘴气，忽然腹痛，在后面路上大解，所以落后。

二人见面，金应时忙问："钦犯及众解兵往何处去了？"

仇德雷便将方才之事说了一遍。

金应时大惊失色道："贤弟中了贼人之计也，如何是好？非但心计空用，还又结下冤仇，将来遗祸不小。"

仇德雷道："师兄如何便知小弟中了人家之计呢？"

金应时道："贤弟真是聪明一世、糊涂一时了，这个浅而易见，如何还推想不出？你我在百花村捉了钦犯，便连夜动身在路，纵然人多行迟，那地方官的驿报，何至如此之速？即便他的驿报真速些，也断不至北京的校尉已到。这个分明是贼党的奸计，如何猜想不出呢？"

仇德雷道："如今怎么处呢？"

金应时道："如今贼去关门，恐已无用。但是事情成败，未可一概而论，刚才那些解兵同去，定然前去不远。我与你乘马赶去，或者可以捉回，亦未可知。"

仇德雷道："师兄言之有理。"

说着，二人飞身纵马，死命地赶来。刚转过山坡，果然见坡下尸横遍野，血染青草，那旁车马等物也遗弃满地，一面囚车也是打得粉碎。

二人一见，只叫得一声苦也，心中不免焦躁。

看官们知道，他是贼党诡计，固然不错，但是编书的却不得不交代明白。

原来独霸皖北李少铭的徒党甚多，他那日半夜失踪百花村中，他的手下人很是奇怪。

内中有个狗头军师魏璧城，乃是个足智多谋的机灵鬼，一见此状奇特，便道：“众位别乱，据我看来，定是咱听的风声大了，有什么贪赏告讦之人，在大内暗暗地出首了，所以皇帝派人前来捉去了。”

旁人听罢此言，不觉大笑道：“狗头军师，你平日说话很有道理，如今此事可有些说得不对了。不要说我们未曾举事，即或真因虚名过大，北京已经知道，派人前来，也断没有如此便当，便将李大哥捉去。李大哥的那身功夫，岂是等闲之辈所能近他的身的？”

魏璧城道：“众位只知其一，不知其二，小弟但愿庄主爷无事才好，谁还愿他有岔事不成？不过照理推想，一定是被官兵捉去无疑。因为李大哥近日又没有气苦之处，断没有半夜而去，不向我辈说一声的道理。即或不辞而去，也应当留下一纸字柬，说明何事，断不至于如此慌速，这是第一层；第二层，皇上如果差人来找他，定然是秘密得很，抱着个拉贼擒王的手段，所以出其不意，连夜将他拉去。要论到本领一层，李大哥固然是英勇莫敌，但是‘强中还有强中手’，这句话也是很可信得过。李大哥或者已被人家制服了，也未可知。咱们只要打听打听，便可以明白了。”

众人听他言辞振振句句入情入理，便道：“狗头军师，咱们可以用什么计较呢？”

魏璧城道：“如今可先着人到城内衙门里去打听打听，如果是官兵捉的，衙门中总可得消息，如未起解，咱们只要去劫狱，便能成功。如已起解，咱们好再打别的主意，务要将李大哥救回便是。果真逼得凶，咱们便索性一不做二不休，咱们便称了王号，兴兵起义，先杀了那些地方狗官祭旗，然后逢州过州，遇府过府，打到北京，灭了清朝，咱们大家有份如何？”

众人道：“好！果然是个狗头军师，名不虚传。”

当时便差人到城内打听，找着熟人，问了详细，才知李少铭是被仉德雷、金应时等人夜间捉住，连夜起解进京，做得甚是秘密。众人都要追上去劫囚车。

魏璧城道：“如果这样办，可真是飞蛾投火，自烧其身了。我有条计在此，只须如此如此，定可安安稳稳不费吹灰之力。”

众人听罢大喜，大家分头照计行事。

不知狗头军师魏璧城所用何计，请看下文便知。

第五回

冤家路窄巧遇仇人
良朋施勇途救难友

话说大众听魏璧城说有一条妙计，忙问如何办法。

狗头军师魏璧城道："咱们这里人虽多，并非我说句自灭威风的话，大约要想有比那来的人手段还强的，恐怕没有一个。依我之见，如去与他们明枪交战，恐怕未见得讨好，所以，我这条计是一条骗术，只要咱们大众连夜赶到山东交界地方狮象岭去，见那狮象岭的寨主坐山虎严礼去，请他发兵打抢应。我与那位兄弟扮着校尉，再烦四个兄弟扮着手下人，在那里迎将上去，用一道假圣旨，将那仉德雷哄骗下来。如果骗不了他，咱们大家在前途路上等候他厮杀，所谓先是计取，后是力攻。成与不成，咱们付之天命罢了。"

众人道好，当即起身，抄小路直奔狮象岭。到得那里，不待通报，便直闯至山寨里去，会见严礼，将来意说了。

那严礼生得脸如蓝靛，身长丈二，使一把牛耳泼风刀，有万夫不挡之勇。一听此言，便道："此言甚善，咱们便下山去等候。"

随即大家胡乱吃了点儿东西，点齐喽兵，直奔到上京大路，来迎候官兵。派人远远哨探，不一刻回报，解官已到。

狗头军师魏璧城同着小太岁陶芬保，二人双扮校尉，迎将上来，假传圣旨。果然将赛由基神箭仉德雷给哄骗了，带了官兵解官，转过山坡，一个暗号，狮象岭的众人一拥齐上，早将囚车打开，救出李少铭。各摆兵刃，将一百名官兵、一员统将一齐杀死，呼哨一声，回转山林，大设庆功筵宴，为李少铭压惊。李少铭又向众人道劳。

酒至半酣，狗头军师魏璧城忽然停杯道："不好，咱们只顾饮酒，却忘记了大事。"

众人忙问何事。

魏璧城道："咱们的计策，只好骗他一时三刻，断不能骗他永久，他如醒悟过来，岂不要追踪而至？如果前来，咱们固然不怕，恐那厮去调齐官军前来攻山，未免有些寡不敌众。假使一有失算，岂不是一失足成千古恨吗？这件事咱们倒不可不预先防备。"

众人道："你也太多心了，如何能够？那斯就醒来，如不来便罢，如来时，定然将他碎尸万段，以报此仇。"

李少铭道："众位不可大意，那厮二人乃是赛由基神箭仉德雷及炳灵公金应时，这二人本领都在你我之上。那仉德雷，南北各省，谁不闻名？咱们还得预备预备，才是未雨绸缪，假使措手不及，恐有不美。"

众人道："大哥如此说，不知如何预备才好呢？"

魏璧城道："咱们这个山头，山小人少，钱粮不广，难以久居。不如弃了这个山头，咱们大家奔山东青州二龙山去，那里山多势大，粮草又多，况且大家可以互通声气，一旦举事，包可一鼓成功。咱们暗暗派人与他作对，总要打听确实，便可设计害他，以报此仇。自今日为始，大家招呼各处同志，如遇着金应时、仉德雷两个小辈，务必将他们杀去，以除绿林之害。"

一面大家赶紧饮酒用饭，收拾本山一切物件，即刻带领本山大小头目喽兵，陆续往青州二龙山去，下文再表。

如今且说金应时见了仉德雷，点破了他中了贼人奸计。二人跟踪寻到山坡，只见尸横遍地，血染黄沙，知道钦犯被劫，这一惊非同小可，忙道："这便怎么处呢？"

金应时道："贤弟本来不是贪图利禄之人，不做官也就罢了，倒也免得烦恼。”

仉德雷道：“话虽如此，手续却不可不完密一点儿，如是此时远走高飞，置之不问，将来一定有许多不便。不如先到本地官所存案，催他访缉，一面咱们还得到各处访拿，大约他逃不了。”

金应时道：“可惜咱们白做了冤家，将来狭路相逢，恐怕还要吃亏，此后倒要小心呢!”

仉德雷道：“正是如此，小弟心中本不要过为已甚，要去捉他。不过势成骑虎，古人所谓‘擒虎容易放虎难’，又说‘虎无伤人意，人有害虎心’，将来倒恐怕要受他的暗算呢。”

金应时道：“事不宜迟，咱们先找了地方，再到城内去报案，然后再定别的方法。”

于是商量停当，便去问人寻找保正，一同奔到城里。见了地方官，报了案情。地方官吓得魂魄俱无，知道是钦犯，如何敢怠慢?况且又担着个地面不清的处分，心中七上八下，忐忑不宁。即刻先点起差役，到出事地点，相验收尸，即在山坡以下埋了各坟，然后回衙。差本县衙役、三班六房的马快到外面访缉，一面出了海捕文书，到各处协缉，不在话下。

说话师兄弟二人见地方官手续已备，然后托他详文上宪，转奏皇帝时，便中将此次失事情形奏明天子，以免招罪。一面师兄弟两个辞了本地官员，先在本城客店内住了一夜，次日出城，到各处访问，本地有无大山，可有歹人。才有个快口的人告诉他，本地的山很多，不过十分大的山却没有，几个最大山算是狮象岭了。听说岭上有一伙毛贼，但也不十分详细。

二人遂问到狮象岭，果见此山凶恶异常，暗想，莫非竟在这个山上，亦未可知。于是二人上得山来，一路留心细看，果见山上房屋寨栅不少，却无一人问讯。直走到山寨内里面，也是空洞洞，并无一人。二人知道有异，仗着自己的本领，所谓艺高人胆大，直向里面走去。各处搜索一番，都是些粗笨家伙，横七竖八，毫无秩序，一看这种情形，知道群贼已散，形迹可疑，一定是本山的贼寇所劫无疑。但是这伙贼人，不知是何人为首，现在逃匿无踪，无处跟寻，眼见得失去钦犯，这个处分不小。

二人很是忧虑，回转身躯，没精打采，慢腾腾，一步一步走下山来。

到了山下，二人商量如何办法，金应时道："这个事已如此，急亦无用，除去各处探访以外，别无什么妙法。"

仉德雷道："咱们分道而驰，大家在济南府令亲家内会齐，如有消息，大家送信。论理这件事，我不能够劳师兄的神，但是咱们侠义性情，总是抱着个为民除害的观念，所以只得请师兄看在师父面上、小弟的情分上，及为民除害的心理上，助小弟一臂之力，小弟感恩不浅。"

金应时听他说出这些话来，暗道："他如何说出这些话来？都像是客气的呢。"便道："贤弟说哪里话来？劣兄本来无甚要紧之事，此事大家都算是代百姓除害，有什么你我，怎么贤弟却说出这些话来？竟像生疏了的。难道还怕我不替你出力吗？那可真是太多心了。"

仉德雷自知失言，连忙谢过道："师兄，恕小弟失言，小弟因此时心急，所以才说出这些话来，请师兄原谅我吧！"

金应时道："贤弟说过算了，自己哥们儿，也值得这么见怪吗？我们准定在济南府敝亲家里会面就是。"

于是二人商量停当，金应时由青州奔大沽，转绕到济南，仉德雷由凤阳奔津浦大道，直奔济南。约定端阳节前后，在济南会面，不到不散。

商量已定，仉德雷在自己包袱内取出二百两银子交与师兄道："这个权作路费，也可稍费两件脱单换洗的衣服。"

金应时接过道："劣兄权且领受，且等到济南，再行奉还。"

仉德雷道："这个很可不必，咱们的钱财，若论到还可真要一辈子还不了呢。”

二人一笑，即刻分手，离了狮象岭，各奔前程。

且说金应时取路奔青州大道而行，他本意并不专在寻访贼人下落，只因他那书童兴儿在中途拆散，心中很不放心，所以取路青州，绕路到济南，为的是好打听贼人，及自己家童的行踪，一举两便，俗称青、徐、淮海，乃是多匪之区，匪与匪当然是通气的，所以他才由这条路上蹭程前进。

那日走到青州地界清风镇地方。原来此时青州山上出蛟，忽发大水，各处河道陡然水势漫延，浩大异常。金应时心中一想，这水道如此广阔，如何方才可以渡过呢？金应时走到河边发呆，只得沿着河慢慢走去。忽然见芦苇中有只渔船，船上坐着两个渔人，一听有人呼船，抬头一看，见金应时的衣冠不俗，忙道：“买卖来了！”遂立起身，在船上招呼道：“咱们这船是打鱼的，并不是渡船，请另外寻别的船吧！”

金应时道：“这茫茫一望是水，别无船只，常言说‘走三家不如走一家’，请两位渔翁不要作难，小可渡过河，准定多谢你的金银就是。”

那两个渔人道：“既然如此，咱们渔船渡人，且破个例儿，下次不说吧！”

于是二人将船开出芦苇，靠紧岸边，请客人上船。金应时哪知好歹，便上船去。

船家道：“咱们吃的酒肴，客人如不忌嫌，请随便用点儿吧！”

金应时正走得口渴，上船见酒，本已馋涎欲滴，如何不喜？见说，即便说道：“候我吃了，一并给你钱吧！”

船家道：“客人请用不妨，咱俩开船。”说着，一个摇橹，一个使舵，将船开到河心里来。

两个渔人停手过来饮酒，说：“让船顺水自行吧，横竖到对面去，河面阔，有一会儿呢。咱俩喝两碗酒，再撑船不迟。”

二人说着，便坐下来，与金应时对酌搭讪着问道：“请问客人上姓，到哪里去呢？”

金应时道：“如今要往青州去。”

渔人道：“客人外号可是唤作炳灵公吗？”

金应时道：“正是。二位何以知我贱号呢？”

渔人道：“也不过是常听人言，说得南有个金应时，外号炳灵公，乃是少年英雄。今日见面，真是名不虚传。”

两个渔人说着话，那面上的色气却不同了。两个人你一杯，我一杯，格外地殷勤劝酒。

金应时生来的精细，初见时他二人知道外号，还只道是江湖传言，也是应有常事。后来见他俩颜色不正，格外地谦恭，传杯递盏，向自己竭力劝酒，暗想，此二人神色不正，不可大意，忙推醉道：“小可还须行路，实在不能再喝酒了，请两位快些撑船吧！”

两个渔人道：“客人不要性急，咱俩立刻撑船。”

于是两个人立起身，一个到后舱，一个奔前面，一前一后，撑起篙子来。

那船头上的一个道：

自幼生来性情粗，学在江河作钓鱼。
水旱英雄遇着我，管叫首级顷刻除。
若问渔人名和姓，癞头鼋号本姓徐。

后面那渔人见前面唱完，也就停篙，拍手笑唱道：

五湖四海雄无敌，喜饮奸商恶霸血。
天下谁人不知我，独有小辈却不识。
昨日奉到皖北令，要杀炳灵把仇雪。

金应时听他二人口中唱的语言，知道这两个渔人不是正道，暗想，若论岸上，凭着我这身本领，虽不能说可操必胜，大约还不至于就败。若论到水上勾当，可是我真正不行了，这便如何是好？也罢，我与他二人拼了吧！遂大喝一声，抽出李少铭的那口宝刀来，走上去，望着那前面的渔人就是一刀。

那渔人早已准备，一见他来，便扑通地向水里一跳。

那后面的渔人却赶到前面来动手，说："金应时，你今日到此，所谓飞蛾投火，自投罗网，不要走，看刀！"说着，一刀砍来。

那水里的渔人却露身在水上，抡着一根青铜钢刺刺来。

金应时大怒道："你这两个小辈，受何人指使，要与我作对？可快快讲来！"

水里的那个渔人道："金应时，你这小子，真是有眼不识泰山，你连我弟兄都不认识吗？你寨主爷乃是青州流沙河水寨寨主赛哪吒韩金龙。他是我义弟二寨主浪里蛟徐庆云。今日接着独霸皖北李少铭的信，在此等候已久，正所谓'天堂有路你不走，地狱无门闯进来'。你既到此，休想活命。"

说着话，两个贼人一在船上，一在水内，一前一后，一上一下，直杀得金应时浑身是汗，暗想，他二人既是李少铭的同党，这件事可真是冤家路窄，迟早横竖是死，我今日杀掉他们一个，算是饶着一个了。大吼一声，将手中的宝刀一顺，却将韩金龙的青铜刺削为两段，回身奋勇向徐庆云砍来。

那徐庆云见不是路，回身向后就跑。他见金应时追来，踊身向水内一跳，两个人打了声呼哨，说："金应时，好小子，你有本领，敢到水里来斗三百合吗？"

金应时大怒，骂道："水贼，你两个敢在水内欺我！不要走，看镖！"说着，便在怀里掏出两支镖来，向二人打去。

二人让过，笑道："好小子，你有多少？尽量打来，你寨主爷如怕你，便不算好汉。"

金应时见镖落空，暗道：“这水里勾当，我却丝毫不懂。”眼见自要吃亏，打又打不着，骂又骂不动，知道无法可想，只得睁着眼，向二人净瞧。

二人将手一拍，一齐笑道：“金应时，你在船上不适意，请你到水内来洗个澡吧！”

两个人将船一挟，将船在水内四面打转，滴溜溜转了半天，然后将船的后艄一扳，船底朝天，英雄落水。

金应时到了水里，被二人捉住，先在水内控了半天。金应时水已灌得够了，然后两人将他挟住，分水到岸上，放下捆起。

两人道：“咱们将他带回寨中，摘心下酒，给李寨主报仇，给咱们绿林除害。将他的头送到二龙山去，给李寨主道喜。”

二人将他手中刀一看，说：“哎呀！这小子的刀原来却是李寨主的，真是造化呢！”

说着，两个人一前一后，韩金龙将金应时背在身上，沿着河岸便走。

徐庆云打了个呼哨，只见芦苇内又摇出一只船来。二人背着金应时上船，帮着船家开船，那船家也是他寨中的一个头目。三个人、两把桨、一把橹，摇向上流，直望水寨开去。

走未多时，只见上流有只大号货船，顺水荡将下来，两边船都急行，恰巧正对。

韩金龙对徐庆云道：“对过这空船重载而来，正是只货船。咱们去劫了他，好去寨里庆功，正是喜气不小。”

徐庆云道：“咱们先下手为强，你二人尽管迎将上去，阻住他的去路。但有一层，他是上水，我是下水，须得防他直撞下来。他们的船大，恐怕不是对儿。”说着话，便放下桨去，取了一副锤钻，钻下水去了。

对面船上看见，并未十分介意。两下船已靠近，小头目把着舵，上流头那只船直撞下来。

韩金龙将手中桨一放，伸手取了根钩连枪，向对面船上一指，喝道：

此水是禹治，此船是我开。
有船走此过，丢下买路财。
如道个不字，枪下向水埋。

那对面船上听见，随即走出一个人来，喝问：“何处小辈，敢来挡俺的道路？”

韩金龙道：“对面小子听着，你寨主爷乃是青州流沙河水寨二寨主赛哪吒韩金龙便是。”

那人听见，并不回言，随说一声：“兄弟们，照护船下，待俺取这厮的狗命。”说着，便取了一根哨棒，喝声：“呔！对面毛贼听真，你这班贼崽子，连你老祖宗都不认识？你老祖宗到此，正缺盘川，快些供献些走路金银来，算是你的孝敬。”

正是：

水贼寻仇方满志，偏逢硬汉又兴戎。

未知两方如何结果，请看下文分解。

第六回

破贼巢贼人望影逃
雪奇冤奇事跟踪出

话说徐庆云、韩金龙两人正将李少铭的仇人金应时捉住，二人心中正喜，偏偏事有凑巧，碰着一只货船。那船上有五个人，一个掌舵、两个摇橹、一个在船舱口看天、一个在舱内坐着，一听韩金龙的唱句，知道是水路上的朋友来了。舱内的那人由舱里出来，伸手取了根哨棒，站在船头，先吩咐摇橹的两个后生下水，恐怕水内有人，自己向着来人答话。

韩金龙见那人骂着，自己心中大怒，骂道："小辈，休得多言，看枪!"说着，唰的一枪，向那人刺去。

那人举哨棒隔开，一来一往，杀有三十余合，不分胜败。

忽然徐庆云由水内跳上船来，已带伤了。原来他由水内直奔货船底下，正要用钻子钻船底，上面跳下二人，各拿一把朴刀，向自己刺来。他仗着自己水性纯熟，在腰间拔出腰刀，向上砍去，力敌二人。战够多时，渐渐有些力乏，慌得败下来，跳到自己船上。见韩金龙战那人不下，随即前来助战。不料水里两人却追到自己船上来了，他二人腹背受敌。

那后掌舵的头目见两位寨主吃力，知道大事不妙，忙将船往旁边一开。他的本意，是欲开船，换了方向逃走。谁知徐、韩二寇正与敌人交手，不防到脚下的船会变动，一失神，却扑通跌落下去。

船上两人也就下水追赶，那面船上交手的也跟踪下水，三人追两个。

追了一会儿，徐、韩两人恐遭毒手，便向芦苇内一蹿。三人恐他暗箭伤人，方才回到自己船上。此时船上的那个头目已经赴水逃命去了，那只船被这边大船逼住，行动不得。

三人回到自己船上，见贼船上已是空空如也，但是舱内还捆着一人，知道是被水寇捉住的过往客人了，忙即过来，给金应时松了绑。一看，不觉叫声："哎哟！原来是我八弟炳灵公。"忙用手先给金应时控了水，然后过船，取了碗白开水，给他灌将下去。

不一会儿，金应时醒将过来，睁眼一看，见是八兄谈人杰，同着两个不认识的，站在自己旁边。那两个水寇却已不见，忙起来给三人道谢。

原来那三人乃是金应时的八兄谈人杰，外号人称独角龙，同着两个朋友，一个名唤南海金鲸谢天胆，一个名唤搅海金龙谢天锡。此二人乃是嫡堂兄弟，三人都是水路上豪杰，近来在济南府瑞记镖行保镖。

当日独角龙见八弟金应时已醒，心中大喜，忙弯腰代他取了宝刀，邀他到大船上去。金应时当即随着主人过船，见了那个站在舱门口的人，才知此人是个贩卖珠宝的客人，姓宣名永吉。

当时大家都由谈人杰一一引见已毕，谈人杰忙取出衣服给金应时换了，然后他三人也换好衣服，吩咐船家预备酒饭。

不一会儿，酒饭俱已齐备。他四个人在船中共饮，各道生平之事。宣永吉所讲，无非是些生意经络，无甚可记之处。谈人杰所讲，也不过是保镖以来，结识了多少英雄，山林海底，都曾见过能人，无非是江湖上所闻所见，及此次由济南保宣永吉的镖，由济南府出长江，到江南去的话。金应时说到自己主仆二人，如何由江南镇江府动身，如何主仆在何村拆散，如何错路，巧遇仉德雷，因此与李少铭结下冤仇。行至此处，渡船大盗乃是李少铭的同党，因水上勾当，自己丝毫不行，所以被他二人捉住。"幸而尚未杀，不然，此时早已身首异处，多蒙众位兄长相救，此恩永记心肠，异日得当，定当报答。”

三人谦逊了一会儿，然后道：“我等走镖，在理应当先去投帖，因人言流沙河水寨的寨主，不懂交情，不知道江湖义气，所以未曾去投帖。谁知正遇这厮行劫，恰巧救了贤弟。”

金应时道：“三位兄长，小弟意欲奉屈三位，同小弟到流沙河那贼人的窠穴，将他的水寨破了，也免得下次行旅受害，实属公私两便，未知三位兄长可能助我一臂之力吗？”

谢氏弟兄尚未开口，谈人杰道：“贤弟说哪里话来？自古道‘人无远虑，必有近忧’。像咱们今天这么一来，已是和他结下冤仇，他既与独霸皖北李少铭同党，自然在江湖上很有些势力。如果作下对来，将来很是棘手。倒不如乘此先下手为强，免得将来狭路相逢，异常讨厌。”

谢氏弟兄道：“可不是呢，咱们做人做到底，自当一不做二不休，索性做个截决，免得受害不浅。”

金应时见他三人都愿帮忙，不禁大喜称谢。谈人杰吩咐船家停船，今日暂在这里住一天，明日早点儿开船就是了。船家也是老经江湖之人，见他吩咐知道与流沙河水寨作对，却作了忙了，忙道：“众位客人，此处紧靠水寨，乃是水寇出没之处，如何可以停得？假使有何长短，那可不成了事体了。说句老实话，比如众位都上水寨里去，他却出其不意，来一伙人，将船都劫了去，岂不是生命财产都有危险？这个乃是紧要之事，使不得的。”

四人见他如此大惊小怪，一齐都笑道：“我们如果去了，他们逃命还来不及，怎么还敢前来寻死？”

宣永吉道：“众位虽如此讲，但是船家的话也有几分理由，却未可一笔抹杀呢。”

谈文杰道：“既然你们胆小，我等四人留一人看家，三人前去已足，谅那些毛贼也不是咱们的对手，包可一鼓而破。”

谢天胆道：“看家的责任，算了我吧。”

众人道：“很好，但是偏劳些有屈了。”

谢天胆笑道：“算得什么，也值得如此客气？”

船家及宣永吉两个见有人看家，心中方才放心。当时停了船，靠岸之后，安排酒饭，大家吃了个酒醉饭饱。

金应时道：“咱们虽说去破贼巢，但不知贼人水寨在于何处？这个却要问问明白才行。”

谈人杰道：“贤弟，你难道不知道水路上的勾当吗？劣兄自入江湖以来，什么都懂，他们的啸聚之所，无非是一座四面是水的庄院，至于那大规模的水寨，方才是像水师营一般，扎住水营，有战船，有舢板，有大号溧阳船，有巡船，内内外外，井井有条。但是江湖中像这类水营很少很少，而且像有这样的才学的人也不多，贤弟不必多问。大约这水寨就在这上流头不多远，贤弟跟我去，绝不会走错了路的，更不必问人，已能寻到。因为江湖中人都有暗记，刚才我见贼船上人衣襟上都有‘卍’字，贼船上有个篆书的‘流’字，大约他们是以此二字为记。咱们前去，不劳费心，已可找到他的窠巢。”

金应时听了道：“大哥真是见多识广，说得一些不差，咱们就此走走。”

于是金应时、谈人杰、谢天锡三人收拾了一切应用之物，别了宣永吉、谢天胆二人，离船上岸，沿岸向上流头走去。走有五七里路，远远看见对过有一座极大的庄院。

谈人杰定睛一看，便道：“二位贤弟，对岸那个庄院正是水寇的会集之处，你看那庄院多么雄壮，况且又是个孤零零的村庄，一定无疑了。”

金应时道：“他在对岸，此地又无船，怎通过得去呢？咱们还是先到自己船上，将船划到对岸，然后再去吧！”

谈人杰笑道：“贤弟真是全不晓得水里的买卖，这里既在水寨的前边，那船只还用愁吗？你且看我试点手段给你看。”说着，便将鼻头一捏，打了个呼哨。

忽听呀的一声，对过芦苇里摇过一只船来，开到靠岸左右停船，问道：“岸上来者何人，共有几位，要到哪里去？说明了渡你们过去。”

谈人杰道：“我们都是本城人氏，因为有紧要之事，要见你们寨主，请你快些渡我们过去，重重谢你。”

艄公道：“你等共计几人，姓什么？要见咱们寨主，是大寨主呢，还是二寨主？这个非先说明白不可。”

谈人杰道：“晓得，咱们共计两个人，一个姓王，一位姓吴，要见你们二寨主。”

那船上人道：“是由何处来的？你们三个人，怎么说两个人呢？”

谈人杰道：“那个是我伙计。”

船家道：“既然如此，过来吧！”于是跳将上去。

那船家摇起船来，刚至河心，那芦苇内又开出一只大船，将小船拦住道：“慢来，慢来，你们船上载着三人，是往何处去的？”

艄公道：“到本庄去的。”

那大船上人道：“口号呢？”

谈人杰三人一听，暗道：“这水寨的法令，倒也很严谨呢。”正在暗想，只听那艄公道一“大”字，那大船方才让过小船，直向庄院的后岸而来。

到了岸边，三人上岸。

艄公道：“你三人想是初次到此，不懂得咱们这里的规矩。咱们这里是要先到号房挂号，登记了人名来历，然后由小头目通报进去，方才可以见面。如不然，直走进去，定要当作奸细捉去的。”

三人含笑点头答应，举步直向山庄而来。

走不多远，对面来了两个人，抡刀拦阻道：“你等三人往哪里去，可知道口号？”

谈文杰正要照艄公刚才回那大船上的天字口号回他，不料金应时不等开口，便将宝刀一顺，早已砍翻一个。那一个见不是头路，撒腿就跑。谢天锡追上去，一刀砍为两段。

谈人杰道："你二人怎这般性急？自古道'捉贼擒王'。如今将他这些小头目杀了，所谓打草惊蛇。此时里面的虚实未知，假使惊动里面，做好准备，岂不要受敌人暗算？为今之计，咱们冒险冒到底吧！"说着，便奋勇在前，直向庄院后背。

纵上墙头一看，乃是个花园模样，其实是个大院落。三人一齐由墙上绕到前面。

谈人杰道："此时时辰不早，咱们快些动手。咱们三人分为三路，一齐向内夹攻。可以先放火，扰乱他群贼的心，谅那些毛贼也无甚大了不的。"

金应时道："我取中路，你二位取左右两路，放火后，向中央来接应我。"

二人道："好！"随即分作左右，向后面奔去。

金应时连蹿带纵，纵到中间那间大厅上，看见下面灯光明亮，向厅上一瞧，见厅上五个人在一张大八仙桌上饮酒，认得坐在主席上的两个正是徐庆云、韩金龙两个。要想下去，又恐众寡不敌，须得后面火起，方才能够下去动手。

正在徘徊，忽见厅外走进一人，乃是个喽兵，见了寨主说："众家寨主，庄内有奸细，方才杀死两个巡夜的头目许静、许福，请寨主防备。"

徐庆云道："晓得了。"

那喽兵退将出去。

金应时一想，谈大哥之言真正不差，此时如不动手，停会儿他已有准备，那可不成了。随即飞身跳下，大喝一声："好贼，你等敢将你祖宗捉住？此时特来报仇。"

此时徐庆云、韩金龙二人正同着二龙山来的三个头目共坐饮酒，一见屋上飞下一人，当将席面一脚踢翻，抽出兵刃，说："三位寨主，此人乃是李少铭李寨主的仇人，今日到此，我等协力将他擒住，给李寨主报仇雪恨。"

那三人一听此言，各拔腰刀，一齐上前相助，五个人战住金应时一个。金应时此番可不比在水内了，奋起神威，仗着宝刀能削人的兵器，毫不惧怯。斗不多时，早将五人的兵器削去。

五人心中一急，回身向厅旁兵器架上，各人随手取了一把刀，复又向前恶斗。未及三五个回合，左、右后边火光烛天，喊声大起。

原来谢天锡、谈人杰两人，分左右两路，在后面放火。正逢着喽兵到里面来助战，被二人截住厮杀，所以救火的人也没有到前面厅上来，助战的人也没有。

金应时独战五人，见后面火光四起，喊声大振，知道后面已经得手，一时精神大振，手中刀法一紧，一个进身，早已劈去两个。

徐、韩二人见大势已去，知道金应时的本领厉害，不能恋战，便喝声："风紧，咱们捉活的吧！"说着，三个贼人飞身上屋逃走。

金应时也便上屋追赶，正逢谈、谢二人向内杀来，前后夹攻。三人望斜刺里便跑，金、谈、谢三人在后，紧紧相追，三贼出了庄院，蹿进一所大松林内去了。

金应时道："这三个逃走，将来仍是祸根，倒不能轻轻放过，还得再追。"

谈人杰道："贤弟，穷寇莫追，如果追去，反要中他诡计。咱们只要将他的徒党部众杀了，将庄院烧毁了，断无不可之事。他等逃去，且放他一条生路，日后遇见再说吧。"

金应时道："大哥说得有理，咱们回身去杀他的部下，扫除了他的庄院，也可替地方除害了。"

于是三人复又入庄，放起火来，四面烧起，火光冲天。徐、韩两贼的家眷人口、一切部下，是上岸的，都被烧死、杀死，逃得性命者，简直没有几个。其余未死的，只有少数未曾上岸的人而已。

三人见烧杀已毕，随即向后面直奔河岸，抢了一只空船，连夜开船下行。回到自己货船上来，已是破晓时分。三人见了谢天胆，说了备细。那宣客人却睡着未醒。金应时向三人道了劳，然后放心，各自安寝。

及至次日醒来，已是午刻前后，货船已离了青州地界，到了莱州青阳港了。

金应时道："我本到济南去，不料却反远了。"

午饭以后，随即别了众人，并叮嘱沿途打听兴儿的下落，命船家将船拢岸，自己上岸。船上众人望着他拱手而别。

金应时上岸问人，才知莱州府城不远，不过五六里地，暗想，我到济南，与师弟约定端阳节前后相见。如今时机尚早，我便在此地住一两天，也不要紧，当时便取路直奔莱州城内。

到了城内，已将近黄昏时分，找了一爿客店住下。次日到街上闲逛，忽见迎面来了两个解差，解着一个犯人，一看那个犯人，好生面熟，苦于一时想不出来是谁。等他走过面前，仔细一看，认得那人乃是自己从前的业师孟芳，字兰馨的便是。自己从前曾从他学文，也要算是自己的最良教授了。一见他已走过，心中不免动念，暗道："孟先生乃是个诚实君子，何致受无枉之灾，其中定有道理。不如跟随前去，问个明白。"

随即跟在后面，街上行人也立足观看。自己直跟到监狱门首，见两个差人将他交与禁子，然后回去了。金应时一想，我何不探监问问他呢？于是带笑抱拳，向那禁子行礼，说要探望孟芳。

禁子道："你这人好不晓事，他是新解下来的，未见长官命令，案情重大，如何可以轻易许人探视呢？"

金应时见他留难，知道是要孔方兄见面，方才有谈话资格。忙在怀中摸出一锭五两重的银子，递给禁子道："些许薄敬，请通融则个，横竖只谈三言两语，况且我也是过路的，谅来无大妨碍。"

那禁子见了银子，便道："在理未奉长官命令以前，这件事是不能通融的。但是你既是外路人，又无多话说，便许了你，也不要紧。”

当时接了银子，引金应时入内。到寄监处，见那孟芳叫道：“孟芳，有人来看你呢。”

孟芳一听此言，抬头一看，见是学生金应时前来，真是出乎意外，不禁大喜，忙问：“贤契何来，如何能知我在此呢?”

金应时道：“先生，你老是因何受人之罪，至于此极呢？此时时光紧要，请你仔细说与学生听了，好作商量。”

孟芳道：“贤契，说来话长，我自从由江南回来，仍在本处教读，去岁因承一个相知推荐，荐我到藩台衙门办理文案，后来放我到此地，做一任县官。平时倒也很好，不知如何，现在晦气星进宫，新来一位知府，这知府到任以来，本地的盗案层出不穷，上司催逼得紧，下属又上控得凶，所以今日奉到山东巡抚的命令，将我削职，问一个旷职的罪名。”

金应时听了道：“原因就这般，还有别的事情呢?”正所谓：

奇冤奇案有奇事，怪人怪语怪性情。

毕竟奇冤如何得雪，奇事如何发生，请看下文分解。

第七回

官软盗软真伪莫辨
贞耶淫耶黑白谁知

话说上文的节目，乃是雪奇冤奇事跟踪出，因为篇幅所限，所以未曾说完，在本回中详细说他一番。本回的节目，却又是官与盗的分际。

列位，现在的世界，并非做书的造口孽，实在那些做官的，简直是不开脸的强盗，比那些明火执仗的大盗还要厉害得多，常言"充家知县"，试想一个小小知县七品官儿已是如此厉害，那大官又当如何呢？如今民国时代，虽说为官的是公仆，其实那种作威作福、吸收民脂民膏的手段，比那专制时代的官员又加一倍厉害，比那掳人勒赎、绑票撕票的行为更加厉害，所以小子有感本回书中所记的当年实事，就是一个变相小影，特地在未入正传之先，先说两句闲言。闲言道罢，言归正传。

话说金应时听孟芳说那原因还不只是盗案的来由，便急问："另外有什么原因呢？"

孟芳正欲告诉他原因，抬头见那个禁子在面前，不便言语，便说："贤契，除此一件外，尚有得罪上司遗失库银，上司说我监守自盗的罪名。如今我吃官司，我家中并无人知晓，我想修封书子，请你带去，好叫我家中送些银子来，牢里使用。贤契须得辛苦一遭，切勿推辞。"

金应时会意，便道："先生，请你就立刻写信吧！"

那禁子道："不可不可，牢里犯人要与外面人通信，是要先给长官看过，然后方才可以寄出去，如何能够这样容易？"

金应时知他又是要钱，便道："既然如此，先生你就不用写信，可托我带口信吧！"遂在身边摸出两锭十两的银锞子来，递给禁子道："拜烦大哥去办一席酒菜，我与孟先生说两句话，明日就要动身，此后还不知何日方能见面。这件事，务请方便方便。"

禁子见了银子，本来不要答应，又看在银子面上，更又因孟芳本是任知县官儿，彼此有见面之情，所以此时就接过银子，去置办酒席去了。

金应时见禁子已去，便问："先生何至因办事不力，受牢狱之灾呢？"

孟芳道："贤契有所不知，我自到任以来，兴利除弊，虽不能说是怎样的一位清官，但是比别的官总要算是认真得多，何至因此受人之累呢？只因那日本府知府到任的那天，我正因一件人命案审讯，未能赶得到接官亭上迎接。他说我藐视他，后来本地盗案蜂起，百姓告状的日必有之。近来又来了一个淫贼，专门采花劫财，本处马快公差日夜访拿，总拿不到。本来此地盗风甚炽，所以就愈闹愈凶，这个也还是小事。前日晚间，忽然本县的衙门内库银失却一半，报告上司，知府说我是监守自盗，不容分说，便将我捉将下来，将我过堂审讯。此乃借事生风，意欲从中陷害于我，所谓'不怕官，只怕管'。比如此案，我顶多预备丢了顶戴，回去做老百姓罢了，但是这监守自盗的罪名，及赔偿库银的款项，两件一凑，贤契，我纵然不死，也要脱层皮了。贤契，这个便是我的冤枉了。如我死之后，请你念师生之情，时常看顾我的家小人口，日后给我小儿谋一个进身之阶。我虽死在九泉，亦能瞑目感恩，来世有报大德吧！"

金应时道："先生如何说出这种话来？漫说不至于此，如或至此，那是学生应有之事，何能要先生嘱咐？如今我有法想，请先生放心，在牢内候几天，我先到各上宪去，给先生设法回任，一面捉拿强盗，保可成功。”

孟芳大喜称谢，又告诉金应时，登莱兵备道的驻地是在本城北门内，一问便知。

金应时道：“这个不消吩咐，学生自有主张。”

当时禁子搬来几样酒菜，请二人受用。

金应时胡乱用了些，遂又给孟芳二十两银子，好在牢内使用。然后别了孟芳，向禁子道了劳，走出牢门，一径到登莱道衙门探了路径，又到莱州府衙门去探了道，然后回到店内。直等到晚饭以后，飞身上屋，径到道台衙门。此时道台已睡了。

原来这道台姓吴名其世，乃是个酒色之徒，此时未交二鼓，他已与如夫人睡了。

金应时来到道衙屋上，寻不着道台人在何处，纵身跳将下来，原来却是内书房。他想，待我进去，题上几句，留下一个字柬在此，叫他明白冤屈也好。复又想：若单如此，他未必动心，待我将他的卧室寻到。随即走进书房，就案头写了张字柬，上写：

莱州县含冤，称作失职罪。
若论其由缘，实在真离奇。
侠义从此过，一怒代申雪。
道台如不理，三日沥尔血。
给汝三日限，速复知县职。
着他再捉贼，盗风保可息。

写毕，又写上一句：

江南炳灵公警告，如不信，可于三数日内，取汝首级。

写毕，放下笔，吹熄了书房内灯，穿房入户，直向后边走去。走到内室，听见房内有男女笑语之声，正是道台同他小奶奶睡在床上讲话。

金应时房外窃听，只听道台道："明日下官着人到城外去，向乡下人要点儿来就是了。"

那小奶奶道："老爷说话才是有口无心的。"

金应时听到这里，知道里面是道台了，忙回身走到房外院落内，将窗槅一推，里面咔嚓一响，窗闩已断。在百宝囊内取出一把三寸柳叶刀来，将字柬插上，用千里火筒一照，对准里面床上掷去。不偏不斜，正刺在那道台的床沿上。

道台夫妻两个吓了一惊，慌忙狂呼乱喊，惊动外面家丁仆役，及一切当差之人前来救护。

此时金应时已上屋回店去了。

到了次日，道台升堂传命："将莱州县带上堂来。"

不一会儿，监内提到孟芳，当堂施礼。

道台道："贵县请起，本道详文上宪，即日请贵县回任，官复原职，务要将盗匪捉住，以靖地方。如一月之内不能破案，那时休怪本道无情。"

孟芳谢了道台，即有人鼓乐喧天，绿呢大轿，全班执事，送孟芳回衙去了。

孟芳回到衙内，属员都来给老爷道喜，孟芳少不得要敷衍敷衍。

过了一会儿，门子拿了一张名刺进来，说："有个姓金的要见。"

孟芳知是金应时来了，忙亲自迎接进来。

金应时仍要行师生之礼，孟芳道："贤契何必如此？我若非贤契，可不知要怎样才能明白这样冤屈呢。"

金应时道："隔墙须有耳，谨防窃听人。学生此来，一来代先生道惊叩喜，二来商量捉拿盗贼之计。我想本地盗匪虽多，但学生在江湖上并未听人说过有什么好手，况且自从知府上任以后，地方盗案层出不穷，这件事学生已有些明白。更有一层，绿林中有个通例，唤个‘兔子不吃窠边草’，此地纵有一二有名人物，也绝不至于如此。若是远方来的，也是做得一两件就走，绝不会如此接二连三。其中情节，已可推想而知。学生特来与先生说知，晚间听候学生消息，学生在此，恐遭耳目，有些不便，就此告辞。”

孟芳留他用饭。

金应时道：“处于嫌疑地位，必定要避嫌才好，诚恐不便，还当告辞。”

孟芳见他如此，只得道谢送出。

金应时挡住道：“先生如此抬待，学生的草料也要了的，请勿如此，免人耳目。”

孟芳只得说声不送。

金应时出了县衙，一直回店。到了晚间，换了衣靠，由屋上直奔知府衙门而来。到得那里，刚巧二更左右，正要向内跳进，只见里面上来一条黑影，其速如飞，直奔南面去了。自己心中明白，知道此人定是知府无疑，但不知他是哪一路的响马，如此厉害。可笑本地这些捕快，一点儿灵性都没有。知府到任后不久，生出这许多盗案情节，竟然捉不到正凶，弄得知县受处分，自己吃板子，真正可笑。我今到此，不要管他是谁，且将他捉住，代百姓除害。于是伏在暗处。

不一会儿，只见一条黑影由正南上回来，背上背着个包袱，如飞而来。金应时看得明白，暗暗将袖箭装好，对准那条黑影就是一下。那黑影子不防有人暗算，也是他的恶贯满了，所以不知不觉竟受了一袖箭，不觉跌倒在那屋上。他受了伤，正是好贼功夫到家。金应时向前举刀就砍，那人一纵身，一个鲤鱼打挺，跳将过去。

金应时见他手脚快，知他是个行家，不敢怠慢，忙在镖囊内掏出三支镖来，向那人连珠打去。那人背上背着个包袱，身体究竟不灵便，忙将身手一抖，放下那包袱，在屋上见镖来了，慌忙让过两支，说时迟，那时疾，第三镖可是再也让不过去了，左腿上早着了一下。知道不妙，就势一滚，滚下院落，向上房去了。下面黑洞洞的，金应时恐怕追下去遭他暗算，遂伸手提了他丢下的那个包裹，直奔知县衙门而来。

孟芳正在书房静候消息，忽见窗槅一响，蹿进一个人来，吓了一跳。见是金应时，方才定心，忙问："手中包袱何来？"

金应时便将上项之事说了一遍，忙将包袱打开一看，见里面乃是黄澄澄一个印匣。开了印匣一看，里面乃是道台的印。

知县道："这便如何是好呢？"

金应时道："这个容易，明日我同先生去见道台，还了印，然后再同道台去见知府。他如不见，定要见他，如是有两处伤痕，定是他无疑了。"

当夜金应时便住在县衙。到了次日，孟芳同了金应时，带了印，乘马到道台衙门，见了道台。

此时道台正因失了印，心中好不难受。又因他曾接着一张字柬，此时见知县来了，便道："请进来。"

不一会儿，孟芳、金应时师生两个由仪门入内，见了道台。

道台道："贵县来得巧极，本道昨日晚间出了惊人之事，有张字画在此，贵县请看。"

孟芳接过一看，只见上写：

火眼金睛兽，天下任遨游。
来至莱州府，偶尔起兴头。
曾作奸杀案，无人能追求。
昨已免县职，忽又复其守。
似此无主见，如何能做官。

暂借道署印，限汝三日内，

忽问县官罪。

如若违吾限，定叫斩汝首。

孟芳一看，便道："卑职既然如此，容易遭事，还是免职查办吧！"

道台道："贵县话虽如此，但是那个炳灵公又要兴问罪之师了，如何是好？"

旁边金应时忍不住笑道："两位大人，这点儿小事，如此为难。小人昨晚也曾会过那个火眼金睛兽了，本领甚好，但是已被小人打伤。两位大人不妨去看他一看。"

道台道："你是何人？"

孟芳代答道："他唤金应时，乃是个绝顶的义士。"

金应时道："小人便是那个江南炳灵公。"

道台听了一愣道："原来便是壮士，请问这位火眼金睛兽，如何了得呢？"

金应时便将自己以往之事约略说了一遍，又将道台印匣呈上，请道台过目。道台心中大喜，方才明白。当时传齐三班六房捕快人等，同了知县，乘轿往知府衙门而来，请金应时同去，金应时便乘马相随。

到了知府衙门，投了名刺，里面回答出来，说知府有病。

道、县二人齐说："有要事一定要见。"

知府无奈，只得出来相见。

道台见他手上、脚上都带着伤，已知其事，便喝声："左右，与我拿下！"

两旁捕快一拥齐上，将知府掀翻捆上。知府大叫无罪："你等将六品黄堂捆捉起来，该当何罪！"

道台大怒喝道："你是何方贼寇，擅自冒名上任？左右，与我将他带到道衙审问。”

众差役不容分说，将他带到道台衙门。道台、知县同到道署，道台立刻升堂，知县下位陪审。初时知府不招，用许多刑法无用。

旁边金应时道：“启上两位大人，此贼运的是虾蟆气功夫，非小人不能破他，更非破去不能得实供。”

道台道：“如此，就请壮士先破他的功，然后再问他的供。”

金应时走下去，将那假知府的肛门使劲一踢，登时假知府的面容变色，遂朝上说：“罢了，小人愿招，请大人免刑。”

道台道：“快快讲来！”

假知府道：“小人毛延寿，外号火眼金睛兽，乃是关东人氏，在北京前门外开一爿客店。那日来了个客人，一齐五口，晚间都被我杀了。打开他的行李，里面有吏部公文，知他是新放山东莱州知府，于是带领手下四人，冒名顶替，到此上任。不料知县孟芳毫无孝敬，故特在外面作下盗案，说他办事不力。又盗去库银，昨日已差四个弟兄，送往关外去了。偏偏大人恢复了孟知县官职，故又到道衙盗印，巧遇这个狗娘养的，将我打伤，今日被捉。所供是实。”

道台当时落了供，恢复了知县前程，着知县护理知府职事，将毛延寿收监，等候上司回文到后再说。

各事完毕，方才退堂，请壮士时，金应时已经动身了，吴其世、孟芳二人只得罢了。后来毛延寿越狱逃走，大闹莱州府，此是后话，下集自见。

且说金应时见孟芳之事已了，自己不应再在堂上多管闲事，诚恐拖住，又生多少是非，所以便不辞而别。暗暗地离了登莱兵备道衙门，一直回店，取了衣物，还了房饭钱出门。出城取路，往济南进发，一路行程无话。

那日到了登州府界，地名唤作界河。只见一家人家，挂灯结彩，做大红喜事，门口有许多人闲看。自己心想，这嫁娶之事也很平常，何以这家做喜事的与别家大不相同呢？

原来那喜事本是红的，如今是一面大红的铺张，一面是全白的排场，简直是红白喜事一齐同作。

又听有人说："今日万仁贤家的喜事，可以同时举行了。这公子与那女子，可真是个对儿呢！"

旁边又有人道："这个女子也真古怪，要嫁他就嫁他罢了，何必鬼鬼祟祟做出这种情形来呢？"

又一个人道："万家势力也真大，怎么竟能够将一个绅士人家的小姐弄到手了？实在可怕。"

众人七嘴八舌。

金应时心中一动，这家人家一定有何缘故，不然，何至于挂灯结彩，用红白两色？再细听那些人说的话又都是些可疑的话，我今日便在此住一夜，看看热闹，如是强占良家妇女，及有坏风俗的事，我便顺手除去，给地方上一个报应看看，方才显侠义的本领。

想到这里，便在镇上寻了爿客店住下。那小二见进来，忙招呼到里面上房住下。

不一会儿，小二送进面水，金应时便问他道："小二哥贵姓？"

小二道："我姓李名唤慎慎，是宁波人，小时被人拐来，卖与此地为书童。现在做了小二，已经有三年了。客人上姓还未请教呢！"

金应时道："姓金。小二哥，我请问你，刚才我到贵地，见东街上那家人家挂灯结彩，怎么里面分作两个颜色？一边是红，一边是白，更有许多人在门口闲谈，说什么同时举行呢。那是怎么回事，难道是先白后红，先脱孝，后做亲？或是先红后白，先做亲，后戴孝呢？这个我却不解。"

小二道："客人问的，莫非便是那个坐东朝西，黑漆大门，门口有石狮子的那家人家吗？"

金应时道："正是。"

小二道："提起来话长，那个女子也不知是个节烈妇人，也不知是个淫乱女子，现在人都说她是个守节不终的人了。”

正是：

小鸟焉知鸿鹄志，莺鸠枉自笑大鹏。

未知小二说出些什么话来，请看下文分解。

第八回

诛仇全节千古景仰
杀尼毁庵百世流芳

话说店小二见金应时问的是万仁贤家中之事，便道："金客人，提起此话，又好气，又好笑。"

金应时道："怎么又好笑，又好气呢?"

店小二道："说来话长，那家人家姓万，父亲名唤万仁贤，在北京做度支部尚书，家财百万。儿子名唤万家驹，是个花花公子，专门喜欢拈花惹草，在外面欺压良民，本地官员都巴结。但因他老子是个京官，谁也不敢惹他，别的事情太多，也说不了许多，但说他今日穿红挂白的一件稀奇事情。

"只因本地有个绅士，姓鱼名杰，本地人都尊他做员外。他有个女儿，她名唤凤珠，今年刚十八岁，生得沉鱼落雁，闭月羞花，能诗词，善弹唱。这鱼员外那日同着女儿，去到本地关王庙内去进香，也是该着有事，无巧不巧，偏偏撞着这个花花公子。这公子一见鱼小姐，登时魂飞魄散，回家去命人打听，知道是鱼员外之女，便着人去提亲，谁知被鱼员外拒绝。鱼员外说，他的女儿已经许配东村侯家为媳了。

"那公子一听此言，心中万分焦躁，当时便与手下的一班篾片商量。有个篾片，绰号唤作坏鬼，当时他便献计买盗扳赃，将侯家儿子害了，然后再请本地官员出面，与鱼家提亲，当然他可以允许的。

“万公子听了，很是欢喜，当时便依计而行。谁知本地知县同侯家也是世交，知道万家如此的计划，必要送掉侯家后代，于是阳为遵命，却暗暗地将侯家公子用计扮着乞丐逃走了。说是侯公子已被人暗算，瞒住了那万公子。

“万公子也未曾深究，便请知县到鱼家去做媒。鱼员外起初再三不肯，不知如何，听了他女儿的言语，竟又反齿允许了。今日挂灯结彩，乃是个特别条件，乃是鱼小姐要求的，因为鱼小姐听见人说，侯公子已死，所以她与万家说明，要万家全体挂孝，然后脱孝成亲，以尽未婚夫妇之情。

“万家起初不肯，后来因为不如此，鱼小姐宁死不嫁，所以只得答应万家。他家本不住在那里，那坐东朝西的房子，乃是万家的祠堂。”

金应时道：“他家住在何处呢？”

小二道：“他家住在前面万家村，那个黑压压一片房屋，便是他家。他因为在家中挂孝，于家中恐有不吉，所以在祠堂内挂孝，然后拜堂，再到万家村成亲。”

金应时正要再问他，鱼小姐如何反肯嫁他的话头，忽然外面有人连呼小二。那店小二答应一声，放下面水，回声出去了。

金应时暗想，这女子反肯答应，莫非贪图万家富贵，所以情愿如此？又一想不对，她如情愿，又何必装腔作势，要人家挂孝呢？这其中定有缘故。况且方才那些乡老在万家祠堂门口说的那些话音里面，似乎那鱼小姐虽不是冰清洁骨，大约也是个明理之人，绝不至于如此。再一想，这万家的势力大，有必得之势，所以不得不允，大都是无法可想。如是无法全贞，这个倒也情有可原呢。

金应时想了半天，总是不大明白，暗想，我今晚何不前去看看？如果是个失节妇女，或是另有别情，大概总可明白。

不表当时如何打算，且说那鱼家庄鱼家父女，原来鱼员外早年丧偶，遗此一女，爱同掌上之珍。鱼员外并未续弦，因他老人家素来不赞成重夫重妇主义，后来他承继兄子鱼瑞为子，接续后代。他因只此一女，所以鱼小姐学得诗词歌赋，描龙绣凤，件件皆能。

后来来了一个化缘的尼姑，这姑子教授鱼小姐武艺，并赠她一口宝剑，因此外面只晓得鱼小姐是个才女，却不知道鱼小姐是个女剑客。当日她处在深闺，并不知晓外面之事，后来鱼员外将她许配本地一个才子侯光裕，年少风流，人才一等。不料那日进香，种下祸根，万家着人来提亲，被鱼员外拒绝了。

不久，侯家公子逃亡，外面扬言，侯光裕已死。鱼员外大惊，不忍告诉女儿，深恐女儿伤心。

次日，万家又请知县前来作伐，鱼员外又未答应，不料万家三番两次着人前来做媒。

这日，消息渐渐传到小姐耳里，小姐心中大惊。当日员外到后面来，被小姐一问，员外只得照实说了。小姐大哭，晕倒在地。鱼员外忙命丫鬟仆妇救醒，安慰了女儿一番。

鱼小姐道："父亲，如万家再来做媒，不妨答应他。但是需要万家全家挂孝，代侯公子穿白，我方才可以答应。"

后来，三番两次，才商量定了。

其时员外很疑惑女儿何以如此无志气，虽然未曾过门，也应当过三年才能够许人，如何此时便答应人家？不料小姐心中早已算计定了，当时暗暗禀知父亲，将家中值钱之物先运往别处，到了喜期，只等到女儿上轿之后，即刻连夜动身，以免受累。

员外见女儿如此说话，已知其意，但是事已至此，无法挽回，如果不许，万家必定仍要前来讨厌。还是如此干净，也可出出恶气，所以只得依着女儿而行。

当晚鼓乐喧天，鱼小姐内衬戎装，外穿礼服，暗藏宝剑，堂前拜别父亲，上轿而行。鱼员外心中十分难受，但也无法，只得即刻收拾动身，连喜酒都未吃，就暗暗率领家下人等动身，往济南府去了。

且说当时喜轿到了万氏宗祠，喜娘扶新娘下轿，到了里面，先请出公子来挂孝。此时堂上堂下，大小人等，一齐穿白，设了侯光裕灵位，朝上礼拜已毕，设了祭，然后脱孝，穿了红服，珠冠礼衣，又换了一番气象。交拜天地，然后由万家祠堂上轿起身，一路吹打，直奔万家村而来。

到了万家，即刻重新见礼，送入洞房。此时却将个暗中侦探的义士炳灵公金应时气得火上加油，暗道："如此看来，女子的心理是最不可靠的了。"

原来金应时到了晚间，也未曾换衣服，便由店内出来，奔到万家祠堂。见人头攒动，里面正在安灵设祭。不一会儿，已是送到万家村去，他也就暗暗混入。看见送入洞房，真是几乎连肺气炸，随即将衣服一掖，踊身由暗处上了房屋，直奔新房顶上，轻轻拨开瓦楞，伏在屋上，向下观瞧。只见新娘面带杀气，那新郎倒也是个俊品人物，可惜就是被花柳所陷，精神毫无，一股俗气，简直面如死尸。

只见新郎向新娘献殷勤，新娘将新郎一推，将喜衣一脱，里面露出一身素净的紧身衣服，抽出那把宝剑，喝声："万贼，你姑奶奶今日替夫报仇，杀你这狗贼，替地方除害，代自己出气。"

万公子一看，魂魄俱无，忙要呼救，说时迟，那时快，早被鱼小姐一剑将头砍将下来。割头在手，开了房门，提剑向外杀来。一时大乱。

屋上金应时看得清楚，心中大快，暗道："如此，方不失为儿女英雄呢！"随即在屋上紧紧跟随，预备拔刀相助。

且说鱼小姐杀了万公子，一直向外面杀来。此时众人正在外面饮酒，预备酒后闹新房，忽然见新娘手提人头，直杀出来，大众大惊，一齐乱跑。外面立刻鸣锣聚众，早有一群篾爿打手家丁，约有二百余人，四面闻声赶来。

鱼小姐正出到厅上，杀了几个恶奴，忽见外面锣声响亮，抢进多少人来，簇𠬞为首的便是那个献计的坏鬼。他此时正吃得半醉不醒，提了根哨棒，直抢入，正撞着鱼凤珠，被鱼小姐一剑挥为两段。

那些打手家丁一见她手中提着公子的首级，一齐大喝一声，一拥齐上，将鱼凤珠团团围住。鱼小姐毫不惧怯，一人独战众人。正在苦战，那些家丁打手被她杀死几个，仍是不退，口口声声要捉住她抵命。

若论到本领，鱼小姐的本领虽没有李少铭、谈人杰、金应时等人好，但是本领已是实在可以行得了。况且又有宝剑，乃是切金断玉的利器，已可算是无人可挡了。无如到底是个女子，气力没有男子的大，更兼此时因脚下穿的红绣花鞋子不合脚，所以渐渐地有些吃力了。

金应时在屋上看得清楚，知她有些抵挡不住，便在腰间抽出宝刀，跳下屋来，大喝一声："鱼小姐，俺家路见不平，特来助你杀这些豪奴恶仆。"说着，便举刀乱砍，杀入重围，如狂风扫败叶一般，将那些家丁打手杀得四散逃命。

不多一刻，被他两个义士、侠女杀去百十余人，其余的都已逃走无踪。

鱼小姐道："壮士留名。"

金应时道："小可金应时，闻听人言，特地赶来，见小姐能够杀仇全节，真正可钦可佩。据小可所闻，侯公子因怕恶霸纠缠，已扮作乞丐逃往他方去了，不久小姐总可团聚，万望勿生他念。小可因尚有事，此间不能久留，即如小姐三十六着，总以走为上着，望小姐自己早做主意，小可去了。"说着，将身一纵，跳上房屋，如飞而去。

鱼小姐申谢不及，只得在内，将火四处点着，放火烧了万家庄，然后收了剑，连夜动身，赶往济南去了。后文自见。

且说金应时回到店中，店小二并不知晓。次日一早，全镇人都传说，店小二也就入内，说与金应时知晓，说得那晚上两个义士、侠女如生龙活虎一般，格外厉害非常，简直如天神下降一般。

金应时听他说得有声有色，不禁暗说：“说话轻，过话重，即此一端，已可推想而知了。”

须臾，小二出去，金应时心中好笑，当日即算还了房钱，即日起身，向济南进发。

那日刚才出得登州府境，忽然天上黑云密布，隐隐有雷鸣之声，遂说：“此处前不把村，后不把店，这便如何是好？”正在着急，远远见道旁有一红墙房屋，知是庙宇，便急奔到那里，还未到庙门，天上已是雨点儿簌簌落落地落将下来。

金应时暗道：“幸亏这里有庙，如不然，可就要成水鬼了。”抬头一看，见庙内气象倒也宏敞，不像个穷庙。那雨直落到黄昏时分，还是雷闪齐作，光耀照人。

金应时见雨又不停，此处离村店又远，可真只好在此借宿一宵了。不一会儿，里面走出一个尼姑来，面貌姣好，年纪约有十五六岁，出来关门，一见金应时是个武生打扮，便道：“你这人时候不早，如何还不出去？我要关庙门了。”

金应时道：“小师父，我是路过的，此时雨大，特到宝庵避雨。如今晚了，只好恳求方便方便，借宿一宵，明早即行。”

那小尼笑道：“此处是尼庵，如何好容人借宿？你还是到别处去吧！”

金应时道：“恳请方便方便，看顾我是过路之人吧！”

那小尼道：“别忙，你姓什么？待我去问问师父去，可以就让你住一夜，如不可以，你还另想别法。”

金应时道：“这个却也使得，我姓金，你去问你师父吧！”

那小尼不答言，笑了一笑，回身向内而去，嘴里叽咕道：“可也真巧，是有这些人来投宿。前日那个姓侯的也是过路人，今日姓金的又是过路人，都是一般的俊俏，我师父的福气可真好啊！”

金应时听她口中叽里咕噜，虽然未曾听清，却也听了一半，暗道：“这尼庵，莫非还有些不干不净的？如今我借宿一夜，明早即行，不要管他娘的账。”

不多一刻，只听里面有人说话，刚才那个小尼同着一个年约三十的女尼走将出来，先将金应时上下打量一番，然后说道：“论理我们尼庵是不能容人借宿的，但是金施主是过路之人，又是外面雨大，前面村庄又远，不得已破例方便吧！”

金应时慌忙道谢。

那小尼关了庙门，师徒两个请金施主到里边坐。金应时随在二人后边，觉得两个尼姑身上都有一种怪香，香气袭人，跟她师徒由走廊上走过大殿，向后到了方丈。小尼倒上茶来，金应时也就不客气，坐将下去，暗想：看此局格，这尼姑很有些靠不住，倒也要留心她呢。

不多一会儿，已是掌灯时候，师徒两个奉上素斋，请金施主用酒饭。

金应时向来不大吃酒，今日疑心尼姑，更不敢领，只吃了一碗饭，便放下筷子不吃。师徒两个殷勤劝再用些，金应时只得又吃了一碗。

师徒两个收了碗碟，复又送上香茗。那小尼却又向后面去了。

老尼对金应时道：“施主哪里人，往何处去？”

金应时道：“江南镇江府人，往济南去，不料天降大雨，打扰宝庵，心甚不安。”

尼姑道：“金施主这个有何要紧？所谓天缘凑巧，有是前生注定的。”说罢，嫣然一笑。

金应时被她这句话一说，面红耳赤，心里大怒起来，连忙正色道：“师父说哪里话来？出家人理应守沙门清规，不应当说到缘与不缘。”

尼姑见他抢白，忙赔笑道：“金施主说话固然不错，但要晓得方才我说天缘，乃是一种自然之缘，施主如何却说到男女之上去了呢？

怎么又说什么清规不清规，可不是好说多话吗？不要说我刚才所言乃是正话，即或作为不守清规，及时行乐，也是人情之常。常言人寿几何，如是出家人个个都要守清规，那还有什么乐趣呢？”

金应时听到这里，忍不住火起，便道：“住口，不要多谈了，咱们各行各事，我便在此打坐。坐上一夜，明早即行，送些香资与你。其余的话，一概免谈吧！”

那尼姑也就恼羞成怒，说：“好一个不知好歹的，连美意也不知晓。”说着，便起身入内去了。

金应时心中没好气地朝外一望，只见星斗满天，已是雨散天晴，遂走将出去，向后面走去。暗道：“这两个淫尼，似乎很不怀好意，像也曾练过把式，如果她这庵内有甚鬼祟之事，我便给她除去，以警其余。”想到这里，精神便抖擞起来，将衣服一掖，向屋上纵去，向后面慢慢行去。

原来是由方丈外一个月牙门进出，里面的款式却比外边的不同，外边是个清净法门，持诵经典的模样，里边却与官宦人家深闺绣闼一般，心知这两个尼姑很是不守清规，便怒从心起。

再由屋上向内走去，乃是一间大厢房。只听下面有人说话，随即使了个夜叉探海式，向下倒挂，用目就窗棂孔里向内观看，只见里面坐着一个二十岁上下的男子，身上衣服很是豪华，面貌姣好，如女子一般。旁边坐着两个尼姑，便是方才她师徒两个。

只见那男的含泪道：“好师父，快些让小生出去吧！小生是投亲避难之人，如何能够依从师父们计较？况且我已订婚约，如何可以做此下贱无耻之事？”

那淫尼一听，心中火起，要用强迫手段。金应时看到这里，拔出刀来，要杀尼毁庵，全在下文分解。

第九回

青州驿再遇仇人
黑水湖初逢侠女

话说金应时因避雨在尼姑庵内借宿，因那两个尼姑行为不正，引得他火起，严词切责，方才将两个尼姑含羞而退，自己借着星斗之光，由屋上直奔后面。到那厢房之上，见里面坐着个美貌男子，满面愁容，向两个尼姑求饶，放他出去。

那尼姑笑道：“侯相公，你这个念头快些给我断了吧！我如让你去，前日来时，也就不要留你了。如今是圣人说的：‘既来之，则安之。’凡事总要通权达变，不要固执。老实说一句，我这庙内，凡是有男子到此，从来没有让他如此自由。如今你到此几日，总未曾强迫你，如你今晚再不从我师徒之愿，看是不能容情了。”又对徒弟说：“快去取我的家伙来！”

那小尼答应一声，由后面取了把戒刀来，递与尼姑道：“师父请你使用，但是依徒弟愚见，还是劝他吧，如果执迷不悟，然后再杀他不迟。”

尼姑将戒刀接过，向那男子一指道：“侯相公，你到底依不依？如果执迷，可莫怪本师要下绝情了。”

那旁边小尼道：“我劝相公依了吧，这事于你很有益处呢。何苦寻死呢？”

只见那男子含泪道：“你这两个下贱东西，既入空门，不守清规，怎么要硬行强迫？我侯光裕乃是习礼明经之人，岂能做此无耻之事，什么执迷不执迷？如你师徒将我放出庵门，我可对天立誓，到外绝不提起；如你将我杀去，亦只好听候杀剐，要生要死，听候就是，何必多言呢？”

金应时听到这里，才知此人是侯光裕，暗赞如此正士，当然有那样一个文武才貌俱全的女子为妻了，这样方不愧我救他之意呢。

正在暗想，只听里面尼姑道：“侯相公，我看你真是个呆子，本师这样说那样劝，一连几天，总是不依，你认真讨死吗？本师要杀你，又舍不得你，要不杀你，实在你这个冤家又可恨得紧。如果你再不答应，本师可真要杀你了。”

那男子道：“要杀就杀，要放就放我出去，若要我答应和你做那件无耻之事，除非是西方日出，铁树开花。如果念佛家好生之德，还是放了我吧！”

金应时听他说到“西方日出，铁树开花”，便忍不住喝彩道：“好！”

这一声出口，自知已露了相，便跳下院落，等候动手。里面尼姑师徒连侯公子三人，都被他一喝，惊了一跳。那淫尼本也是个女贼，如今一听此喝，知道是夜行人到此，忙将灯火吹灭，将手中戒刀一顺，将窗槅一推，跳到庭心，说声：“何方毛贼，敢来与你师太寻事？不要走，看刀！”说着，一刀向金应时砍来。

金应时道：“你这不要脸的淫尼，刚才在外面要与我勾搭，如今又来强迫人家，连佛教的本来都未曾明白，假作修行，简直禽兽不如。不要走，我正要杀你，代地方上佛地上除去这个秽物。”

一面说着，一面急架相还。战有几个照面，那小尼也取了把戒刀，前来助战。两个光头战住一个，不到十余个回合，金应时心中火起，将刀法一变，一路花刀向两尼杀来。两尼哪里是他的对手？不一会儿，早将师徒两个的刀削去。一进身，已将小尼劈为两半。老尼要走，被金应时纵过去，也是一刀了账。随即到里面去，点上灯火。

此时侯公子吓得浑身打战，金应时道："侯公子，你可就是登州界河的那个侯家村侯光裕吗？人家称为才子的是不是呢？"

侯公子抖战道："是是，是的。"

金应时道："侯公子，你可不必忧虑，我名金应时，正是来救你的。两个淫尼已被我杀死，你坐在这里不要唬怕，我去到后面搜上一搜，然后再来同你讲话。"

说罢，提刀向内就走，挨门挨户，内内外外，搜寻了一遍。然后再到厢房内，见侯光裕道："公子受惊了。"

侯公子此时已定了性，知道金应时是个侠客一流，便道："金义士，你怎么能知我贱名，前来相救呢？"

金应时便将万家村之事说了一遍，然后问他往何处去。

侯公子道："我是到北京去投亲，免得在故乡惹事。不料走到这里，遇见这两个淫尼，硬被她们强住，不放我走，要强迫我做那无耻之事。幸亏义士前来相救，不然，断被所杀了。承蒙义士既救我拙荆，又救我性命，此恩此德，将何以报呢？"

金应时道："剪除强暴，乃是我辈分内之一，如何说得报与不报呢？"

侯公子又称谢一番，然后金应时说道："我们今晚权睡一晚，明日早起动身吧！"

于是两人便在里面睡了一夜，次日清晨，金应时起来，侯光裕起身已久。原来侯公子比金应时更急，他一连几夜，深恐尼姑前来强迫，昨夜又恐怕人命关系，不得开脱，所以一清早便起来了。

当时二人起身，金应时到香积厨下收拾了些面水，二人梳洗已毕，不及用早点，即便出离庙门。

金应时道："公子上京，与我不同路，咱们日后再见吧！"说罢，一拱而别，侯光裕上京都去了。

原来金应时因为庙内死尸未曾移过，且这妖庙在此，于行旅有损无益，不如烧去，免去一害，所以便回身进庙，四处点起火来，将一座尼姑庵登时烧成一片瓦砾场。又因侯公子上京是取的大道，自己是要探访李少铭及兴儿的下落，所以要走小路，再绕大路，打大宽转到济南府，过端阳节，与仉德雷等相会，所以说与他不同路。

当时烧了尼庵，取路奔小路往济南进发。此时初夏时分，新雨初晴，地下很是容易收燥，所以路上，并不见得怎么难走。他一路行去，留心打听钦犯李少铭、家童金兴儿的下落，并无一点儿消息。

那日到了一处，地名唤作青州驿，这个地方，乃是登、莱、青、济四处的交界要道，所以人烟稠密，市集也很繁盛。金应时刚到镇口，后面来了两骑马走过自己面前，回身向自己望了半天，然后一返去了。

金应时虽是初闯江湖，但是江湖上的关门过节，样样都理会得。因为已是听惯，今日一见此马的行程，马上两人的神色，知道其中定有缘故，所以也就不走，深恐路上生出枝节，便在镇上找了大客店住下，预先心内明白，存了个防备之心。到了晚间，果然被他防备着了。

原来那两骑马上窥探之人，正是他的冤家浪里蛟徐庆云，同着赛哪吒韩金龙两个。他二人因被金应时同谈人杰、谢氏弟兄，破了他的水寨，只得去投二龙山，找李少铭报信，预备报仇之法。

这日奉李少铭之命，往各处催请英雄，约定到二龙山开会，共同起事。此时他二人正由别处回来，到二龙山去，刚走上镇，正遇见金应时。

当时金应时未曾认得出他二人是谁，因为上次遇见他二人时，他二人是个渔翁打扮，此时二人乃是差官打扮，所以未曾看出。而金应时的形容早被二人看出，忙到镇上齐集了二龙山在青州驿做眼开店之人。大家一商量，准定到客店行刺，如刺不着，明日在路上，给他个以多为胜。

大家商议已定，到了晚间，二鼓以后，徐、韩两个由屋上直奔金应时住的客店而来。不料金应时早已防备，坐在房内，留心外面，将灯火吹熄，借着星月之光，看见外面很是清爽。当时暗中看见对面屋上有条黑影子一晃，自己知道有人来了，忙将宝刀一提，轻轻开了后槅扇，翻身上屋。只道无人，不料屋上已有韩金龙在那里等候，一见金应时出来，喝声："金应时，往哪里去？你寨主爷等候多时了。"

金应时定睛一看，方才认识他是流沙河水寨的寨主韩金龙，便骂声："水寇，你来寻找，很好！我如不将你拿住，碎尸万段，也不算是条好汉了。"说着，劈面就是一刀。

韩金龙用刀架迎。两个人走了三五个回合，前面徐应云听见后面屋上响声，知是二人交手，便也就奔到后面助战。

金应时在屋上独斗二人，毫无惧怯，所谓"仇人相见，分外眼红"。三个人死命相扑，战有五六十合，金应时心中火起，将宝刀刀口一找，净找二人的刀器，不数合，早将二人的刀削去。二人大惊，回转身体，撒脚就跑。

金应时恐他二人另有埋伏，不敢轻追，所以便下屋回到自己房内住下，仍旧守防贼人。直至天明，并无人来，自己才睡觉。

到了次日晌午时分，方才起身就洗，随即用过午饭，然后算账动身。出得镇口，行了三五里路远近，来到一座大松林。那条路需要走林内穿过去，方才可以近些，如果走旁绕过去，要走得多。

金应时一见此林，心中就好生起疑，便手执刀柄，直向林中走来。刚走到林内，忽听一声呼哨响，来了五十余人，个个手执齐眉棍，喝声："打！"一齐直奔金应时打来。

金应时一看林内地方小，施不开，如与他等死斗，定要吃亏。想定主意，便纵上树去，在身边摸出几十个飞篁石子，向着众人打来。不一会儿，一连打倒十余个，自己石子已完，恐怕寡不敌众，反要吃亏，便由树杪上运动功夫，如飞向大路而行。走到林外，跳将下去。后面群寇追来，此时金应时心已放下，胆也大了，即便立定，举刀劈面就砍。众人一拥齐上，刀叉棍棒，一齐往下便打。

金应时被众人困在垓心，战有多时，徐庆云、韩金龙二人复又带领二十余人，赶来助战。金应时一见贼人愈杀愈多，知道不是恋战的事件，便将手中刀法、家数一变，变成一路花刀，八八六十四路，直向众人杀到。杀得众人手中兵器，一大半全被金应时用刀削去。金应时也很知机，即立刻一个旱地拔葱，纵出圈子外去了。说了声："日后再见！"撒腿就跑，施用陆地飞行之法，如飞而去。后面众寇追他不上，只得罢了，后文再说。

且说金应时离了松林，直向济南进发，只因刚才一时性急，走错了路，天色又晚，不必另寻别途。如返旧路，又恐再与众人交手，未必就是自己胜，所以便无法，只得朝前再走。看看已是黄昏以后，前面走到一处，湖潭挡路，有名唤作黑水湖。此湖通黄河、运河，黑水湖面很润，自己一想，这个可真僵了，如今此湖阻住，如何是好？况且又无住宿之处，这可怎么样了呢？心中犯想，只得沿湖边而走。

忽见芦苇中灯光明亮，原来是只渔船，有三个渔人在船上捕鱼。金应时看得亲切，遂高声请教，请他连夜渡自己过河。那三个渔人一见有人呼船过渡，便停止捕鱼，回身将渔船靠岸，说："客人要渡河吗？上来吧！"

金应时上船，那三个渔人将船用篙子一点，开到湖心，问："客人往哪里去呢？"

金应时道："往济南去。"

渔人道："客人贵姓，贵府何处啊？"

金应时道："小可姓金，江南镇江府人氏。"

渔人听罢，并不开言，只管将船摇向湖心去。到了湖心，那三个渔人将船停住不进，口中唱起歌来：

黑水湖，任我游。

杀得几辈奸官首，饮得几辈英雄血。
老爷生来本性豪，专劫富豪与奸商。
假作渔舟来渡客，要杀仇人将恨泄。

金应时一听他等言辞，心中一动，知道又遇匪党，便道："你等却是何人，在此要劫哪个？我与你等有何恨何仇，说明再作断处。"

那三人道："金应时，你且听着：

我等本是何村住，与你本来无关涉。
只因你来将我寻，杀人母女闹我庄，几乎我庄被你害。
而今狭路来相逢，自当杀你将仇雪。"

说声："好小辈，你寨主爷便是何村的混海金龙何人俊、穿山甲赛龙标崔大成、出洞虎丙乐山便是。你这小辈，前次在何村相闹，今日狭路相逢。"

正所谓：

天堂有路你不走，地狱无门闯进来。"

金应时听到这里，才知是巧遇冤家。

书中交代，何人俊为何不在何村居住，却到黑水湖来做什么呢？

原来何人俊本与李少铭等是同党，此时接着李少铭之信，请他同去举义，他便带了手下四个看庄护院之人，小行者梅六、粉面将军赫顺、鬼脸陆福善、赛判官陈德等四人，直奔二龙山，与独霸皖北李少铭商量。李少铭着他会合穿山甲赛龙标崔大成、出洞虎丙乐山两个，同到黑水湖，立了水寨，劫掠行人，并给山寨中报信。因为黑水湖是登、莱、青、济四处的要道，别人都没有他的水性纯熟，武功绝伦。又有宝刀护身，所以特派他领着崔、丙二人，到此立寨。不料那日恰巧遇见金应时，正所谓“仇人相见，分外眼红”，犹恐认错了别人，所以问了又问。见他说姓金，不觉一齐大喜，将船开到湖心。

看官，何以金应时不能认识他三人呢？原来从前相见的时候，何人俊是员外的打扮，崔、丙两人又都是武士的打扮，如今换了渔人的打扮，又在黑夜之中，星月之下，本来看不大真，所以不能认识。大凡一个人，总以少管闲事、少结冤家为是，即或行侠作义，管一切不平之事，也当量量自己，不要过于已甚。比如金应时年少，便喜出头管人间一切不平，虽然侠义可风，但也就未免危险太甚。

闲言休表，且说金应时见三人说出是何人俊、崔大成、丙乐山三人，知道是又遇冤家，心中可真急了，大喝一声：“不是你定是我。”说着，便抡宝刀，向三人砍去。

何人俊也就将舱板一揭，提出宝刀，向金应时杀来，崔、丙两个一旁相助。金应时独斗三个，虽然不惧，但是水上买卖，金应时向来不懂，在船上一动一晃，都似乎有些吃力。所以与三人厮杀，简直只有招架之功，并无还手之力，渐渐有些抵挡不住。

正在危急万分，忽然那面来了一只大船。船上立着美貌男子，说：“湖上买卖，大家有了，是谁在此做买卖呢？”

何人俊回头一看，说：“程大哥，这小子是咱们仇人，今日相遇，正是冤家路窄，快些前来与我等同杀此人，给我们报仇。”

那人闻言，忙问：“何大哥，这小子是谁呀？”

何人俊道：“不是别人，就是那个外号炳灵公的金应时小子，程大哥快来帮助于我。”

何人俊此言方才出口，忽见那人将手一扬，一支袖箭直向何人俊射来。何人俊猛不防，被他一箭，中在左腿之上受伤，向后一跤跌到湖中去了。

崔、丙两人一见大惊，忙道：“程达昌，你怎么自残同类？”

那人并不答言，手一扬，又是两支袖箭飞来。

不知二人性命如何，且待下回分解。

第十回

济南府英雄入狱
曲阜县侠义设计

话说金应时在黑水湖遇见仇家，将自己围定厮杀，自己又毫无水上本领，正在抵敌不住，忽然来了一只大船，船上立着个美貌少年，一支袖箭，先让何人俊下水，后面又是两支袖箭，向崔大成、丙乐山二人打来。崔、丙二人知道不妙，忙将身体一偏，一齐跳下湖心，在水中救起何人俊，逃往水寨去了。

金应时此时正所谓出乎意外，忙向来人打量。只见那只船已如飞而至，到了面前，说声："金兄，别来无恙，请过船来说话吧！"

金应时不知何指，便上了大船，拜谢那少年救命之恩。

那少年连忙扶起，说声："金兄，久违少见，如何竟不认识了呢？"

金应时定睛细看，方才认得此人，乃是自己的表妹，复姓单于，单名一个鸾字，乃是姨表姊妹。忙道："贤……贤……贤……贤……"他底下一个"妹"字尚未出口，暗想，她既改男装，其中定有原因，所以忙改口道："贤弟，你由何处来此，怎么与这班贼人相识呢？"

单于鸾道："金兄，说来话长，船上诸多不便，还是到我家中去谈吧！"

金应时道："贤弟府上几时乔迁到此，怎么劣兄竟然毫不知？"

单于鸾道：“等一会儿，一齐告诉你吧！”

忙将大船开到对岸，吩咐家将们看守船只，然后引金应时上岸。走不多时，已到单于鸾的家中，乃是一个村庄，房屋甚多，村庄甚大。二人入到里面，家人献上茶来。此时已将半夜，单于鸾问金应时，夜膳可曾用过。

金应时因与贼人相战，舍死忘生，早将吃饭忘了。至此被她一提，不禁饿将起来，说声：“贤弟，我还未曾吃过晚饭，方才忘了。如今被你提醒，此时又觉饿了呢。”

单于鸾吩咐家人去预备酒饭，然后邀金应时到内书房坐下，对金应时道：“表兄，我此间的假名，唤作程达昌，外号人称海马。此后表兄讲话，不要露出本来面目。”

金应时道：“那么你因何要如此改头换面，女扮男装呢？”

看官，这单于鸾同金应时名虽表兄妹，实在乃是未婚夫妻。当年金应时的父母在日，即给他订了单于鸾为妻，后来因为金应时守制，所以未曾完娶。到后来单于家中音信全无，不知下落。此番金应时出门到济南，也要算是一举两便。

当时表兄妹见面，大家都是儿女英雄，所以忘其所以，并不避嫌。

当时单于鸾对金应时道：“表兄有所不知，我父亲故后，其时我还年幼，我母亲被海贼所掠，只得寻死觅活。后来被官兵破了贼巢，我母女也就被救，投奔我母舅程大可。我母亲因为路上母女都是女子，深恐不便，故将我改了男装，到了母舅家里。其时我母舅要想将我母亲改嫁与人，我母亲誓死不从，假说有孤子可靠，绝不再醮。我母舅也自悔孟浪，于是反将我认为己子，因此改姓程，是从母之姓，因此与你们家中都断了书信。你我还是十一二岁的时候见过，如今算起来，不觉已是八九年了。其时我母舅正做山东总督，兵权在握，我也跟着练了些武艺。更兼住在胶州的时候，练了水性，所以水内的功夫也还过得去。”

单于鸾正说到这里，忽见家人进书房来请道：“请公子陪客人用饭。”

单于鸾便请金应时，同出了内书房，复到前厅厅上，肆筵设席，甚是齐整。二人分宾主入座。

饮酒之间，单于鸾复又说道：“后来我家迁居到此，随乡入乡，遂与他们这班水寇认识了。”

金应时听她言辞恍惚，自知不便多问，也就含糊答应。不一会儿，酒饭已毕，二人重入书房。

单于鸾道：“方才之言，乃是胡言乱语，其实不是如此。后来我母舅在任上死了，此地家财甚大，房屋甚多，便全家移居到此。我自从改了男装以后，直到如今，已经是习惯成自然。”

金应时道：“如何刚才那何人俊三人与你以程大哥相称呢?”

单于鸾笑道：“说起来好笑得很，这班毛贼初到此地，便到我庄上来借粮，被我治服了他，一齐都尊我为大哥，因此我知黑水湖中有他们这一班人作祟，定要害人，所以常常出去巡湖。他们也知道我的厉害，总不敢闯我的道儿。不料今晚无意中却救了大哥。”

金应时听到这里，方才明白。单于鸾又问金应时，为何单人出门，到此何事，如何会与水寇作对?

金应时便将本人如何因姑母久不到家：“又不知你家的消息，因此同了家童兴儿，到济南府探视姑母。路过何村，何人俊恃强凌弱，强夺民女，是我路见不平，救了康氏母女，因此与何人俊有仇，不料狭路相逢。如非贤弟来救，劣兄定遭毒手了。”

于是又将自己主仆动身以后，直至现在情形，大略说了一遍。单于鸾不觉感叹了一番。二人谈谈说说，不知不觉，已是天明。

单于鸾道：“何人俊等是独霸皖北李少铭的一党，昨日被我辈所败，不日便要前来报仇，这个不可不防。大哥你且在此歇一天，我母亲还与你有话说呢。”说到这里，单于鸾的脸色忽然泛了桃花色彩，遂说：“大哥，可在这书房内睡一天，我要失陪了。”说罢，便向后面去了。

金应时此时心猿无主，哪里还能睡得着？左思右想，真是做梦也想不到。直到早膳时候，方才蒙眬睡去。一觉直睡到下午，方才醒来。里面单于鸾早已出来了，一见金应时醒了，忙命家丁侍仆，梳洗已毕，便请金应时用了点心，说："家母有命，请大哥后堂相见。"

金应时跟随单于鸾到了后面，拜见了姨母，程氏吩咐单于鸾暂避，然后对金应时道："贤婿，你来得好巧，这里前日正差人到你姑母家里，与她通信，托她转告贤婿，早早完了花烛，以了心事。但是这里，为着宗祧问题，未曾解决。我娘家又无子侄可以承继，将来这件事，只得有屈贤婿一肩双挑。程氏、单于两家的香火，全在贤婿身上呢，所以这件事很难，我已着人与你姑母商量，不知贤侄心下如何？贤婿啊，这件事只得有屈你了。"说着，双泪交流。

金应时当年也曾听母亲说过，姨母家的一支要自己承祧，如今又加上个程氏后代，心中虽不愿意，但是看看岳母伤心，自己妻子的救命之恩，不忍不应，便安慰程氏道："姨母不要难过，小侄都应承就是了。"

程氏道："贤婿既已答应，此外别无何种为难之处。贤婿明日到济南府，我这里预备预备，随后就来。好在我们济南府城内有现成的房屋可以居住，赶到那里，贤婿便可以在济南城内，请你姑母主婚，或是入赘，或是迎娶，各是省事，免得你姑母操劳。还是入赘为佳，到了临时再说。我这里总可答应，早早完姻，免得彼此牵挂。"

金应时也就红涨了脸皮答应。当时商量已定，单于鸾在后面偷听清楚，知他二人已无他言，便出来相陪。

程氏对金应时道："贤婿，并非我催你动身，此地不便久居，你还是从速到济南府去吧！我这里还有许多事情未完，也得有几日预备，我随后就到济南来了。"

当时金应时一想，确实有许多不便，就此告辞。老夫人送出后堂，然后说：“贤婿，沿途珍重，老身不送了。”

金应时叩别岳母，又与单于鸾各说了珍重而别，离了庄院，取路往济南府城而来。到了后日黄昏时分，方才到济南府城，问到姑母家中。

此时金应时的姑丈孟方苏已死，表兄孟明往曲阜县收租去了，家中只有金氏，及一切仆婢等人。房屋也甚宽大，前后七进七房，都是有东西配房，分着门房、对厅、大厅、花厅，及一切内外书房。上房排设的古玩字画，很是整齐，都因孟方苏在日，也曾做过两任大官，所以家道很是富裕。当时金氏见侄儿来了，心中不禁大喜，忙命家人仆妇，预备酒菜接风。看见侄儿已是长成，心中一乐，真是画也画不出来。原来女子对于娘家的偏向心要算最重，所以一见面，就格外地欢喜。

当时金氏问长问短，先问娘家情形，后问金应时如何现状，问个不休。金应时也就絮絮叨叨，说个不息。后来酒席之间，金应时深恐姑母心惊，在路上的所作所为，只说了些太平话，将金兴儿在路被匪冲散，及路遇单于鸾的事说了，其余一概不提。

金氏道：“巧极巧极，你岳母那里派来的人昨日方去，我这里只因你表兄往曲阜县去收租未回，所以尚未打发他到江南去。如今你来得正好，我们便可预吃你的喜酒了。”说得金应时也就含羞微笑。

当夜无话，不料次日，乐极生悲，有了大祸来了。正是：“天有不测风云，人有旦夕祸福。”看官，你道这却为何？

原来何人俊自从在水内被崔大成、丙乐山二人救起，同到水寨，其时恰巧狗头军师魏璧成，由二龙山到黑水湖来相探，一见何寨主受伤，忙用刀伤药，给他敷好，登时平复如常，置酒给何人俊压惊，给魏军师接风，一酒两用。

饮酒中间，说起是被金应时所害：“那个程达斋不知如何也与我作对，如今这两人，可称仇深似海，不知如何可以报复，请军师速想妙计，以报此仇。”

魏璧城道：“何寨主可曾知他往何处去吗?”

何人俊及崔、丙二人道：“他说是往济南府去，如今如不在程家庄上，定然到济南府去了。”

魏璧城道：“若论武功，咱们这里几人恐怕都不是他的对手，这金小子委实是个好汉，可惜他拼命与我们作对，我们也恨他如眼中之刺。如今他既到济南府去，我却有一计在此，明日即便差人到程家庄去，探听消息，他如动身，可即立刻报我知道，我自有计。”

三人忙问：“军师用何妙计?”

魏璧城道：“这条计策虽然平常，但是要对待这小子，却除此并无别法。济南府知府乃是我的胞兄，那参将城守等武职官儿，又都是咱们绿林旧人。如今我与崔寨主暗暗跟随那小子，到济南城内，只要打听到他的确实下落，便可用计捉他，不怕他飞上天去。”

三人道：“军师妙计安出?”

魏军师道：“只要如此如此，不怕他不是个大大的罪名，保可送命无疑。”

众人大喜，次日便命喽兵去探听消息。直到午后回来，说：“金应时已经动身，刚才亲眼见他上路。”

魏璧城道：“如今事不宜迟，我与崔寨主即刻追赶上他，一齐往济南府去。”于是二人不及收拾，立刻动身，直往济南府大路赶去，死命飞赶，竟将金应时赶上。暗暗跟随，见他进店，也就打尖，见他饮酒，即便吃饭，一个是有心，一个是无心，所谓明枪易躲，暗箭难防。当时魏、崔二贼见他进了孟氏之门，知道他住在那里，便连夜去见知府。

那知府见是兄弟来了，当然手足关怀，谈了衷曲。次日清早，知府升堂，便调齐三班六房，全府捕快人等，到孟家去捉拿金应时，差人领命，立刻前往。此时金应时因连日奔波，甚是疲倦，还未起身，忽然家丁来报，说：“知府衙门有人请你说话。”

金应时忙起身趿双鞋子，到外面来，早被众差役拖上就走，全副刑具立刻就给上了。金应时不知所为何事，孟家全家更是不解，当时见金应时被差役簇拥而去，只得差家人到知府衙门去打听，是因何事。

且说金应时被捉，不容分说，拉了就走，忙问差役所因何事。

役隶道："咱们奉公差遣，管他是什么事，你到了堂上，便明白了。"

金应时也就不问，不一刻，已到府衙。知府尚在堂上等候回话，一见差役回禀，说："回大人，金应时已捉到候审。"

知府说："带上来！"

两旁一声堂威，说："带金应时。"

金应时到了堂上，向知府打拱道："武生金应时参见大人，不知所为何事，将武生带来，请大人示晓。"

知府冷笑道："好个恶贼，果然名不虚传。来人，给我先打后问。"

众差役上前，将金应时按翻在地，先打了二十大板。

知府问道："金应时，你因何与仉德雷二人通同贼寇，将朝廷要犯李少铭在山东交界地方私自放走，假作为贼人用计劫去？你等反情毕露，快快从实招来，讲！"

两旁差役一声堂威："快招！"

金应时朝上回道："大人屈杀武生了，武生生长江南，与独霸皖北李少铭素不相识，只因仉德雷副将奉密旨办案，在路上与我相遇，请我帮助于他，将他捉住，押解进京，被贼党假冒钦差要去，有当地地方官可证。武生如果与贼党通连，又何必要去捉他，多此一举呢？请大人明察。大人身为山东首府，自己应有地方不靖之咎，不去自劾，反要将无罪之人作为有罪，妄用刑具，国法何存？如此枉法贪官，焉能为民父母？"

金应时受打，愈说愈有气，知府恼羞成怒，喝声："狗强盗，到了本府面前，还不快招？胆敢挺刑不招，左右，与我用大刑。”

两旁答应一声，用夹棍将金应时夹起，三收三放，将金应时夹得死去活来，仍是不招。知府恐怕死了，于自己前程上大有妨碍，便吩咐：“暂行收监，改日再审。”不在话下。

且说孟家家人在府衙探知消息，急急回家，报与主母知晓。金氏大惊，即刻差人带金钱到牢中上下使用。谁知牢中禁子都已收了魏璧城等的嘱咐，所以银钱虽然收了，对于金应时的待遇，丝毫不见宽松。

魏、崔二贼见已布置就绪，便回黑水湖及二龙山报信去了。

话分两头，且说孟家家人回来，见了主母，金氏吩咐立刻动身到曲阜去，将孟明星夜赶回，好商量救侄儿之命。又命人到程家庄去，通知程氏母女两个。家人分头去后，忽然门上报进，说有个自称赛由基神箭仉德雷的，说是与金公子是师兄弟，约在此地相会，特来探访。

金氏大喜道：“将他请进来，大家商量商量。”

家人到外面去请，不一会儿，仉德雷已经进来。原来仉德雷自从与金应时二人在狮象岭别后，一路探听，已知李少铭在二龙山落草，特地赶到济南。

当时见了金氏，行礼已毕，金氏因为侄儿被捉，心中有事，便忘记了男女之别了，便将金应时昨日到此，今早被捉，是因假钦差劫去李少铭之事的话说了一番。仉德雷道：“如此说来，是我害了师兄了。伯母放心，待我去与知府去讲，一定可以放出来的。”

金氏大喜称谢。

仉德雷一径奔到知府衙门，正值知府午后升堂未散，一见仉德雷投到，便说：“请进来。”

刚进仪门，知府喝令众役，将仉德雷也捉下了，并不再问口供，只吩咐收监，候旨定夺。

且说孟家家人离了济南，不分日夜，赶到曲阜县，见了主人孟明，说知此事。孟明大惊，忙令手下人去请众英雄相见。原来孟明在曲阜收租，结交了本地几筹好汉，又因人引人，认识了一班豪杰甚多。大家都在孟家曲阜庄上会齐，预备过了端阳，然后到五台山去打擂。此时正是五月初头，端阳节就在目前。

当时众英雄都在曲阜未散，一听孟明相请，一齐来见。大家设计商量，先救金应时，然后再去打擂。

不知所议如何，更因何事打擂，请看下回分解。

第十一回

被囚英雄狱中染恙
延医豪杰衙前卖头

话说作书的一支笔，说不得两起事。上文说的孟明结交众英雄及打擂等事，如今打擂一事，下文自见，暂行搁上一搁。

且先说孟明，外号人称闪电手，本领极大，远近闻名，练就一双砂手，善打各种暗器。他那两手，其快如闪电一般，所以人都尊他敬他，为人极其好义，所交众友，乃是曲阜县有名的英雄，一个名唤灵明石猴石玉如、一个名唤赤尻马猴石琢如、一个名唤通臂猿猴石璧如、一个名唤六耳弥猴石玺如，这四人乃是嫡亲手足，人称曲阜四猴，武艺精通，本领高强，练就软硬功夫，有上山擒虎、入海擒龙之能。外此便是天津的神镖赵世骧，前次金应时救的康氏母女便是他的岳母、妻子，此时他还未知道呢，一个是镇河北孔秀，这孔秀便是金应时在客店内所遇的那人，两人同剪黑店的就是他。他本是到江南去有事的，因在路上碰着他的好友宗渭彪、应莲芳、宣伯讷三人由江南回来，便打断了到江南去的兴，致却同了宗、应、宣三人往北边来了。因与四猴有旧，所以才到曲阜相探，因此与孟明也就认识了。

当时四猴有个仇家，在五台山摆设擂台，约他弟兄前去打擂，所以这许多人到了曲阜，一个未散，预备端午节后动身，到五台山去比武打擂。不料事有凑巧，却先要去救金应时了。

当时众人见孟明相请，一齐出来，见礼坐下。孟明便将自己表弟如今身入囹圄，意欲恳请众位前去相救的话说了一遍，又说了许多恳切的话。众人都默默无言。

就中灵明石猴石玉如，乃是个机灵鬼，他的诡计极多，真个是足智多谋。当时见众人无言，他便开言道："照此说来，分明是知府与金应时有仇，故意陷害的了。如今世界，如要讲理，孟兄不妨上控。但是官官相护，已成通例，小百姓如要想申冤告状，那是废话。况且知府捉得如此之快，其中情节可疑，一定不是知府本人的仇恨。如今咱们如要打官司，恐怕官司未曾了，金应时的性命已经不保。依愚见，不如赶速动身，大家直奔济南府，找一间大庙住下，暗暗预备翻监劫狱，闹他一场，方才能免此难。如要迟缓下来，恐有不测之忧。依我愚见，咱们不去救则已，如要去救，咱们要即日动手才好。"

众人见他如此说，便道："石大哥之言有理，果然不愧这灵明石猴的外号呢。"

孟明随即吩咐备酒，酒后动身。

石玉如道："孟兄不必用虚文，咱们干实事要紧。此时何必吃酒？咱们大家随便吃点儿什么东西，即刻起身要紧。"

众人都说："石大哥之言不差，此时时光要紧，迟则有变。大家宜乎到济南府，然后再作计较。"

孟明道："如此说，有劳诸位英雄了。"

当即向众人道谢，大家即刻吃了点儿便饭，立即起身，取路直奔济南而来。大家都施展陆地飞行的功夫，不分日夜，直向济南赶去。此时五月天气，热气蒸人，众英雄为友情切，不顾惜自己身体，直奔到济南府孟家而来。

孟家家人见主人同着许多人同来，慌忙报与主母知晓。金氏大喜，只因碍着男女之嫌，不便出来，只得传命孟明，好生款待众友。不一刻，孟明入内，母子相见，少不得要有一番家常谈话。随即出外，陪众英雄饮酒，大家商量救应之策。

孟明道："方才家母说起，还有一位姓仉的，也因此事被捉去的，囚在监内，已有多日。现在罪名虽未定，但是详文已送到北京去了，只等圣旨下来，就要行刑。众位有何高见？大家斟酌斟酌。"

众人你言我语，毫无定见。

石玉如道："众位不要纷纷争论，依我愚见，今日先去探监，送个信息与金、仉两人，叫他们安心。一面去打听是因何结仇，如此无辜陷害。自古'冤有头，债有主'，非有寻到头绪，不能明白这件事。"

众人都道："究竟石大哥有主意。"

大家照计行事。

孟明道："我就探监去。"

石玉如道："别忙，我与你同去，要多带金银。那些禁子恐怕还有刁难之处。"

孟明道："这个我理会得。"

于是入内，向金氏取了二百两银子，遂直奔府牢而来。

原来此时禁子，因魏、崔两人又不在此间，时时收了孟家的钱，所以对于探监的这一层，已是松了许多。当时孟明同了石玉如二人，前来探监。禁子因得了孟家的钱财太多，知府方面虽然关照严紧，到底是些官话，没有什么进款，所以奉命之下，也不过是严的地方严，宽的地方宽。

当时孟、石两人见了禁子，说了来意，送了他五十两银子。禁子见了银子，便引他二人到死囚牢内，见了金应时，又将仉德雷由那面牢内带来。原来二人并不在一处监禁，所以如此。

当时孟、石二人，见了仉、金二人，不觉吃了一吓。只见金应时面如金纸，身如骨立，满身臭味儿，已是不省人事。仉德雷虽然稍好，然而周身发肿，说话如痴。二人已有了重病。

孟明忙问禁子："他二人所患何病？"

禁子道：“这个却不晓得。”

二人见他等如此，无奈只得出来，回到家中。大众问是如何，孟明只是摇头不语，满面流泪。石玉如便低低地将金、仉二人病的情形说了，又对孟明道：“大哥，你莫难过，恐怕被令堂听见，心中格外难受，那可不成话说，这个不能让她老人家知道的。”

众人也听了难受，大家商量如何是好。

石玉如问孟明道：“省城可有什么名医吗？”

孟明道：“名医有的，但是请他到监里看病，未必就肯去的，这个也是白说。”

众人道：“咱们此时就去劫狱，但是省城之内，兵多将寡，他二人又病得厉害，如何可以成功？”

石玉如道：“诸位别嚷，小弟我自有意见。现在孟兄只要说本城是哪位医生，药到病除，小弟自有方法请他去医病。”

孟明道：“本城有个著名的医生，今年已五十余岁，真个是应手成春，姓叶名普济，人人称他作活神仙，又唤他作小华佗，就是身价太大。石贤弟有何妙法请他？”

石玉如道：“既有这个人，大哥你且同小弟去走走。”说着，便拉了孟明出去。

孟明说：“此去也是枉然，真是白跑。”

石玉如道：“不妨事，我与你同去，自有我的办法。”

孟明在前，石玉如在后，不一会儿，转弯抹角，已经到了叶普济的门口。

原来叶医生开的是爿叶万春堂药铺，门口挂着一块招牌，上写“世医叶医士普济男妇内外大小方脉”。

二人走进店门，问道：“叶先生在家吗？”

里面叶普济招呼道：“何人找我呢？”

二人上前见礼，说要请先生到监内去看病。

那叶医生起初见二人举止不俗，衣服又是丽都，如何不招呼呢？

所以招待很好。一听要请他到牢内去医病，心中就不快起来，说声："二位，如何不知时势？从来未曾有过什么医生到牢内看病的。今日二位要算是破天荒了。"

二人道："先生既不愿去就罢了，何必着恼呢？"随即辞别起身，出了叶万春堂药铺。

孟明道："如何？我说是空口说白话，贤弟定要来试试，可不是冤枉吗？"

石玉如道："大哥且休烦恼，小弟已有算计。此时且到各处去逛逛，不要烦坏了。"

遂同了孟明在各处街头巷尾，闲逛了一遭，然后回到家中。众人忙问如何。

石玉如道："计策有了，可是缺个人去呢。"向众人看了一番，忽然拖了镇河北孔秀道："孔贤弟，劣兄想来想去，此计非贤弟不行，更非贤弟不能救得两人的性命。不过要委屈贤弟些，贤弟可能答应吗？"

孔秀道："大家都是为朋友，有什么不可以？况且金应时与我原有一面之识呢。"

石玉如道："如此更好了，你随我来。"

于是附耳传言，如此如此。孔秀点头答应。当时众人不解其意，忙问何事。

石玉如道："大家不必问，停会儿自能明白。"

当晚二鼓以后，石玉如同孔秀二人换了夜行衣靠，飞身上屋，直向一家人家而来。也是无巧不成话，这家人家正是魏知府的内眷住宅，只因府衙后进，常常闹鬼，所以住在这里，白日间石玉如同孟明走此经过，见是一家大户人家，一个命妇打扮的女子，同着一个跟班二爷说话，那种神情，实在不堪言状。侠义一生性情，喜的是忠义，恨的是奸淫，所以一见，就留下心了。此时同了孔秀，奔到这里，跳了下去，只听房内有男女淫欲之声。二人一听大怒，用刀轻轻将窗槅一拨，跳进房内，借灯光一看，正是日间所见的那两个狗男女，一刀砍去，两颗人头落地。石玉如提了一个，将一个交与孔秀，在房内收拾了些现银，及一切首饰、珠宝之类，仍由窗内跳出天井上屋，直奔叶万春堂而来。到得那里，已是三更左右，跳到后面天井内，将一个女头，用刀挖了个洞，埋在土内，然后二人飞身上屋，回到孟家。

此时众人正坐在厅上等候，忽见二人由屋上回来，石玉如手内提着个血淋淋的男人首级，大众都站起身来，忙问何事，何故杀了个人。

石玉如笑道："这个便是请医生的方法，明日便见功效了。"

众人忙问何如。

石玉如笑道："那个瘟医生，搭臭架子不去，如今我用这个法子，不怕他不去。他如不去，要算他的本领大了。"

于是便将自己的计策说了。众人大喜。

一夜无话。次日，孔秀便用布包了人头，由后门出去，直奔大街，玩耍了一会儿，然后再到府衙门口，将布包打开，提起人头，口中大呼："卖人头，卖人头!"

众差役一见，上前将他捉住，带到当堂跪下。

原来此时知府已经知道昨晚家中之事，夫人与自己的二爷私通，半夜里被强盗杀了，心中又气又怕，只得不声张出去。一则恐怕出丑，二则怕与自己的前程有碍，所以并未声张出来。此时见差役带进一个杀人凶犯，口中狂呼卖人头，将那人头一看，不禁大吃一惊，正是自己二爷的人头。事到其间，不得不问，便问："你是何人，缘何杀人卖头？同党几个？从实招来。"

孔秀道："小人姓匡名国，是河北人氏，向以劫掠为生，因此地有个好友，名唤叶普济，与我是八拜之交，特来拜望于他。他知小人有武功，便请小人给他报仇。他日间同我到街上闲走，指明了仇家的住处，命我晚间去刺死他，并指明了一对儿奸夫淫妇。到了晚间，小人便去刺死那两个狗男女。因为向他借盘川不遂，原本他答应送我一千两银子。如今事已做了，他反说杀人是我杀的，与他无干，所以小人气愤不过，将此人头到此出卖，出首这件人命案子，请他来吃官司。”

魏知府道：“这姓叶的做何生理，他有多大年纪，相貌如何，他家住何处，与这被杀的有何仇恨？既然杀了两人，因何只有一个人头，快快与我讲来，如有半字虚假，本府断不容情。”

孔秀道：“大人听禀，这叶普济是省城人氏，世居东大街，他本人是个医生，他家中开的生药铺招牌，唤作叶万春堂。他今年五十余岁，面上微有几点麻子，说话嗓音有点儿哑，稍有短须。他与我是多年好友，我每次到省城来做买卖，总住在他家。他不但与我同党，各处绿林与他相识的也很多很多。大人不信，可以将他带来，一问便知。还有一颗女头，我交与叶普济，他说又恨她，又可怜她，将她埋了，将男头命我去抛了。小人借钱不着，因此将男头前来出首。当时他对我说，男女两人与他是情敌，那男子是个底下人，与他的外遇有沾染，引得那女子与自己逐渐地生疏了，实在是为着醋的问题，并无别的用意。”

知府一听此言，心中大怒，原来知府的夫人常常有病，每次都是请医士叶先生看病，今日照孔秀的供词一想，不禁大怒，暗骂：“好医生，胆敢与我夫人通奸，实在可恶之至。”

当时押了根签条，到东大街万春堂去，捉拿叶普济来回话。不一会儿叶普济已经带到当堂跪下，口尊：“大人，小人乃安善良民，不知大人将小人传来有何话说。”

知府大怒道：“叶普济，你自己做的事，还不快说吗？”

遂命匡国与叶普济对来。

孔秀上前向着叶医生道：“叶大哥，今日事到其间，你休怨我。只因你许我的一千两银子赖了，所以我才来出首与你同吃官司。你我当年，本有盟誓在先，有福同享，有难同当。如今并非小弟害你，实因你太凶，说话不算数，所以我才来出首。像小弟我，生死早置度外，向不以此为意，你便从实招了，也免得皮肉吃苦呢。”

叶医生将孔秀看了一看，大怒骂道：“你这狗强盗，我与你对面不相识，怎么有一千两银子的事情，如此陷害于我？”

孔秀道：“叶大哥，你真不是朋友了，昨日此时，你还一口一声地匡贤弟，如今当着大人，便骂狗强盗了，你许我杀去仇人之后，送我一千两银子。如今人已杀了，人头给你埋了，你反不承认起来了，你还能赖到哪里去不成吗？”

知府在公座上见他二人如此盘诘，只道是真情，便吩咐：“左右，与我用刑。”

两旁差役一声答应，给叶医生二十大板，打得皮开肉绽，鲜血湿透裤子。原来此时夏季，正是穿的单衣，所以如此。

叶医生道：“小人委实不认识他，他是诬陷。如果在小人家中找出真赃实犯，我便招承，如果不然，大人也应当受个断事不明的处分。”

知府说：“好个利口的奴才！”

又对匡国说：“你可领本府的差役同去，将赃证寻来回话。”

孔秀领命，差人上前押着，他到叶万春堂搜出那颗人头，到堂上回话。叶医生一见人头，魂不附体，看得面如土色。知府愈加当是真情，便叫他快招。那医生哪有供词？

知府又命用刑，夹抵一夹，叶医生实在被刑不过，只得说道：“愿招。”遂胡说招道：“是小人不合，请匡国去行刺，许他一千两银子未给，因此破案是实等情。”

知府命二人都画了供，一齐收监。孔秀心中虽然不忍，但也无可如何。到了牢内，两人的号房正与金应时、仉德雷二人的号房靠近，叶普济想起无端受人诬陷，不禁破口大骂，骂不绝口。

那旁孔秀任他千匡国万匡国地骂，只管不答言。等他骂得骂不动不骂了，方才笑道：“叶医生，你昨日那样搭架子，不肯到牢中来看病。如今怎么又到牢里来了？老实说一句，人事是最难逆料的啊！你想想看，值得不值得呢？”

此时牢中上下大小禁子，一齐都由孟明、石玉如二人用钱买通，所以孔秀如此大胆高声。

叶医生被他一说，方才想起，昨日有两个人来请我到牢内看病，我未依他，大约此人是他的同党，所以才做出人命案子，将我拖翻，一想不错。

正是：

人在家里坐，祸从天上来。

未知叶医生说出什么话来，可肯代金、仇二人医病否，且看下文分解。

第十二回

遭辱寻师商设擂台
雪耻兴戎约期比武

话说上文灵明石猴石玉如义士设计叫镇河北孔秀卖人头，扮倒污华佗叶普济医士，到牢内说出昨日有人请他看病未允的话头，叶医士方才明白，不禁大怒，忍着板伤夹棍伤痛，破口大骂，狗强盗长，狗强盗短："你等有病请我，也可明言，何必做出这些杀人案来，陷害好人？横竖做个死囚，迟早是死，还要医什么短命病，害得我无罪之人也来吃官司。"

孔秀笑道："叶医生，你休要骂人强盗，你可知咱们并非绿林，只因朋友义气，所以才肯舍死忘生，用尽心血，请你到监里来看病。此时虽然害你，但是我辈并非无心肝之人，将来还能亏负你不成？你不要说我们是死囚，我们的家族亲友在北京做大官的多得很呢，六部九卿，谁不认识？不久批文下来，一定复审，那时我们一翻供，上头有我们亲族的照应，那知府焉敢违拗？自然无事出狱，那时我们自然要重重申谢你的高义。如你定要骂，由你骂，只要你能够将我朋友的病医好了，万事全休，如不然，你的活命，那是万万不能。木已成舟，你焉能翻案？我说的是实话，信不信由你。"

叶医生听孔秀一番言辞，虽然心中恨他，但是也未尝不敬他，对于朋友，更如此不顾自己的性命，入狱请医，便恨道："你这班狗贼，只管自己，不顾别人，这一顿板子夹棍，如何熬受得起？你们这班人真是贼头贼脑贼肚肠，用的全是绝子绝孙的绝户计，其情可恶，实在可恨已极。”

他正在骂不绝口，忽然禁子领了两个人进来，说：“叶先生，有人来看你呢！”

叶医生只道是家中人来看自己，及至抬头一看，却是昨日来请自己看病的两个人。不禁怒如火发，骂道：“两上贼崽子来看你祖宗做什么呢？”

孟明、石玉如二人赔笑道：“叶先生休恼，我二人晓得先生含冤负屈，特地送些棒伤药来，给先生敷上，明日便可复原了。”说着，在腰是摸出一个纸包，向禁子要了碗水，将药调匀，代叶普济敷上，登时止痛。叶医生也就住口不骂。

二人与禁子商量，请他避面，好讲话。那禁子是受了钱的，如何不肯？当然便向旁边一立，远远地看着。

二人便向叶医生行礼道：“叶先生，今日实在委屈你了，但我们也是为朋友，并不是为自己，不得已而为之，请你不要罪责。你的罪名，我们自然有法代你翻案，不久便可出牢。但是我两个朋友的病却要请你想一法医好，方才可以成功。否则要死，大家一齐死在牢内，老实不客气，我们个个是飞檐走壁之人，你家中老小也莫想一个得活，昨日杀的那两个男女便是个榜样。我们就是危急万分，也能够救你，你要自己明白如何办法，一凭于你。”

几句话，真所谓恐吓诈骗说得叶医生哑口无言，作声不得，心想，他们这班人，表面似乎都是些痨病鬼，但是他们说的话，做的事，实在也还可钦可敬。如果不答应他们，他们真个将我全家杀了，未免有些太惨。事到其间，不得不依，也罢，我便依了他们，看他们将来用什么手段将我救出去，便道：“你们这班人真是居心不良，害人不浅。唉！事到如今，还说什么呢？我便给你的朋友诊诊脉看。”

二人大喜，连忙叩谢道：“如此有劳先生了。”

叶医生被他等弄得又好笑又好气，真正哭笑不得。

当时二人将禁子唤来，将叶医生带到隔壁号房内，先看了金应时的病。

叶医生道："这个乃是气愤，兼寒湿温热时气所致，病势极重，实因受气重伤，被狱中臭气一逼，所以如此之重。此症须得慢慢调理。"随即开了一张方子。

孟明、石玉如二人，又请叶医生到那边仉德雷的号房里诊视。

叶医生代仉德雷诊了脉，说："此症较轻，但是病原却也差不多，病状却完全不同了，也是个难医之症。如今都先用一帖药试试看。"于是开了张方子。

孟、石二人取出二百两银子，交与禁子，叫他好生服侍他。四人并嘱叶医生留心用药，安心耐守，自己又不时前来看视，所以四人在狱，比前大不相同。

金、仉两人的病也日见其好，神思也渐渐地清楚了。孟、石两人每日总要来看两次，一面买动衙内师爷打听内情，才知是被狗头军师魏壁城用的诡计。大家静等，守金、仉二人病体复原，即当设法出狱。

那日，石、孟二人回到孟府，忽然众人乱哄哄乱作一团，说："你二人回来了，可有要紧事商量呢。"

孟明道："又有何事如此惊慌？"

众人道："五台山差人下书来了。"

石玉如道："书在何处？拿来我看。"

赵兴骧递过来书，石玉如接过展开，与孟明二人同看。只见上写：

字奉石氏四猴大鉴：

敬启者，敝徒等辈，在山东各处屡遭贤昆仲指教，不胜衔感。兹敝师徒特在本山设立擂台一月，欲与贤昆仲一决胜负。非敢自夸，实欲求教耳。

前闻贤昆仲邀集各路英雄在曲阜集合，意欲前来参加，甚善甚善。敝师徒因此亦邀集各友，在山恭候，谨订于本年重九日为开台之日，以十月十日为结束之期，如贤昆仲不吝赐教，乞于期内贲临。如不然，即认作贤昆仲自承弱点，此后井水河水，各不相犯，互相呼应，以免伤和，庶乎袍泽相济，毋相害也。如或不然，仍欲事事掣肘，幸勿怪山人粗鲁，而反目相向也。临函神驰，毋任盼切。

五台山住持法聪谨启

石玉如、孟明看罢，便问："来人在何处呢？"

众人道："已对他说过，明日来讨回音呢。"

石玉如道："这贼秃好大口气，敢说如此狂言。如今已是六月，眼看重九，还有三月光景，大约牢内四人也可设法出狱了。但是事情很是难办，他们的擂台只摆一月，此地人又未齐。况且赶去也要有几天路程，如何来得及？"于是大家商议，由石玉如出面，写了封复信，回复五台山众僧。其词曰：

捧读来书，知尊处于重九日开擂，以一月为期，壮哉此举，实堪景仰。愚兄弟何德何能，敢劳大和尚，以仙佛之地，作为比武之所，并劳众豪杰，以武见教哉？敢不勉从其后，如期趋前候教。唯恐一月之期太迫，拟请尊处改为百日，庶乎天下英雄，闻风麇集，以武会友，其义较大，且得多受指教也。谨笺奉复，诸维慧照。

下书：

曲阜石玉如率弟琢如、璧如、玺如同启。

写毕，然后对众人道：“我们既已经回信，必须要预备请人助拳，方才可以，免得当场出彩。耳闻五台山众僧所请的名人不少呢，内中有少林、武当两派的嫡派，更有几位拳术的专家。我们倒也要大家预备预备才好呢。”

正在说话，外面门房上报进来，说：“有个程达昌要见孟太爷呢。”

孟明知是外号海马，真名单于鸾的来了，不觉大喜迎入。不及行礼，便谈及金应时在狱中如何情形。单于鸾便到后面拜见金氏，又说及打擂等事。

单于鸾道：“到了彼时，小弟自然前来相助。”

原来单于鸾因接着金应时被捉的消息，即刻要来。不料程氏有病，不得不稍微暂缓，因此慢了几时，且到今日才到。

当时见过众人，便回去了，上文已经表过她家，有房屋在济南城内，所以此时母女全家可算已来了一半人口，在济南居住。下集书中，自有交代。

且说石玉如等人连日预备牢中服药，及打听消息等事，并天天派人到叶万春堂去安慰叶普济的家眷，不要忧心，自有办法，更不要上告，闹出乱子。好在孟明在济南府的名誉甚大，谁也知他是正人君子，所以叶普济的家小也很相信，然而却从不晓得是孟明等使的诡计，他的家主才吃官司，所以才能相安。他家中也曾着人到牢内探望，但是都被禁子拒绝，一切消息反而都由孟府转达。这个也是石玉如的计划，怕的是走漏消息，其祸不小，所以如此打点。常言“好事多磨。”石玉如的计策虽然周到，谁知那日孟、石两人去探监，却碰了个钉子回来，所因何故，且等下集书中，仔细言明。这个乃是狗头军师与灵明石猴斗智的节目，下集自见，暂且不表。

如今且交代五台山为何要设擂台与石家弟兄作对，这件事是本书的重要去处，所以要详说一下。

原来五台山的住持，法名法聪，乃是个多年响马洗手，他有红黑砂手，及金钟罩、铁布衫功夫，又深得达摩《易筋经》的本领，练就水陆二道可以来去如飞，无影无踪。他的拳脚功夫，当时南北各省，可称为独步。

他自洗手以后，很是安分守己，可是他的几个徒弟在外胡作非为，反而带累了他。他此时年已六十有余，精神却比少年精强力壮之人尤加十倍。他的拳脚功夫是无师自通，自己独自闷练出来的，有许多招数，简直别人不能明白，不要说破他的拳术，即连招架，也还难得很呢。说句笑话，简直如当年唐朝的程咬金的宣花斧一样，不过程咬金的宣花斧只得头三斧，第四斧就不行了。他的拳头却是神出鬼没，变化无穷，所以他的门徒也很有几个能手，头一个便是赛五郎慧明，第二个便是赛五郎之弟慧能。这两个乃是淫僧，专门在外面寻花问柳，一路采花。那日偏偏碰到石琢如的手内，栽了一个大跟头，花未采到，反受了重伤。

第三个门徒便是安奉摩天岭的正寨主二郎神杨乐天。那日有个山东镖师行经山下，被他劫了，后来被石玉如弟兄走去，将镖夺回，灭了他的威风。

第四个门徒，外号善财童子谈延寿，乃是泰山的独脚大盗，那日碰见四猴，栽了个跟头。这四个人在路上相会，各诉自己失败之苦，个个恨得石家兄弟如杀父仇人相似，牙齿几乎咬碎，于是想起要报此仇，非瞒着师父，集合众师兄弟，与他四人一决胜负不可。于是约了五台山的十八罗汉，乃是降龙、伏虎、龙吟、虎啸、狮吼、象奔、哼将、哈将、金头、铁头、银头、铜头、砂手、血手、智慧、智能、智明、智愚等僧，一齐私自下山，去杀石家四猴。谁知兵在精而不在多，他们人虽众，可惜只有一件，人心不齐，沿路采花，闹得家神闹家鬼，闹得一塌糊涂，到曲阜未曾打着人，反被人家打败了，抱头鼠窜。回到五台山，见了师父，哭拜在地。

法聪老和尚正因许多徒弟忽然不见，今日回来，一问情由，心中大怒，给众门徒各责了二十家法。众徒之中，慧明最刁，他见师父怪自己徒弟不好，他便换了口气，对师父说道：“若论错呢，本是我们师兄弟不好。但是石家兄弟也太不把人当人了，他见我们在外面闯道儿，他就给我们一个拦头棒，只有自己，不管别人。比如他不看起我们师兄弟倒也罢了，他连师父也看不起，反骂出口呢，骂的话实在难听。”

众人见他一说，大家异口同声说：“石家弟兄不但打了我们，反骂师父。”

法聪生平性傲，最不喜听人的欺负，更恨人背后骂他，况且出世以来，从未遇见敌手，未免又自负一点儿。今日众门徒都给人家打了回来，心中已是不快，一听此言，更是不悦，忙问众徒：“石家弟兄如何骂法？”

慧明道：“实在难听，我等大胆，也不敢说。”

法聪道：“你们尽说不妨。”

慧明道：“他说：‘你们这班东西，大概是一班无名的小辈所教，不然，何至如此没用？’我们便抬出师父的大名去威吓他。谁知他们反冷笑道：‘提起这个法聪，倒也有点儿小名色。我四人正要去会他，如今看起来，也是个徒有虚名的小辈。只要看你们这班门徒，便可知道了。常言：“强将手下无弱兵。”像你们这班门徒，要算是给他献丑呢！徒弟如此，师父可知了。’我众人大怒，一拥齐上，被他弟兄打败。他说：‘我不欺负你们，你们回去，告诉你师父，此后休要再教徒弟，免得出来现人眼。如果他不服，你叫他通信给我，我弟兄定要将五台山扫平。’更有许多不堪入耳的话，徒弟实在不敢往下再说了。”

法聪心中大怒，他此时反而不怪自己的徒弟不好，却要怪别人欺负他的徒弟。更深恼石氏弟兄辱骂，自己一时火起，不辨真假，立刻商量立擂台，单请石氏弟兄比武，即着人去下书。后来听见石家弟兄约了许多朋友，因此也就着人去，将自己的最得意门徒，外号人称四大金刚，星夜找来。再命人到各处去请旧日绿林中的老友、江湖上的镖客，及一切同门的和尚、道士，又命个人人请人，请来了名家一百余位。于是大众商议，摆设擂台，意欲报复前仇，以雪此仇，派人到曲阜去下书。不料石氏弟兄被孟明约去到济南府去了，遂又差人到济南府下书。

当日投了书信，次日领了石玉如的回信，连夜赶回五台山。师徒等众，大家聚精会神，摩拳擦掌，等候重九日，与石家弟兄一决雌雄。

正所谓：

你要我的心肝，我要你的五脏。

不知两方比武，究竟如何，请观下集，便知分晓。

下集书中，有火眼金睛毛延寿大闹莱州府，狗头军师魏璧城杀钦差，济南府双劫狱，盗贼侠义大决斗，五台山石氏弟兄受伤，众侠义各处请友，再打五台山擂台，许虔婆作恶被杀，众英雄大闹陶家堡，一打二龙山，法聪老和尚重设擂台等紧要关节，都在下集书中分解。

正是：

欲知以后事，全在下集中。
君子终得福，小人受祸终。
克己能复礼，何患吾道穷。
我今劝读者，修武兼习文。
异日秉吾志，亦可将国拱。
健儿好身手，诛彼蠹国忠。
内戡国中乱，外御世界雄。
但愿能如此，敢不执笔从。

图书在版编目(CIP)数据

一枝兰盗侠演义 / 张个侬著. -- 北京 :中国文史出版社,2022.3

(民国武侠小说典藏文库. 张个侬卷)

ISBN 978-7-5205-2938-9

Ⅰ. ①一… Ⅱ. ①张… Ⅲ. ①侠义小说-小说集-中国-现代 Ⅳ. ①I246.5

中国版本图书馆 CIP 数据核字(2021)第 079307 号

点校整理: 清寒树　旷　野

责任编辑: 薛媛媛

出版发行: **中国文史出版社**

社　　址: 北京市海淀区西八里庄路 69 号院　邮编: 100142

电　　话: 010-81136606　81136602　81136603 (发行部)

传　　真: 010-81136655

印　　装: 北京新华印刷有限公司

经　　销: 全国新华书店

开　　本: 720×1020　1/16

印　　张: 14.75　　字数: 181 千字

版　　次: 2022 年 3 月第 1 版

印　　次: 2022 年 3 月第 1 次印刷

定　　价: 55.00 元